달섬 세계고전
18

끌림 2

엘런 글래스고

The Wheel of Life

끌림 2

박재영 옮김

달섬

일러두기

1. 이 번역서의 기준 판본은 Ellen Glasgow, *The Wheel of Life* (New York: Doubleday, Page & Company, 1906)이다.
2. 본문의 각주는 옮긴이가 덧붙인 것이다.

목차

끌림 1

제1부 충동

제2부 환영幻影(~6장)

끌림 2

제2부 환영幻影(7장~) ······ 7

제3부 각성 ······ 93

제4부 화해 ······ 215

• 작품 해설 ······ 286

• 엘런 글래스고 연보 ······ 297

주요 인물

로라 와일드	시인, 거티의 친구
퍼시벌 와일드	로라의 삼촌, 와일드 집안의 최고 연장자, 플루트 연주를 즐겨 함
로자 페인(와일드)	로라의 첫째 고모, 호레이스 페인과 결혼함
안젤라 와일드	로라의 둘째 고모, 스무 살 때 실연을 당한 이후로 칩거함
소피 블리커(와일드)	로라의 셋째 고모, 로버트 블리커와 결혼함
거티 브라이드웰	로라의 친구, 페리의 아내
페리 브라이드웰	거티의 남편, 바람둥이, 애덤스의 친구
아놀드 켐퍼	로라의 연인, 거티와 페리의 친척
로저 애덤스	잡지사 편집장, 페리의 친구, 켐퍼의 대학 동기
코니 애덤스	로저의 아내, 쾌락을 추구함
세인트 조지 트렌트	극작가를 꿈꾸는 문학도 청년
크리스티나 코울스	트렌트의 이웃에 사는 문학도 숙녀
제니 앨타	켐퍼의 전 여자친구, 오페라 가수
윌버포스	로라의 구혼자, 나이가 많고 부자임

제2부

환영幻影

7장

실패를 실패로 장식하다

애덤스는 집에 가서 점심 식사를 하려고 1시에 사무실을 나섰다. 코니가 아픈 뒤로 소홀하지 않으려고 생긴 습관이었다. 유니언 스퀘어 앞에서 그는 그 빌딩에 막 들어서는 윌버포스 씨와 우연히 마주쳤다.

"아, 내가 바라던 대로 당신을 만났군요." 나이 든 남자가 따스한 열정으로 감격했다. 애덤스는 이 열정에 항상 기분이 좋았다. "당신과 얘기를 나눈 게 꽤나 오래된 것 같아서. 같이 한번 점심을 하면 좋겠는데."

"그럴 수 있으면 좋겠습니다." 애덤스가 대답했다. "하지만 잠시나마 아내에게 가 봐야 합니다. 아시다시피, 아내가 아파서……."

조금 전 로라의 얼굴에서 보았던 것처럼 상대 얼굴에 의아함이 비치는 것을 애덤스는 보았다. 동시에 그의 환대가 주는 감동에 맞춰 주지 못하는 것이 곤혹스러웠다. 그는 윌버포스 씨를 집에 초대하고 싶었다. 하지만 자신을 위해 준비된 뻔한 점심 상태를 떠올리며 이 욕구를 억눌렀다.

"그래, 유감이군요." 상대가 틀에 박힌 어투로 말했다. 애덤스의 친구들이 코니에 대해 말할 때면 늘 이런 어투를 썼다. "그럼 나는 당신이 가는 방향으로 한두 블록 같이 걷겠소." 그들이 브로드웨이로 들어서자 윌버포스 씨가 덧붙였다. "참, 로라가 오늘 아침에 잠깐이나마 당신을 만나게 되어 운이 좋았다고 얘기하더군요."

애덤스는 고개를 끄덕였다. 그러고는 호기심 어린 상대방의 시선을 재빨리 피했다.

"그랬지요. 다소 이른 시간에 거리에서 만났답니다." 애덤스가 답했다. "건강해 보이더군요. 하지만 어딘지 모르게 변했어요. 어떻게 변했는지, 어디가 변했는지 딱 집어 말할 수는 없지만."

"그럼 당신도 눈치챘군요." 윌버포스 씨가 한숨을 쉬며 응대했다. 그러고는 연이어 물었다. "예전보다 행복해 보이던가요?"

"더 행복하다고요? 어쩌면 그럴지도 모르죠. 그녀가 주는 인상을 깊이 생각해 보지 않아서……. 그녀에게는 변화가 있었고, 그게 제가 본 전부입니다."

"로라가 자기 책에 대해 말하던가요?"

애덤스가 가볍게 웃었다. "말했는데, 책이 지겹다고 하더군요. 하지만 그건 젊은 사람들에게 그저 흔히 나타나는 반응입니다. 단지 보편적인 생각의 흐름을 따르는 것뿐이죠.”

윌버포스 씨가 다소 미심쩍이 머리를 흔들었다. “나도 그렇게 자신 있게 받아들일 수 있으면 좋겠소.” 그가 말했다. 분노에 가까운 성마름이 애덤스의 마음에 솟구쳐 올랐다. 바로 옆에 있는 하얀 머리, 허연 피부, 자애로운 옛날 감성을 지닌 이 남자는 트렌트처럼 단지 외부에 드러난 업적에서 문학적 자극을 찾는 철없는 추종자일까? 애덤스는 그를 돌아보며, 쉽게 감상에 빠지는 사악한 습관의 희생자를 보고 있노라고 속으로 냉혹히 비아냥거렸다. 머릿속에서는, 그를 코니처럼 상상 속 이미지에 묶여 사는 사람들과 한통속으로 묶어 놓았다.

“시를 그만두어도 그녀는 언제나 시처럼 살 겁니다.” 애덤스가 가볍게 더했다.

“그래요. 그녀는 변하지 않겠지요.” 윌버포스 씨가 동의했다. 하지만 확신 있는 말은 아니었다. 윌버포스 씨는 차를 타려고 모퉁이를 돌아섰다. 그에게서는 세월의 무게에 억눌린 남자의 분위기가 풍겼다.

애덤스가 집에 도착하니, 코니는 푸른 벨벳 옷을 입고 간병인과 함께 공원으로 오후 산책을 나가려던 참이었다. 작은 해오라기 깃털이 반짝거리는 옷이었다. 그날의 새로운 관심사에 지난밤 사건은 그녀 머리에서 완전히 사라졌다. 애덤스는 그녀를 의문스레 바라보았다. 수개월을 비통하고 힘들게 보낸 사람이라기보다는 그가 처음 사랑에 빠졌던 장밋빛 소녀를 닮은 것 같았다.

잠시 후, 사무실에 돌아가려고 집을 나설 때 애덤스는 희망에 차 있었다. 마치 혈관에 새 피가 유입되는 것 같은. 그녀의 재발이 그가 처음 예상했던 것보다 덜 심각했는지도 모른다. 코니의 회복이 한낱 아름다운 꿈에 머물지 않고 조만간 완성될 행복이 될 수도 있을 것이다. 그는 이것을 위해 자신이 치른 희생을 생각했다. 그건 마지못해 한 것이 아니라 그 대가를 치를 수 있는 것에 감사하는 넉넉한 마음으로 한 일이었다. 잠을 잘 수 없던 밤, 소홀히 했던 일, 건강의 규칙이 깨지는 바람에 신경이 날카로워졌던 일들. 이 순간 그는 이 중 어느 것도 후회하지 않았다. 마지막 몇 주간의 고비만 넘기면 끝이 날 것이다. 머릿속에 어렴풋이 보이는 이 끝을 벌써부터 그려 보고 있었다. 이런 분위기에 비춰 보니, 육체적으로나 도덕적으로 코니를 구하는 것이 더는 어려워 보이지 않았다. 그의 품성에 필수적인 것을 모두 흡수하는 데 있어 연민이란 것은 돌연 효율적인 동력을 가진 듯했다.

'벌써 한결 낫군.' 애덤스는 희망적으로 생각했다. "코니 얼굴에 그게 보여. 손도 그렇고. 완전히 치료가 되면 흥분제 욕구도 없어지고, 우리는 다시 평안을 되찾겠지. 평안은 곧 행복일 거야." 그가 혼자 중얼거렸다. "평안은 행복이다." 이 문장을 만들며 그는 걸음을 멈추고 웃었다. 그리고 이내 덧붙였다. "분명 쾌락은 행복이 아니지." 이 말을 하면서 그는 즐거움만을 좇으며 살아 왔던 코니의 씁쓸한 불행을, 충동적 만족을 삶의 원칙으로 삼았던 켐퍼의 철저한 각성을 떠올렸다. 덧없는 욕망과 물질의 소유 사이에, 비우고 싶은 열망과 과다한 충족 사이에 매달린 추는 앞뒤로 흔들린다.

과연 행복만을 위해 살았던 사람들의 행복은 어디에 있을까? 하찮은 동물적 만족은 어디에 있을까? 오직 누군가가 운명에게 '이거 가져가…… 이것도…… 모두 다…… 아무것도 남겨 놓지 말고 가져가. 난 이것 없이도 살 수 있어.'라고 말할 때, 그는 진정 순수한 기쁨의 풍요로움 속으로 들어가는가? 이것이 예수가 제자들에게 했던 '먼저 하나님 나라와 그의 의를 구하라, 그리하면 이 모든 것을 너에게 더하시리라.'라는 말의 의미일까? 절제란 결국 개인의 자아를 잃어버리는 게 아니라 삶을 풍요롭게 하는 것이 아닐까?

부지불식간에 오후가 다 지나갔다. 애덤스는 일을 마치고 외투를 입으며 사무실 창밖을 흘긋 보았다. 벌써 어스름해졌다. 엘리베이터 입구에 이르니, 안에서는 페리가 그를 기다리고 있었다. 애덤스는 자신의 얼굴에 놀라는 표정이 너무 또렷하게 드러나지 않도록 신경을 썼다.

"어이쿠, 이거 흔치 않은 경사인데!" 애덤스가 마음을 담아 소리쳤다.

"지나다가 자네가 아직 여기 있는 줄 알고 함께 걸어가려고 들렀네." 페리가 설명했다. 하지만 다른 사람들은 그의 말투에 흠칫 놀라며 그를 쳐다보았다.

"어, 노인 양반, 어디 아픈 거야?" 애덤스가 물었다. 첫눈에 봐도 페리는 극히 창백해 보였다. "내가 도울 일이 있나? 올라가서 뭔지 얘기해 볼까?"

페리가 웃으며 고개를 저었다. 잘생긴 큰 얼굴에 병약한 빛을 주는 미소였다.

"아, 난 정말 아무렇지도 않아." 그가 대꾸했다. "다리를 좀 스트레칭하면 돼. 그럼 괜찮을 거야."

"운동이 하고 싶은 사람처럼 보이는군." 빌딩을 나서며 애덤스가 말했다. "테라핀을 너무 먹으면 간이 안 좋아진다고 하던데."

모퉁이에 있는 잡지 가판대를 지나려다 애덤스는 멈춰 석간신문을 샀다. 잠깐 지체하는 동안 그는 페리를 얽어매고 있는 예리한 고통을 다시 한번 확인했다.

"이봐, 무슨 일이 있는 거야, 지금?" 신문을 손에 들고 걸으며 애덤스가 물었다. "어떤 문제가 있나? 내가 도울 수 있는 거야? 허세를 부려야 하는 일이 아니라면 무엇이든 하지. 천성적으로 그건 내가 할 수 없는 일이니까 미리 경계선을 긋는 거야. 뭔가 잘못된 게 분명해." 애덤스가 가볍게 덧붙였다. "저기 앞에 연둣빛 보닛을 쓴 예쁜 여자를 쳐다보지도 않다니."

"지금 내가 궁지에 몰린 건 아니네." 축축이 젖은 뉴펀들랜드가 몸을 흔들듯, 정감 있게 고개를 저으며 페리가 답했다.

애덤스는 보다 예민하게 페리를 보았다. "그럼, 여자 때문에 곤경에 빠진 것은 아니지?" 남자도 끌리게 하는 너그러운 아량을 보이며 그가 물었다.

"아, 진짜 아니야." 페리가 툭 던졌다. 그는 자신 있게 말하며 확신을 주었다.

"그리고 월스트리트에서 돈을 잃은 것도 아니고?"

"그 반대야. 대박을 맞았어."

"그렇다면, 난 모르겠는데." 애덤스가 기운차게 말했다. 그가 말할 때, 전기등 불빛이 손에 들린 접힌 신문의 머리기사를 훤히 비쳤다. 애덤스가 너무나 갑자기 멈춰 서는 바람에 페리는 그와 보조를 맞추려고 잘 도는 팽이처럼 빙글 돌아 뒤로 갔다.

"이런 젠장!" 애덤스가 말했다. 그가 너무나 작게 말해서 페리는 간신히 알아들을 수 있었다. 이내 애덤스의 음성에는 민첩한 동물의 열정, 분노한 남자의 열정이 어렸다. 애덤스는 황급히 인도를 건너, 잘 보이지 않는 횡단보도의 어스름 속으로 발걸음을 옮겼다. "이런, 벼락 맞을 놈!" 그가 거친 목소리로 중얼거렸다.

페리는 속히 그의 발걸음을 따라 뒤를 좇았다. 그러고는 접힌 신문을 충동적으로 아무 생각 없이 꽉 움켜쥐었다.

"자네가 볼 거라고 생각했어. 그래서 자네와 함께 있으려고 했던 거야." 곤궁에 처한 학생처럼 페리가 말했다.

애덤스는 처음에 치를 떨게 하던 절규를 억누르며 곧바로 돌아섰다. "그럼, 자네는 브래디 부인이 이혼 소송을 할 거라는 걸 알고 있었나 보군?" 그가 물었다.

페리가 고개를 끄덕였다. 극단적인 위기 상황에서는 단순한 진실이 정교한 거짓말의 기품과 함께 투입되어야 한다는 것을 그는 경험을 통해 알고 있었다.

"그리고 내 아내가……."

"분명히 말하지만, 난 절대 믿지 않았어." 페리가 자신 있게 소리 질렀다.

목소리의 감정으로 보자면 애덤스보다는 그가 더 상처받은 남편 같았다. 어쩌면 정말로 페리는 그 순간이 평안했던 삶 속에 일어났던 어떤 일보다 더 힘들었을 것이다.

"음, 자네에게 큰 신세를 진 것 같군." 그 부당함을 고통스럽게 비꼬며 애덤스가 대꾸했다. 페리는 그것에 전혀 관심이 없었다. "하지만 그게 사실이라면 문제 될 게 없어 보이는데."

"그러나 그건 거짓말이야." 페리가 열을 내며 반박했다. "이 터무니없는 일 전부 다."

"거짓이 아닌 게 뭐가 있겠어?" 구겨진 신문을 외투 주머니에 쑤셔 넣으며 애덤스가 씁쓸하게 따져 물었다. 건널목에 이르러 다시 섰을 때 그는 손을 내밀어 페리의 손을 정감 있게 꼭 잡았다.

"자네가 있어 고맙네." 애덤스가 말했다. "하지만 괜찮다면 잠깐 혼자 걷고 싶어. 생각해야 할 일이 있어서." 그가 잠시 주저하다가 조용히 덧붙였다. "무슨 일이 있어도 자네는 내 편이 돼 줄 거지?"

"자네 편이라고!" 페리가 헉헉거렸다. 커다랗고 동그란 눈물 방울 두 개가 그의 눈가에 맺혔다. 삼수싱이 예민한 품성에서 비롯된 진심 어린 반응이었다. "제기랄! 무슨 일이라도 나는 자네 편을 들겠네!"

애덤스는 한동안 말없이 그를 보았다. 애덤스 입 언저리에 친숙한 미소가 너울거렸다. 그는 다시 한번 손을 내밀어 악수를 하고는 방향을 돌려 건너편 길의 침침한 불빛 속으로 빨리 걸어갔다.

'나는 좀 돌아다니면서 생각을 정리해야겠다.' 애덤스는 이내 머릿속으로 중얼거렸다. '엉킨 곳이 있는데, 그걸 풀 수가 없구나.'

애덤스는 신호등 아래 서며 호주머니에서 신문을 꺼냈다. 신문을 펼치니 코니가 브래디에게 보낸 현란한 편지 하나가 눈앞에 번득였다. 그는 손에 들려 있던 펼쳐진 신문을 꽉 움켜쥐고는 하수구에 처박아 버렸다. 어둠은 그의 분노를 감추는 적절한 보호막이 되었다. 생각이 그쪽으로 쏠리자, 혼돈스런 감정이 맹목적인 폭력 본능의 자리를 차지했다. 그 혼돈 속에서 그는 아련히 자기 생각의 천둥소리를 들을 수 있었다. 그가 믿는 것이 무엇인지, 참고 있는 것이 무엇인지 알지 못했다. 의지력과 사고력은 하나같이 정지해 버렸다. 그저, 묘한 죽음의 상태에 있는 감각만 의식할 뿐이었다. 이 가운데 모순의 악마는 멀찍이 서서 의아해하며 물었다. '그는 왜 더 고통받지 않았는가, 그의 분노는 왜 더 크지 않았고, 그의 구속력은 왜 더 약해지지 않았는가?' 이 순간 그의 철학은 발밑에 흐느적거리는 모래가 되었다. 이것은 자기 자신의 완전한 실패였다. 이 실패로 인해 다시 적응해야 하는 고통, 더 맑은 마음눈을 갖기 위한 광적 몸부림이 그에게 몰려왔다.

애덤스는 어스름하게 불이 켜진 좁은 거리로 접어들었다. 숨을 헐떡거리며 그 길을 따라 빠르게 걸었다. 영혼의 섬세한 지식을 위해 이전에 가졌던 깨달음으로 어떻게든 돌아가려고 무작정 방황하고 있었다. 현재로서는 그 지식을 가지고 있지 않은 듯했다. 잔인한 충동으로 행동하지 않고 열정의 폭풍 위에 이성의 소리를 들을 때까지—감각을 초월해 그 영혼이 말하는 것을 들을 때까지—번민하며 귀 기울이는 것, 이게 바로 그가 당장 의식해야 할 일이자, 그가 움직이는 내내 마음에 머물렀던 유일한 지적 목적이었다.

'아니야, 난 실패했고, 모든 게 끝났어.'가 애덤스가 처음으로 짜 맞춘 또렷한 생각이었다. "코니는 자신의 행동으로 우리 사이에 최후의 장벽을 세웠어. 그녀는 이제 내 아내가 아니다. 그녀는 스스로 우리 모두를 수치스럽게 했어." 그녀를 위해 그가 치른 희생을 다시금 기억했다. 그건 아침에 가졌던 관대한 즐거움에 드는 생각이 아니었다. 몸이 아픈 것처럼 격심한 씁쓸함으로 애덤스는 그 희생을 되새겼다.

"코니는 이제 내 아내가 아니다." 그는 같은 말을 되풀이했다. "나도 그녀의 남편이 아니고. 그녀가 죄를 지었기에 나는 자유를 얻었다." 하지만 그는 내심 그 말에 확신이 없었다. 이렇게 장담할지라도 어제 이후로 코니와의 관계를 변화시킬 만한 일은 없었다. 그때 그녀를 가엽게 여겼다면 지금은 그녀를 가엽게 여겨야 하는 이유가 더 많아졌을 뿐이었다. 이 잘못이 더해져 그녀의 절망이 줄었을까? 이것이 그녀의 가슴에 도덕심을 심었을까?

'이 모든 게 어제 일어난 일이야. 6개월 전에도 일어났었지. 하지만 어젯밤 나는 연민으로 가득 차 그녀의 침대 옆에 있었어. 지금 아는 사실을 그때는 몰랐기 때문에 그랬던 걸까? 어제는 그녀를 위해 내 휴식과 일을 모두 희생했어. 하지만 그녀가 지금 이 순간보다 어제 그 시간에 더 동정심을 받을 만한 자격이 있었을까? 어제 이후 그녀는 변하지 않았어. 그리고 내가 방금 발견한 것도 그렇고. 변한 건 나일 뿐이야. 사악한 사실을 알게 된 건 그저 나 하나뿐이니까.'

애덤스는 이 모든 것의 추함을 생각했다. 코니에게 닥칠 형벌, 경련이 이는 그녀의 얼굴, 난폭한 몸짓, 연한 핑크 시폰 가운. 그 가운을 입고 침대에 누운 그녀는 뭉개진 꽃을 닮았다. 그게 바로 어젯밤이었다. 하지만 경험의 현실에서는 그의 영혼에 그 사이 천년이란 시간이 흘렀다.

다음 순간 애덤스는 들뜬 기분으로 그가 자유라는 사실을 다시 떠올렸다. 코니는 자신의 행동으로 인해 그에게 자유를 주었다. 그의 삶과 일로 그를 돌려보냈다. 그녀가 다시 옛 속박으로 돌아가기로 했다면 어느 누가 그에게 책임을 물을 것인가? 모든 법은 남자가 만들었다. 법은 시작부터 남자의 편에 있었다. 모든 법은 그가 자유라고 선언했다. 자유! 그 낱말은 황홀하게 유혹하며 머릿속으로 들어왔다. 그때, 아직 흥분이 가라앉지 않았을 때, 그는 몸을 떨며 돌연 멈춰 섰다.

건널목 불빛에서 한 여자가 나오더니 그에게 다가와 팔을 만졌다. 여자는 구역질나는 요염함으로 끔찍한 눈빛을 보내며 태곳적 유혹을 했다. 의심할 여지 없이 그녀 같은 부류에서 흔히 볼 수 있는 여자였다. 하지만 그가 자유를 회복한 것에 잠시 황홀해 있을 때 그에게 다가온 그녀는, 그가 자기 영혼에게 묻는 질문에 대한 명백한 답인 듯했다. 그는 고개를 저으며 몇 걸음 걸어갔다. 그러다가 다시 돌아와 호주머니에서 돈을 꺼내 그녀에게 주었다.

'이게 계시인가?' 애덤스는 스스로에게 질문을 던지며 방향을 돌렸다. '이게 계시인가, 아니면 신경과민에서 오는 추한 망상일 뿐인가?'

그는 그 이미지를 털어 버리려고 애썼다. 마음을 닫았음에도 불구하고 여전히 그 여자의 참혹한 눈빛을 통해 코니의 장래가 그를 돌아보고 있는 것 같았다. '하지만 내가 저 여자와 무얼 하겠는가, 코니도 그렇고?' 애덤스는 자문했다. '내 인생에서 결코 아내를 다치게 한 적도, 그녀가 지금 상태에—저 거리 여자나 그녀와 같은 부류에—이르게 행동한 적도 없었다. 법에 따르자면, 나는 죄가 없다. 종교에 따라도 그렇다. 더욱이 내 양심에 따라도 나는 죄가 없다.'

그러나 그는 건널목에서 지나친 창녀의 눈에서 코니의 장래를 보았다. 그러기에 그에게 이 논쟁은 의미가 없고 공허했다. 알지 못함에서 오는 무력감, 선한 뜻을 이루고 싶어 하는 의지의 무력감이 순간 그에게 몰려왔다. 그의 영혼은 천사와 악마의 경계선에 닿았다. 그는 두려움에 큰 소리로 울어 버릴 수도 있었을 것이다. 마음에 굳은 의지가 자리를 잡으면서 그는 완전히 분리되어 홀로 서 있는 기분이었다. 인간애나 인간적 신념의 도움을 받을 수 없었다. 법정은 그에게 아무 말 하지 않았다. 종교도 마찬가지였다. 지식의 예리한 절망의 순간에, 2000년 전 베다니, 문둥이 시몬의 장면이 서광처럼 떠올랐다. 거리에서 그를 스쳐 지나가던 사람들은 홀연히 그림자가 되었다. 자동차의 소음조차 더 이상 귓가를 어지럽히지 않았다. 그는 적막의 한가운데 서 있었다. 마치 시몬이 그 소리를 들었던 것처럼, 그도 그 소리를 들었다. "내가 그대에게 할 말이 있도다."

순식간에 그 환상은 사라졌다. 애덤스는 주변을 둘러보았다. 불빛이 현란하게 번득이고 있었다. '내 인생도 다 저물어 가는 마당에 이런 게 뭐란 말인가?' 그가 자문했다. '힘닿는 데까지 코니를 도와야겠다. 그녀가 나에게 지은 죄를 견뎌 낼 수 있도록. 나머지 일들은 더 이상 나에게 의미가 없으니까.' 마음속에 그 결심을 다지면서 그는 안도감을 느꼈다. 몸의 세세한 조직까지 퍼지는 깊은 안도감이었다. 그 순간 상황이 완전히 바뀌었다. 상처받은 그의 명예는 더 이상 아프지 않았다. 정당한 분노 또한 더는 정당하지 않았다. 벌거벗은 진실이 잔인하게 그와 맞섰지만, 그의 상처에 박힌 고통스런 독화살을 빼냈다는 것을 그는 느낌으로 알았다. 이건 결단의 행위였다. 단순한 행위가 아니었다. 수치심에서 비롯된 씁쓸함이 사라졌다. 개인 잘못에 대한 단념과 더불어 질풍처럼 돌진해 오는 당당함이 그의 영혼을 관통했다. 애덤스는 거의 무의식적으로 신의 손에 자신의 의지를 맡겼다. 그리고 그 예언처럼, 나머지 것들에 '이 모든 것이 더해졌다.'

애덤스는 즉각 돌아서서 집을 향해 서둘러 걸었다. 타워의 시계는 9시 종을 울리기 위해 가로질러 가고 있었다. 지난 몇 분 동안의 육체적 분투로 피로가 몰려왔다. 발이 아프고 근육에는 멍이 든 것 같았다. 마침내 현관에 다다랐을 때는 그가 가진 지각의 예리함이 피곤에 묻혀 사라졌다.

현관은 불빛을 내쏘고 있었다. 하인들 사이에서는 분명 평소와 다른 움직임이 있었다. 그가 들어서자 코니의 간병인이 하얗게 질린 얼굴로 그를 맞았다.

"부인을 보셨어요?" 간병인이 성급히 물었다. "가세에서 헤어졌는데, 몇 시간째 찾을 수가 없어요."

애덤스는 잠시 숨을 쉬지 못하고 당혹스런 걱정에 싸여 그녀를 쳐다보았다. 그러다가 현관 테이블에 쉽게 보이게 놓여 있는 봉투가 눈에 들어왔다. 애덤스는 대답을 하기 전에 그것을 집어서 찢어 열었다. 종이에는 몇 글자 없었다. 그는 메모를 읽고서는 다시 접어 봉투에 넣었다. 그는 마른 침을 삼키며 잠시 그대로 머뭇거렸다.

“오늘 밤에 돌아오지 않을 겁니다.” 애덤스가 마침내 조용히 말했다. “며칠 떠나 있을 거랍니다.”

공허한 호기심으로 그를 바라보던 얼굴들을 뒤로 한 채 그는 서재로 갔다. 죽은 아이의 기억이 아직 그대로 남아 있는 방에 그는 혼자 남았다.

8장
"좁고 오래된 길"

"물론 그녀는 편지 때문에 정체가 드러났어." 거티는 로라를 바라보며 신중하게 말했다. 거티는 긴 팔 장갑의 주름을 펴며 날카로운 냉소를 띠고 있었다. 그녀에게 사랑스러움을 더하는 냉소였다. "켐퍼는 항상 그 여자의 편지 때문이라고 말하지. 분명 그가 알고 있을 거야."

"왜 그가 알고 있어야 하지?" 로라는 앉아 있던 책상에서 재빨리 돌아서며 물었다. 로라의 시선은 거티의 팔을 감싸고 있는 가죽 장갑의 부드러운 하얀색 주름에 머물러 있었다. 거티의 모습에는 친구를 냉담히 멀어지게 하는 망연자실함이 있었다.

거티가 웃음을 터트렸다. "어, 내 말은 그가 세상 남자라는 뜻이야. 남자들은 항상 돌아가는 사정을 잘 알잖아."

로라는 잠시 대꾸하지 않았다. 말이 없는 동안 그녀의 시선은 거티의 팔에서 얼굴로 옮겨 갔다. "난 가끔 그가 말하는 세상적인 것이 그저 허세라는 생각이 들어." 비로소 그녀가 입을 열었다.

“음, 그의 허세를 다 믿을 수는 없지. 그것뿐이야.” 거티가 대꾸했다.

흘긋 보는 로라의 눈빛에는 억제된 분노가 슬쩍 비쳤다. “근데 넌 어떻게 그에 대해 그렇게 잘 알지?” 로라가 따져 물었다.

“나? 어, 그에 대한 환상이 있지. 누군들 그렇지 않겠어? 그는 셰리스 가게에서 살 수 있는 바닐라 초코 케이크 같아. 눈으로 보기에는 꽤 커 보이는데, 일단 포크로 한번 뜨면 그만둘 수가 없지. 그 사람 참 괜찮아 보여. 그러니까, 포크로 찔러 보지 않는다면 말이야.”

“난 네가 그를 좋아한다고 생각했는데!” 의자를 뒤로 밀치며 화난 듯 일어서며 로라가 따졌다.

“그래. 그를 사랑하지. 하지만 그건 내 문제야, 달링. 네 문제가 아니라구.”

“네가 나를 질투한다고 생각했으면 좋겠어?” 놀라 당혹스러워하며 긴장된 목소리로 로라가 고집스럽게 물었다. “그걸 원해?”

한동안 아무 말도 없었다. 거티는 질문에 답을 하는 대신 창쪽으로 돌아서서 그래머시 파크의 썰렁한 나무들을 바라보았다. 그 순간의 정적은 한적한 시골의 정적 같았다. 서로를 사랑하는 두 여자는 갑자기 적막한 오해로 수마일 멀어진 듯했다.

그러다가 결심이 선 듯 거티는 로라의 얼굴을 유심히 바라보았다. 책망하는 듯한 로라의 눈에 맺힌 흐릿한 눈물방울이 불빛에 반짝였다.

"오, 로라, 로라!" 거티가 부드럽게 말했다.

로라는 후회의 눈물을 흘리며 창 옆 거티의 무릎에 몸을 던지고, 이내 무릎에 놓인 장갑 낀 거티의 손에 입을 맞추었다.

거티는 로라의 눈물을 닦아 주었다. 그리고 경험에서 오는 약간 세속적인 미소를 지었다. "너한테 질투가 나지. 하지만 네가 생각하는 그런 식은 아니야." 거티가 말했다. "난 나 자신을 위해 질투해. 진정 살아 있는 내 작은 부분에 대해, 네 안에 있는 나의 부분에 대해. 나 혼자 예전에 건넜던 길을 너랑 다시 가게 될까 두려워. 원하고, 원하고, 또 원하지만, 결국 아무것도 남지 않는 것."

"하지만 내가 왜 그것을 극복해야 하지?" 무릎에서 로라가 물었다. 불그레한 얼굴은 미묘한 속임수로 그녀의 태도를 채색했다.

비웃는 듯한 명랑함이 다시 거티의 목소리에 울렸다. "내가 왜 아직도 페리를 사랑하는지 그걸 묻는 게 낫겠다." 거티는 경박한 웃음을 지으며 대꾸했다. "그건 켐퍼가 말하는 '인생의 지독한 모순'의 한 부분이지. 코니에게 왜 그리 나쁜 사람으로 태어났는지 물어 보지 그래? 애덤스 와이프 말이야."

"그녀가 그래? 그걸 어떻게 알아?" 로라가 물었다.

"몰라." 거티가 무심히 어깨를 들썩이는 모습이 멋있었다. "내가 장담하건대, 그렇게 생각하는 편이 그나마 낫지. 그런데 애덤스를 본 적 있어?"

로라가 머리를 흔들었다. "안 보는 게 좋지. 할 말도 없고."

"음, 글쎄. 그가 자유롭게 된 것을 축하해야 하지 않을까. 특별한 일이잖아. 이제 이혼을 해야 한다고 말해도 되겠지. 근데, 페리가 그러는데, 그 사람은 그런 거 싫어한대."

"그렇다면 그가 이혼을 할 것 같진 않네. 그 사람은 우리처럼 평범한 윤리관을 가지고 사는 사람이 아니잖아. 코니가 브래디랑 결혼할까?"

"결혼? 순진하기는, 브래디는 결혼하지 않을 거야. 무화과나무가 엉겅퀴를 내뻗는 듯한 도덕적 책임감을 가진 사람이니까. 게다가 누가 그를 나무라겠어? 그 여자는 코카인으로 이미 반쯤 미쳐 있는데. 그녀라면, 세상의 어떤 남자도 한 달을 견디지 못할걸."

세상의 어떤 남자도 못해! 로라는 의자에 뒤로 기대고 눈을 감았다. 붐비는 거리에서 햇빛 사이로 멀어져 가던 애덤스의 모습이 아른거렸다. 낡은 옷차림, 어기찬 발걸음, 끝없이 평온한 얼굴에서 풍기는 인내를 그녀는 보았다. 그리고 숨 막히는 한 순간에는 그 영혼이 다가오는 것을 느꼈다. 그것은 인생을 이루는 윙윙거리는 것들 가운데 묵묵히 일하는 영혼이었다.

거티가 일어나 하얀 모피 목도리를 목에 동여맸다. "카밀스에 가야 해." 그녀가 말했다. "프랑스제 드레스가 막 들어왔는데, 나한테 첫선을 보이기로 했거든. 물론 그 말을 믿을 수 있는 건 아니지만." 거티가 미심쩍이 덧붙였다. "에이더 롤리에게 먼저 보여 줬다 해도 별로 놀랄 일은 아니지. 그 여자가 어떻게 항상 인상적인 효과를 만들어 내는지 경이로울 따름이야. 어젯밤에는 반짝거리는 푸르스름한 옷을 입고 오페라에 왔더라. 다른 여자들은 광택이 없는 덤덤한 하얀색을 입고 있는데 말이야. 내가 그 패션을 너무 잘 따르고 있는 건 아닌가 가끔 궁금할 때가 있어."

"너는 결코 다른 사람들과 같아 보이지 않아. 그러니 염려 마."

"하지만 내 시간의 3분의 2는 내가 가진 보잘것없는 개성을 없애는 데 보내는데." 문지방으로 돌며 거티가 웃었다. "머리에 같은 웨이브를 넣고, 같은 색 드레스를 입고, 같은 길이의 장갑을 끼지. 어, 너는 운이 좋은 친구야. 다행히도 패션을 따르지 않잖아!"

거티는 은근히 즐거워하며 밖으로 나갔다. 한편 로라는 창가 의자에 주저앉아 현관 앞에서 기다리고 있는 마차를 내려다보았다. 이윽고 거티가 나타나 인도를 가로질렀다. 거티가 벨벳 스커트를 들어 올리자 멋들어진 신발과 수가 놓인 검은 스타킹

이 얼핏 보였다. 무릎 덮개를 정리하는 마부에게 거티는 무심히 몇 가지 지시를 내렸고, 이내 마차 문이 닫혔다. 거티는 몸을 기울여 환한 미소를 지으며 위쪽 창가의 로라에게 손을 흔들었다. 마침내 거티가 모퉁이를 돌아 나갈 때는 겨울 햇살이 그녀와 함께 떠나가는 듯했다.

로라의 마음은 한숨지으며 마차를 따라갔다. 로라는 일생 처음으로 친구의 미모와 패션을 부러워하고 있었다. 거티가 사는 세상은 묘한 매력에 둘러싸여 있었다. 로라 자신이 조용히 움직이던 친숙한 옛 환경은 마치 폭풍이 몰려오는 것처럼 불현듯 덜컥거렸다. 한때 그녀가 사랑했던 것들은 이제 케케묵고 쓸모없는 것처럼 보였다. 그녀가 언제나 관심이 없다고 믿었던 삶의 외부 사물들에 그 순간 비범하고 비현실적인 가치가 부여됐다. 그녀가 타고난 본성이 어떤 강렬한 물리적 경련을 일으키는 듯했다. 이 경련으로 외부 감각뿐 아니라 유혹과 거절의 법칙을 통제하는 모호한 성질도 변화하고 있었다. 어제 그녀가 좋아했던 것이 오늘은 솔직히 따분하게 느껴졌다. 전에 싫어했던 것이 지금은 신비한 매력으로 가득 차 있었다.

책은 지루했다. 절제하려고 노력했지만 로라는 거티의 삶을 이루는 하찮은 것들을, 몸을 치장하는 장식품들을 동경하고 있었다. 거티는 장식품들로 결혼의 행복 가능성을 확인했다. 드레스메이커, 쇼핑, 열광적 모방의 끝없는 순환이 묘하게 꽤 흥미로워 보였다. 무미건조한 로라의 삶에는 거티나 다른 사람들에게서 보았던 로맨스의 환상적 색상이 전혀 없었다. 로라는 거티가 영원한 웃음을 통해 색상의 소용돌이로 들어가는 것을 보았다. 적나라한 현실 속 거티는 로라 자신보다 훨씬 불행했다. 그럼에도 그 장면에 로라는 매료되었다. 로라에게 거티의 불행은 마치 시詩와 같았다. 로라는 시를 쓸 때면 늘 자신의 부족함을 느꼈다.

로라는 끔찍한 권태감에 사로잡혔다. 그녀가 처한 환경은 말할 것도 없이 그녀 정체성의 현실 또한 바꾸고 싶었다. 그 갈망이 들썩거렸다. 다시 태어나는 것처럼, 부활 같은, 신선한 경험을 하고 싶었다. 그러나 이 경험이 무엇을 의미하고 왜 그녀가 원하는지 설명할 수 없었다. 그녀에게 분명한 것은, 환경, 가족, 친구, 하루하루 일어나는 조그만 사건들, 불만족, 이 모든 것들이 모두 진부해졌고 비위에 거슬린다는 거였다. 그녀 앞에 놓인 하루는 진짜 참을 수 없는 시간의 잿빛 쓰레기 같았다.

"내가 태어난 이후로 하루하루, 스물네 시간, 아무 일도 일어나지 않았어. 오늘도 다르지 않겠지." 로라가 말했다. "항상 같지. 모든 게 같아. 이 단조로움이 정말 싫다. 여기 창가에 앉아 남은 오후 내내, 그리고 내가 보낸 여느 날과 다를 바 없을 저녁 시간 내내, 내 자신을 끌고 다니는 것은 지겨워 보여. 로자 고모는 끝도 없는 농담을 계속해서 반복할 것이고, 안젤라 고모는 닳고 닳은 불평을 늘어놓을 거고, 퍼시벌 삼촌은 플루트를 불기 시작할 것이다." 로자 고모의 이야기, 안젤라 고모의 절망, 퍼시벌 삼촌의 플루트 소리를 생각하자니, 모두 그녀가 윤리적 인내심을 발휘해야 하는 것들로 보였다. 이제 그녀에게는 그 인내심이 없었다. 그녀는 비통함보다 더 끔찍한 혐오감에 붙잡혔다. 그건 평범함으로부터 오는 반항이었다. 평범함, 그녀에게 그건 비극보다 더 나쁜 것이었다.

침울함에 젖어 있던 로라는 다음 날 오후에 켐퍼를 보리라는 것을 기억했다. 그 시간이 즉각 환하게 빛나는 듯했다. 그곳에는 모든 것의 끝이 있었다. 단지 스물네 시간 후. 로라는 시간을 의식하지 않도록 억제해야 했다. 그 필요성이 몸의 고통으로 다가왔다. 서서히 시야로 기어들어 오는 분分을 일 분 일 분 죽여야만 했다. 바로 이 방에서의 만남, 그녀가 입을 드레스, 그녀가 할 말, 묘하게 잘 어울리는 유혹과 반항의 혼합, 그의 모습에서 보이는 열정적 온화함. 로라는 이런 것들을 그려보았다. 진정한 남자의 고독한 표현은 온화함일 것이다. 거티가 경험한 적이 없는 남자, 앨타 마담이 겨우 흘긋 쳐다본 정도의 남자. 이렇게 확신하며 로라는 은밀히 황홀해졌다. 특별히 그녀만이 가질 수 있는 것이기에 이 황홀감은 더더욱 달콤했다.

이 순간 켐퍼는 어디에 있을까, 그녀에게는 한없이 더디기

만한 이 시간을 그는 어떻게 보내고 있을까? 로라는 알고 싶었다. 그녀의 일상에서 이상하게 사라져 버린 관심은 그의 생활에 달라붙어 있었다. 그가 아는 사람들, 그가 가는 클럽, 심지어 그가 모는 자동차조차도 참신하고 생생한 매력이 되어 머릿속을 채웠다. 이렇게 생각하자니 그녀가 사는 삶에는 더 이상 매력이 없었다. 생동감도 없었다. 하나의 생각이 저절로 커져서 다른 모든 것을 삼켜 버렸고, 그녀는 생기 없는 수마일 반경, 황량한 사막 한가운데 서 있는 기분이었다. 그곳에는 고독한 야자수 한 그루만이 우거져 있었다.

'근데 내가 왜 켐퍼를 원하는 걸까, 이 바람에는 무엇이 있는 걸까? 어떤 가치가?' 로라는 자신의 그리움에 난감해하며 자문했다. '떨어져 있을 때는 그를 다시 만날 생각 말고는 어떤 생각도 할 수 없다. 하지만 일단 만나면 즐겁지는 않아. 그는 언제나 내가 바라는 그와는 약간 달라. 그를 볼 때 딱히 만족스러운 것도 없고. 하지만 그가 떠나면 그리움과 상상은 다시 시작되고, 나는 그에 관해 다른 이상을 만든다. 우리가 다시 만날 때면, 순식간에 그 이상은 부서져 버릴 거야. 켐퍼란 사람은 그 영혼 깊은 곳까지 절대 변하지 않는다는 것을, 그는 기대와 실망으로 나를 힘들게 한다는 것을 내가 모르기 때문일까? 내일 그를 만나면, 처음으로 내가 만든 이상이 모두 이루어지는 일은 없을까?'

결말을 알려면 로라는 그때까지 스물네 시간을 기다려야만 했다. 내일의 궁극적 순간은 여전히 손짓했지만, 로라는 아무것도 모른 채 오늘 낮과 밤을 살아야 했다. 그럴 수 없을 것 같았다. 시간은 결코 흐르지 않을까? 내일이 태어나기 전에 목을 조를 방법은 없을까? 로라는 책상에서 그녀가 좋아하는 책을 집었다. 스피노자, 셸리, 『그리스도를 본받아』. 하지만 가슴이 두근거려 인쇄된 페이지가 차갑고 죽어 있는 것처럼 보였다.

벽난로 위에는 거울이 있었다. 로라는 그것을 뚫어지게 보았다. 자신의 깊은 응시와 시적 매력을 대면했다. 그것들은 마치 그녀 자신의 우아한 모습에서 풍기는 분위기처럼 매달려 있었다. 그 순간 로라는 거티와 같은 찬란한 외모를 가질 수 있다면 목숨까지도, 자신의 영혼과 무한한 가능성까지도 바칠 수 있을 것 같았다. 검은 머리, 튀어나온 이마, 누리끼리하게 창백한 피부를 보면서 로라는 화가 치밀었다. 씁쓸한 감정에 이끌리어 고개를 돌려 버렸다.

잠시 후, 로라는 외출을 하면 오후 시간이 빨리 갈 것이라는 생각이 들었다. 산책 복장을 몸에 걸치며, 혼잡한 거리와 소음이 주는 안도감 속에 자신의 의식을 놓아 버리리라 생각했다. 로라가 복도를 지나가는데 안젤라 고모가 불렀다. 로라는 짜증 섞인 몸짓으로 문손잡이를 잡아 돌리고 그 지체 부자유자의 방으로 들어갔다. 가냘픈 겨울 햇살이 기다란 하얀 초들과 카펫 없는 바닥에 늘어져 있었다.

검은 벨벳과 낡은 장밋빛 레이스를 입은 로자 고모는 창가에 앉아 지역 신문에서 발췌한 것을 시끄럽게 소리 내어 읽고 있었다. 동생을 즐겁게 해 줄 요량으로 그녀가 가져온 신문이었다. 이 세속적인 노파는 안젤라 고모가 사는 수도원 분위기 속에 신랄한 스캔들과 악의적 가십을 쏟아 냈다. 이 광경은 언제나 로라에게 저속한 위선의 인상을 남겼다. 70년을 넘게 살고도 이웃이 범한 경솔한 짓에서 주요 흥미를 찾는 것은 우스꽝스럽다 못해 한심하기까지 했다. 로자 고모는 무덤을 향해 마지못해 비트적거리며 가고 있었다. 그 무덤은 항성들이 사라지고 생겨나는, 수많은 미스터리로 채워진 우주의 중심에 있었다. 로자 고모는, 탐 마버리가 빌리 피어스 부인을 곤경에 빠뜨렸을까 그렇지 않았을까,라는 궁금증에 빠져 더 큰 문제들을 잃어버렸다.

"그게 문제라도 되는 것처럼 말하네." 안젤라 고모가 소파에서 한숨을 내쉬었다. "그게 정말 나에게 약간이라도 문제가 되는 것처럼."

로자 고모는 반짝이는 두 다이아몬드 귀걸이 사이 무미건조한 빈자리에 그려진 한 쌍의 눈을 안젤라 고모에게 고정시켰다. "그게 말이야, 안젤라가 너무나 세상과 담을 쌓고 살아서 그래." 로자 고모가 말했다. "그래서 인생을 살면서 적절히 재미를 못 느끼는 거야."

"하지만 인생이란 게 다른 사람들의 부도덕한 행실을 말하는 건가?" 아이처럼 유순하게 안젤라 고모가 물었다.

"그렇지. 그게 아니면 자선을 베풀던가." 로자 고모가 답했다. "둘 중 하나를 골라야 해. 네가 우리 보육원에 흥미를 못 느끼니 사회 뉴스로 방향을 튼 거잖아."

"하지만 스포츠 쪽은 시도해 보지 않았잖아요." 로라가 웃으며 제안했다. 로라에게 고모들은 참기 어렵게 부담스런 존재였다.

로자 고모가 검게 칠한 눈썹을 추켜올렸다. 그녀는 장신구로 치장한, 발톱 같은 손가락으로 구겨진 신문을 반듯이 펴며 앉아 있었다. 오늘은, 너덜너덜하게 해졌지만 부지런히 수선한 옷 같은 모습을 하고 있었다. 불굴의 정신을 가진 고모 자신도 조만간 포기할 것 같은 옷이었다. 로자 고모를 감싸고 있는 육체는 섬뜩하고 기괴하게 늙어 있었다. 그것을 제외하면 고모는 모든 부분에서 생기가 있었다. 고모도 한때는 오래가지 못하는 연애와 마음을 졸이게 하는 경망한 짓으로 유명세를 얻었던 미녀였고 공주였다. 이런 고모를 지켜보면서 로라는 살아 있으면서 썩어 가는 것을 보았다. 쾌락의 피할 수 없는 종말과 권태를 보았다. 그 많던 애인들 중 지금 남아 있는 사람이 있는가? 젊은 날에는 왕성했던 감각으로 지금 그녀는 무엇을 할 수 있을까? 사랑이 메마른 이 나이에? 하물며 로자 고모는 달콤했던 기억조차 간직할 수 없었다. 그렇다면 고모는 무엇 때문에 드러난 스캔들에 난리법석을 떠는 걸까? 마치 독수리가 썩은 고기에 그러는 것처럼.

"가여운 안젤라가 필요한 건 삶의 동기이지. 열정." 보석으로 장식된 줄에 매달린 금테 안경을 가슴에서 집어 들며 로자 고모가 한마디 했다. "난 내가 취하고 싶은 감정을 갖기에는 너무 늙었다고 말하곤 했다. 그러나 다행히도 사람의 감정이란 게 잘 관리만 하면 팔순까지도 지속될 수 있다는 걸 알았어. 남자들은 그것에 실패하면 카드놀이를 하게 되지. 카드놀이 다음에는 아마도 가십이 올 게다." 로자 고모가 확신에 차 말을 이었다. "내가 이것 때문에 리틀 브리지*를 배우라고 안젤라를 설득하고 있다."

"리틀 브리지요!" 로라는 숨이 막혔다. 정말 당혹스러워 안젤라 고모가 앉은 소파 발치에 앉았다.

"당연히 나는 그 카드놀이의 윤리적 측면을 고려하고 있었다." 로자 고모가 다시 말을 시작했다. "처음에는 감동이 있는 종교적 확신을 가지라고 하려고 했지. 근데 안젤라가 종교에

---

* 카드놀이의 일종

는 관심이 없어서 브리지를 제안한 거란다."

"차라리 흰토끼가 되는 게 나을 거야. 나에게는 그게 그거니까." 피곤에 지친 몸짓으로 염을 추어올리며 안젤라가 반발했다.

"다른 점이 있어. 흰토끼는 추잡한 작은 짐승이잖니." 언니가 말했다.

안젤라는 소파 뒤로 기대고 칼날처럼 예리하고 차가운 미소를 지으며 로자를 빤히 보았다. "언니, 네가 왜 나보다 운이 좋은지 모르겠어." 잠깐 머뭇거리다 안젤라가 말했다. "내 가슴속에 나는 항상 언니보다 더 좋은 여자였거든."

로자가 음울히 기운 없는 웃음을 터트리며 멜로드라마틱한 제스처로 삐쩍 마른 손을 뻗었다. "하지만 나는 결코 바보가 아니었어, 동생아." 로자가 반박했다. "생애 처음부터 끝까지 한 번도 바보였던 적이 없었다고 진정으로 말할 수 있는 여자가 몇이나 되겠니. 그렇다고 항상 바보인 사람은 없지. 살면서 바보가 되어 보지 않은 사람은 극히 소수일 뿐이야."

"음, 나는 그랬어." 안젤라가 체념한 듯 한숨을 내쉬었다. "나도 알아. 그렇지만 벌을 받았지."

"이 인생에서 우리가 정말 벌을 받은 건 확실해." 로자는 윤리적으로 자족해하며 말했다. 그녀는 의로운 편에 설 수 없을 때면 세속의 편에 얼쩡거리곤 했었다. "내 생각에 다른 죄는 영세와 연관된 거야. 하지만 바보가 자기 어리석음의 사막에서 도망친 걸 본 적이 없어. 이게 바로 내가 전능한 신의 섭리를 변함없이 확고히 믿는 한 가지 이유이지. …… 너는 나가려고 그러니, 얘야?" 로라가 일어서자 로자가 물었다.

"시원한 공기를 마시고 싶어서요." 낯설게 번득이는 로자 고모의 시선에 주춤하며 어린 숙녀가 대답했다. "제가 돌아오면 안젤라 고모에게 읽어 드릴게요. 근데 지금은 나가 봐야겠어요." 그럼에도 로자는 로라를 잡아 놓을 궁리를 했다. 로라는 재빨리 달아나 거리로 뛰쳐나갔다.

로라는 문밖으로 나오자마자 그냥 방에 있는 게 나았을 거라는 생각이 들었다. 어쩌면 방해받지 않는 고요함 속에 시간이 더 빨리 흘러갈 수도 있었을 것이다. 로라의 모든 감각은 오직 한 가지만 바랄 뿐이었다. 어서 빨리 오늘이 가고 내일이 왔으면. 이 밤이 지나면 생각을 명료하게 정리하고, 아침에는 그녀가 오늘 느꼈던 혼란을 투명하게 설명할 수 있을 것이다. 거티를 본받아 쇼핑을 하면서 주의를 분산시킬 수 있으리라.

로라는 마차를 타고 모자 가게로 향했다. 거기서 전혀 어울리지 않는 모자를 여러 개 써 보았다. 그리고 하나를 샀다. 가게를 나오면서 그녀는 절대 그 모자를 쓰지 않으리라는 걸 알았다. 그것이 거티의 '세련된' 분위기를 자아낸다고 느꼈기 때문이다. 그 세련됨이란 거티의 개성적 매력에 딸린 뻔뻔함 같은 거였다. 로라는 시계를 흘긋 보았다. 집을 나오고 겨우 두 시간이 흘렀다. 로라는 거리로 나와 걸었다. 급하게 돌아가는 자신의 생각에 맞춰 기운차게 걸으려고 애쓰는 듯한 발걸음이었다.

"당신은 내 인생의 다른 모든 감흥을 지워 버렸어요." 어제 켐퍼가 로라에게 한 말이었다. 로라는 그 말을 다시 말해 보았다. 짧은 갈색 콧수염 밑에서 떨리던 입술이, 웃는 그녀를 보며 장난스럽게 비꼬던 미소가 떠올랐다. 그가 한 말에는 어떤 깊은 뜻이 있을까, 아니면 별 뜻이 없는 걸까? 힘 있는 악수에는 진정성이 있었을까? 거티가 생각하는 것처럼, 그의 음성에서 나오는 감미로운 소리는 거짓이었을까? 정말로 그는 자신의 영혼을 자유롭게 하기 위해 인생의 모든 위선 아래서 싸움을 하고 있는 걸까? 아니면 결국 그 안에는 단지 공허함만이 있는 걸까? 로라는 타는 듯한 그의 시선을 다시금 느끼며 그 기억에 흠칫했다. '시선 하나하나, 몸짓 하나하나, 말 하나하나가 그가 입 밖에 낼 수 없는 것을, 말할 수 없는 것들을 나에게 말한다.' 이런 확신에도 불구하고 로라는 마치 몽롱하고 고통스런 꿈속에 머무는 것 같았다. 마치 비현실적 요인이 그의 미소, 그의 음성, 그리고 이 열병 같은 그리움의 한 부분을 차지하고 있는 듯했다. 로라는 이 그리움에서 금세 깨어날 거라고 자신에게 말했다. 흡사 여러 환영幻影들 중 하나를 뒤흔들면서도 그녀 자신과 밖에 보이는 것들이 실제가 아닌 것처럼 느껴졌다.

9장
자존심의 승리

다음 날 오후, 아놀드 켐퍼는 정확히 3시에 나타났다. 그가 방에 들어오는 순간, 로라는 약간 실망했다. 꼭 집어 말할 수는 없었지만 그는 그녀가 기대했던 모습과 달랐다.

"스물네 시간 만에 처음으로 갖는 평온한 시간이군." 조그만 장작불 앞 의자에 풀썩 앉으며 켐퍼가 말했다. "내 지인이 너무 갑자기 죽는 바람에 내가 아들의 보호자로 지정됐어요. 장례식이 끝나기 전에 그 양반의 재산을 꼼꼼히 살펴봐야 했죠."

그의 이마에 짜증 섞인 주름이 잡혔다. 하지만 그가 돌아서자 그의 모습에 열띤 생동감이 어리며 주름은 이내 사라졌다. "젠장, 여기서 당신을 만난 후로 줄곧 당신을 생각했소." 켐퍼가 말했다. "당신이 한 남자의 평온한 마음을 어찌나 집요하게 간섭하던지, 살다가 이런 경우는 처음이에요."

"설마 제가 재산에 손해를 끼친 건 아니겠죠." 로라가 말했다. 어제는 왜 그리 간절하게 그가 그리웠을까, 로라는 자신을 이해할 수 없었다. 막상 그와 마주하니 기대가 이루어진 것에 대한 기쁨도, 체념 후에 오는 평온함도 없었다.

"음, 당신이 그렇게 하지 않았다면, 당신 잘못은 아니겠지." 켐퍼가 답했다. 의자 등받이에 머리를 뒤로 기대며 그는 다정하고 매혹적인 미소를 보냈다. "주식에서 당신을 제외시키려고 몸부림쳐야만 했어요. 마찬가지로 나도 당신에게 방해가 되었는지 모르겠네요?"

로라는 머리를 흔들었다. "나에게요? 그렇게 되게 내버려 두지 않아요. 내가 왜 그러겠어요?"

"아, 정말로?" 켐퍼의 눈빛에는 다정한 장난기가 어렸다. 그가 그녀의 시선을 빤히 마주했다. 그녀의 이마에 뜨거운 피가 재빨리 몰리는 것 같았다. "그러니까 당신이 원치 않았다면, 그럴 리가 없었겠죠?" 그가 웃었다.

켐퍼는 창으로 눈길을 돌렸다. 로라는 크고 살짝 거칠어 보이는 그의 옆모습을 보았다. 가득 찬 듯한 덕은 고개를 돌린 얼굴에 은근히 폭력성의 느낌을 더했다. 로라는 자신이 정말 한날 야생적 정력에 매력을 느낀 걸까 궁금해졌다. 그때, 어루만지는 듯한 그의 시선이 로라를 향했고, 로라는 자신에게 의미 없이 이렇게 묻는 걸 더는 생각하지 않았다.

"그러면 내가 방해하지 않았다는 거 확실하죠?" 켐퍼가 유쾌하게 물었다.

로라는 그를 잠시 물끄러미 보다가 대답했다. “아, 아니에요. 당신이 아니고, 거티 때문에.”

켐퍼가 다가왔다. 그가 앉아 있던 의자의 팔걸이가 그녀 의자의 팔걸이에 닿았다.

“난 아무래도 거티와 성격이 잘 맞는 거 같소.” 그가 말했다. 그에게는 쉽게 흥분하는 헛된 불쾌감이 얼핏 보였다.

“당신이 그 위험에 대해 어떻게 생각하는지 모르겠어요.” 로라가 진중하게 대꾸했다. “하지만 나는 단지 그녀가 말한 것들을 싫어해요.”

다시 힘을 모으며 그의 주름이 돌아왔다. “그래요? 그게 뭐였죠?”

“아, 몰라요…… 확실한 게 없어요…… 그저 일반적인 여자들에 관한 게 아니라면.”

“여자들이라! 흠! 당신은 특별한 여자요. 세상에 당신 같은 사람은 없으니까.”

로라는 팔걸이 위에 손을 놓았다. 켐퍼가 손을 뻗어 그녀의 손목을 잡았다. 부드럽게 잡지 않고 난폭하게 힘을 주었다.

“살아 있는 사람 중에 절대 당신 같은 여자는 없을 거요. 맹세할 수 있어요.” 그가 선언했다.

전류가 흘렀다. 그의 손가락에서 출발하여 그녀의 팔을 타고 흘렀다. 손목에서 심장으로 살을 달구며 빠른 속도로 지나갔다. 한순간 숨을 쉴 수 없었다. 그 순간 그의 존재는 강력한 물리적 힘이 되었다. 로라는 흥분이 일면서 발이 땅 위에서 뜨고 속절없이 허공으로 쓸려 들어갔다. 그때서야, 로라는 약간 뒤로 물러나며 그의 손아귀에서 벗어났다.

"분명히 경고하죠, 당신이 그 말을 세 번째 반복하면 내가 진짜 믿게 될 거예요." 로라가 차갑게 대꾸했다.

"난 당신이 그걸 믿어 주었으면 하는데." 켐퍼가 어색한 음성으로 응대했다. "당신이 왜 그렇게 회의적인지 모르겠어요." 의자 뒤로 깊숙이 앉으며 그가 덧붙였다. "우연히 그런 말을 들을 때면 그게 진심인지 잘 모르겠단 말이죠."

"진심이라고요?" 로라가 속삭이듯 말했다.

"가짜에 너무 익숙해져서 남자의 사랑을 보면 알아보지 못하는 건가?"

로라가 그를 향해 몸을 기울였다. 그녀가 음울하게 의아한 표정을 지으니 검은 눈썹이 한데 모였다. 켐퍼는 묘하게 항상 이 표정에 끌렸다. 이 표정 말고 다른 무엇이 있었던가? 그는 강렬하고 간절한 의구심으로 물었다. 그녀 안에 어떤 열정적인 놀라운 것이 있었던가? 아직 발견하지 못한 매력을 어렴풋이 드러내는 무엇? 그의 앞에, 그녀의 성품에 대한 경이로움이 일었다. 절묘하고, 거리감이 있고, 탐나는 경이로움이었다. 모험을 즐기는 영혼처럼 짜릿한 그녀의 매력이 그의 혈관을 타고 흘렀다. 켐퍼는 다시 손을 뻗었다. 하지만 그녀를 닿기 전에 인상을 찌푸리며 손을 거두었다.

"내가 당신을 사랑하는 걸 정말 모르겠소?" 성난 목쉰 소리로 켐퍼가 말했다.

로라는 그의 얼굴, 음성, 손을 뻗은 몸짓에 놀라며 순간 전율을 느꼈다. 경계하는 아이처럼 몸을 뒤로 움츠렸다. 이게 진정 사랑의 현실이라면 그녀가 꿈꾸던 것은 어디에 있을까? 로라는 반사적으로 반발하며 추궁했다. 그 모습에 갑자기 그의 표정이 변했다. 그가 미소를 지었다. 강렬한 다정함이 로라를 감쌌다. 로라는 홀연히 황홀한 안식에 젖었다.

"내가 당신을 놀라게 했나요?" 켐퍼가 웃으며 물었다.

로라가 머리를 흔들었다. 그녀는 잠시 그의 손에 손가락을 올려놓았다. "당신이 아무리 노력해도 나를 놀랠 수는 없을 거예요." 그녀가 말했다.

켐퍼는 가볍게 심문하는 듯한 특유의 몸짓으로 눈썹을 치켜올렸다. "음, 노력하는 거 별로예요. 그래서 그래요."

"내가 도와주죠. 나는 방패로 용기를 가졌으니까."

"하지만 당신을 놀래고 싶지 않아요." 켐퍼의 음성이 앞서 들었던 것보다 부드러워졌다. "그러니까, 우리는 우리가 사랑하는 사람들을 두려워하지 않죠."

"내가 왜 당신을 사랑해야 하죠?" 로라가 발랄하게 물었다.

켐퍼의 웃음 속에는 기분 좋은 장난기가 있었다. "당신은 어쩔 수 없으니까. 그럴 수밖에 없어요. 그게 당신의 운명이거든."

로라가 살짝 인상을 찌푸렸다. "난 내가 직접 만드는 거 말고 다른 운명은 없어요."

켐퍼가 그녀를 향해 구부렸다. 이번에는 그가 결연히 그녀의 손을 잡았다. "어, 당신이 원하는 대로 나를 만들어도 좋아요." 켐퍼가 말했다.

로라의 손이 그의 손아귀에 갇힌 새처럼 퍼덕거렸다. 그가 꽉 잡고 있는 바람에 손가락 끝으로 갑자기 피가 쏠려 얼얼했다. 그의 힘이 그녀를 아프게 하고 있었다. 하지만 톡 쏘는 듯한 감각에서 그녀는 야릇한 쾌감을 찾았다.

"싸워 봐야 소용없어요." 켐퍼가 짧게 웃으며 말했다. "우리는 어쩔 수 없는 관계니까. 당신은 나랑 결혼할 거고, 그러니 항복하는 게 나을 거요."

조롱하는 듯한 말투였다. 하지만 로라는 방금 전에 느꼈던 것처럼 반항할 수 없는 포근한 다정함을 느끼며 켐퍼를 올려다보고 미소 지었다. 그는 재빨리 몸을 숙여 그녀의 이마에 키스했다. 그리고 눈에, 그녀의 턱을 들어 입술에 키스했다. 그리고 보들보들한 그녀의 목에. 그녀가 손으로 밀치자 그는 그 손을 가슴 위로 움켜잡고 강렬하게 입을 맞추었다.

그의 열정적인 포옹에 로라는 호흡이 멎는 듯했다. 잠시 굴복하며 눈을 감았다. 꿈과 그리움이 순식간에 현실로 녹아들었다. 기쁨의 고통이 근심의 고통보다 예리하다고 로라는 생각했다. 그녀가 상상했던 것과는 완전히 달랐다. 자기 것이라고 말했던 행복을 준비하기 위해, 그녀가 떠나왔던 불확실성 속으로 충동이 다시 날아들어 왔다. 그런데 이게 행복이었을까? 환상에서 깨어나며 미세한 충격을 받은 것처럼 그녀의 영혼이 비틀거렸다. 그 전날 거리에서 그녀가 받았던 비현실감이 다시 찾아왔다. 그녀는 특이하게 생생한 꿈의 한가운데에 있었다. 곧 이 꿈에서 깨어날 것이었다. 이 꿈은 어쩌면 이중성격의 산물인지도 모른다. 심지어 그녀의 감정조차도 실제라기보다는 생각이 무의식적으로 투영한 것 같았다.

탈출하고 싶은 충동이 로라 안에서 깨어났다. 하지만 그가 떠나면 금세 탐욕스런 그리움이 그녀에게 다시 몰아칠 것이다. 불 보듯 뻔했다. 그로부터 멀어질수록 이상하게도 그의 매력은 한층 더 강해졌다. 하루라도 그를 보지 못한다면 그로 인해 생긴 불확실성이 참기 어려울 것이다. 로라는 자문했다. '내가 그에게서 보는 영혼이 진짜일까? 내 영혼은 단지 그 영혼의 그림자에 불과한, 그런 영혼이 그에게 있을까? 아니면 한갓 내가 허공에 만든 형상일까?' 이런 생각을 하면서도 로라는 그의 얼굴에서 새로운 진지함과 보다 깊은 의미를 보았다. 거티는 결코 이 비밀 온천에 와 보지 못했다. 로라 자신 말고는 어떤 여자도 경험하지 못했다. 이렇게 생각하며 로라는 특권에 대한 황홀한 생각이 들었다.

로라가 눈을 떴다. 켐퍼는 의자에 뒤로 기대어, 얼떨떨하면서도 격렬한 표정으로 로라를 뚫어지게 바라보고 있었다.

"나를 영원히 기다리게 하지는 마요." 예민하게 이마를 찌푸리며 켐퍼가 말했다. 그녀에게는 익숙한 표정이었다. "우리가 교수대로 가야 한다면, 당장 갑시다."

"교수대라고요?" 불확실성의 짜릿함을 오래 끌려는 요량으로 로라가 살짝 웃었다.

"어, 그러니까, 나는 결혼이 싫어요." 켐퍼가 바로 대꾸했다. "나를 다시 그것으로 엮을 수 있는 여자는 세상에 없어요."

로라가 고개를 끄덕였다. "음, 그렇게 믿는다면, 원하는 대로 되길 바랄게요."

켐퍼가 그녀를 향해 돌연 몸을 틀었다. 그가 소리쳤다. "당신이 나랑 결혼만 해 준다면, 믿든 안 믿든 관계없어요."

로라는 그의 경박함이 거슬렸다. 그의 말에는 애매한 진심이 있었다. 얼굴에서는 그 진심이 그녀를 조롱했다. 이 진심을 붙잡고 지킨다면 로라는 분명 그의 본성 깊은 곳에 이르러 평화를 얻을 것이다.

"부인이 있던 남자와 결혼하는 것은 생각해 본 적이 없어요." 로라는 오래된 행동 규범에서 벗어난 것을 은근히 후회하는 듯 말했다.

“부인! 말도 안 돼!” 로라는 켐퍼의 눈이 발끈하는 것을 보았다. 짧은 콧수염을 잡아당기던 손이 바르르 떨렸다. 비록 켐퍼가 그녀에게 손을 대지는 않았지만, 그녀를 지배하려는 기질을 드러낸 것이었다. 로라는 그것을 본능적으로 느꼈다. “그녀는 그저 한낱 머슴애가 철없이 만난 사람이에요. 그녀를 알고 있었다는 게 나는 기억도 나지 않아요. 지금 그녀는 무사히 다시 결혼을 했고. 그러니 제발 바보같이 그러지 말아요!”

“그러면 10년 후에 당신이 나를 잊지 않을 거라는 걸, 어떻게 알죠?” 로라가 물었다.

잠시 켐퍼는 아무 말 하지 않았다. 그러다가 그녀를 향해 몸을 숙였다. 그의 얼굴에 조만간 강력히 부인하는 열정적 표정이 나타나리라 로라는 기대했다. 그의 눈에는 그녀가 사랑하면서도 두려워하는 기운이 어렸다. 그 눈빛을 보며 로라는 무력감에 휩싸여 대책 없이 허우적거렸다. 그가 너무 가까이에 있었다. 대기에 흐르는 긴장감에 마치 호흡이 그녀의 몸을 떠나는 듯한 기분이었다.

“어떻게 당신을 잊겠어요, 사랑스런 당신을!” 켐퍼가 소리쳤다. 이 가벼운 말은 그 순간 감정적 품위에 대한 모욕에 가까웠다.

로라는 자신의 가냘픈 손가락 끝까지 그와 거리를 두려는 듯 손을 뻗으며 일어섰다. "내가 당신을 사랑하게 되면, 난 정말, 아주 많이 사랑할 거예요."

켐퍼가 웃으며 그녀의 손에 입술을 대었다. "당신은 내가 사랑하는 거의 절반도 사랑하지 못할 거요. 당신은 조그만 엉겅퀴 꽃의 갓털 같아."

"엄청 행복하든지, 엄청 비참하겠죠." 로라는 멈칫 물러나며 말을 이었다. 그녀는 손을 빼내 가슴에 모았다.

"더 이상은 비참해질 일은 없을 거요. 새 인생의 시작이지." 켐퍼가 말했다.

로라가 얼핏 웃었다. 약간 다정한, 순종하는 듯한 미소였다. 바로 그 순간 켐퍼는 로라를 팔로 안았다. 하지만 로라는 재빨리 빠져나가 책상 뒤로 물러났다.

"시간이 필요해요. 내가 너무 관심을 쏟기 전에 생각을 해야겠어요."

마침내 로라는 약속을 했고, 켐퍼는 생소하면서도 생동감 넘치는 들뜬 기분으로 떠났다. 당시 켐퍼는 지금껏 자신이 원했던 어떤 것보다, 그리고 바람둥이의 지겨운 감정보다—젊음의 타락한 열정이 반응하는 감정보다—로라를 원한다고 되뇌었다. '내가 이미 중년이고, 조금씩 대머리가 되어 가는 것이 사실일까?' 켐퍼는 아직 감각이 살아 있음을 실감하고 진정 기뻐하며 자신에게 물었다.

캠퍼는 집으로 향하는 길에 평소처럼 클럽에 들렀다. 종종 만나는 몇몇 남자들과 한두 마디 나눈 후, 길 건너편에 있는 페리를 만나러 갔다. 페리는 창가, 가죽 의자에 앉아 있었다. 지쳐 보이는 모습이었다. 밖에서는 화려하게 차려입은 여자들을 태운 마차가 줄지어 5번길을 올라갔다. 마차의 행렬은 말을 타고 모퉁이에 서 있는 경찰 앞으로 지나갔다. 캠퍼가 다가갈 때, 페리는 흐리멍덩한 생선 눈으로 구렁말이 끄는 이륜마차의 고삐를 잡고 있는 부인을 뒤쫓고 있었다. 부인의 모습은 확연히 눈에 띄었다.

"몸매가 죽이는데. 저 엉덩이를 봐." 캠퍼가 옆에 서자 페리가 입맛을 다시며 말했다.

"난 어제 봤어. 잘 빠진 여자라고 거티가 말하더군." 북적이는 차들 사이로 감탄의 대상이 사라지는 것을 응시하며 캠퍼가 말했다.

"어, 어찌 생겼든 몸매에 대해 말할 거리가 있는 여자라면 누구나 항상 한마디씩 하지." 페리가 말했다. "여자가 다리미판처럼 판판하게 생기지 않았다면, 분명 누군가는 그녀가 천박하다고 말을 할 거야. 나로 말하자면, 몸매를 좋아하지." 그가 강조하며 말을 맺었다.

늘씬한 거티의 환영이 소년같이 당당한 태도를 취하며 캠퍼

앞에 나타났다. 켐퍼는 입술에 힘을 주어 냉소가 이는 것을 참았다. '결국 사람은 살면서 자제할 줄 알아야만 하는가? 심미적 취향의 참맛을 즐기려면 교양 있는 절제가 필요한가?'

켐퍼는 페리를 보자니 결혼에 대한 오랜 혐오감이 되살아났다. 페리는 다사다난한 가정사에 묻혀 있었다. 조금 전 켐퍼의 흥분은 페리의 형편에 상응하는 음울함에 자리를 내주었다. 켐퍼는 돌이킬 수 없는 일을 저질러 버린 것이다. 여느 때처럼, 일이 돌이킬 수 없게 되자, 그 일의 즐거운 유혹은 곧 환상에서 사라졌다. 그에게 결혼이란 정말로 비위에 거슬리는 일이었다. 하지만 켐퍼는 자기 위치에서 물러날 수 없다는 것을 알았다. 설령 그럴 수 있다 하더라도, 그는 물러나고 싶지 않을 것이다. 로라를 잃을 수도 있겠다는 생각이 들었다. 그 순간 켐퍼의 욕망이 다시 부풀어 올랐다. 그녀를 원했다. '그녀를 가질 수 있는 유일한 방법이 결혼이라면, 까짓것, 결혼하지 뭐!'

연한 빛깔의 쪽지가 페리에게 전달되었다. 페리는 그 쪽지를 다 읽은 후 손가락으로 집어 빙빙 돌리며 앉아 있었다. 혈색이 좋은 잘생긴 얼굴에 지루하고 불만스런 표정이 어렸다.

"내 말을 들어. 관계가 정리되어 있을 때는 그냥 물러나 있어." 페리가 짜증난 목소리로 말했다. "제기랄, 나도 가끔은 늙은 애덤스처럼 냉정했으면 좋겠단 생각이 들어."

"늙은 애덤스?" 켐퍼가 돌연 관심을 보이며 이름을 되풀이했다. "음, 여자 문제라면, 나는 그가 하나도 부럽지 않아." 켐퍼가 말했다.

"그를 보았다면 그렇지 않을걸. 한마디로, 내가 아는 한 그는 여자에 관심이 없어. 어쨌든 자기 아내한테서도 벗어났으니까. 드디어 말이야. 그녀는 브래디의 손에 달렸지. 얼마나 다행이야!"

켐퍼가 어깨를 들썩였다. "추측컨대, 그녀에게는 잘된 거지. 하지만 나라면 브래디에게 의지하지는 않을 거야, 절대로."

"오, 그가 그녀를 금방 내칠 거야. 두고 봐."

"그리고 그 후에는……." 켐퍼는 페리 쪽으로 몸을 기울이며 창 아래로 지나가는 예쁜 여자를 유심히 보았다.

"그 후란 없어." 페리가 웃었다. "그런 여자들이 어떻게 끝나는지 알잖아."

페리는 쪽지를 다시 흘긋 보았다. 지루하고 불만스런 표정이 얼굴에 다시 비쳤다. 그는 그 봉투를 아무렇게나 찢어 쓰레기통에 휙 뿌려 버렸다.

"휴우! 성性이라는 건, 여러 가지로 귀찮은 문제야." 페리가 일어서며 말했다. 혐오감이 아직 표정에 남아 있었다. 그때 하인이 들어와 먼저 것과 같이 연한 종이에 쓴 두 번째 쪽지를 건네주었다. 마치 마술처럼 금방 그의 얼굴이 변했다. 정복자의 생기 넘치는 만족감이 있었다. 페리는 단정한 콧수염 끝을 아무 생각 없이 손으로 만지작거리다 그 끝을 능숙하게 말아 올렸다. 그러더니 한낱 찌무룩하고 풀이 죽은 동물 같은 상태에서 득의만만한 남자가 승리감에 차 활보하는 것처럼 순간 튀어 올랐다.

"미안하지만, 정말 바빠서." 페리는 평소의 따뜻한 투로 말했다. "저녁에 날 찾아와. 당구나 치자구."

멋들어진 콧수염 끝을 계속 꼬며 페리는 나갔다. 이윽고 켐퍼도 따라나섰다. 현관 앞에는 프랑스제 신형 자동차가 대기하고 있었다.

얼마 후 켐퍼는 혼잡한 차들에 에워싸여 5번길을 따라 서서히 이동했다. 페리가 너무 바쁘니 거티 친구들을 만나러 가는 것도 좋을 것이다. 켐퍼는 거티의 현관 앞에 멈춰 섰다. 그녀에게 잠깐 리버사이드에 같이 다녀오자는 요청을 올려 보냈다. 켐퍼는 로리 다음으로 거티가 좋았다. 그의 머릿속에 가득한 화젯거리에 대해 그녀가 신나게 조롱할 것이라는 걸 알기 때문이었다. 그의 감정은 너무 단순했다. 단지 그런 화제가 존재한다는 사실만으로도 거티는 노골적으로 비아냥거렸고 거기에는 톡 쏘는 매력이 있었다.

몇 분이 지나서 거티가 무두질한 긴 바이크 코트를 입고 하얀 시폰 베일을 펄럭이며 내려왔다. 거티는 평소처럼 주절대며 차에 올라타 뒤로 기대어 덜렁거리는 옷깃을 여미었다. 켐퍼는 이에 조급함을 느꼈다.

"갈 수 있는 한 빨리 가지." 켐퍼가 운전사에게 말했다. 그러고는 주머니에 손을 넣어 안경을 꺼냈다. 그녀에게도 안경을 주었다.

거티는 화난 듯 거절하며 고개를 저었다. "난 망하게 되면 그냥 망할 거야. 비열하게 망하지는 않을 거야!" 그녀가 큰 소리로 말했다.

켐퍼는 웃으며 모자 위로 고무 끈을 쑤욱 넣었다. "항상 미모를 지켜야 하는 일은 정말 지루할 거야." 그가 말했다. "못생겨서 얻는 자유 속에 대단한 기쁨이 있다는 걸 너는 상상도 못하겠지."

"감히 말하지만," 거티가 고개를 돌려 지나가는 마차를 보자, 켐퍼는 그녀의 옆모습을 보았다. 부풀어 오른 투명한 베일을 통해 비친 그 모습은 사랑스러웠다. "나도 언젠가는 그걸 알게 되겠죠." 거티가 이내 덧붙였다. "별 탈 없이 50번째 생일을 넘기면 절대 거울을 안 쳐다볼 작정이니까. 거울들을 모조리 깨 버리고 난 정말 행복하게 살 거예요."

"아니, 너는 그렇지 않을 거야." 켐퍼가 응대했다. "계속 페리의 눈에서 네 자신을 볼 테니까."

엉성한 코트 속에서 거티의 어깨가 우아하게 들썩거렸다.

켐퍼는 그것을 보며 짜릿함을 느꼈다.

"어, 그럴 일은 없을 거예요." 거티는 확신했다. "그의 눈 속에는 항상 그 자신만 있으니까."

켐퍼의 머릿속에 이는 막연한 호기심이 돌연 말이 되어 튀어나왔다. "근데 그는 지금 어디 있지? 알고 있어?"

거티는 리드미컬하게 헛웃음을 터트렸다. 그것은 그를 향한 그녀의 무심한 시선만큼이나 완벽했다. "혼자 재밌게 놀고 있으면 좋겠네요." 거티가 답했다. "내가 진이 빠져서 그를 밖으로 쫓아내 버릴 때까지는 내 주변에서 얼쩡댔었는데."

속눈썹이 떨리지는 않았지만 그녀가 거짓말을 하고 있음을 켐퍼는 알았다. 또한, 그녀는 그가 무슨 생각 하는지 정확히 알고 있다는 것도, 알았다. 그녀 속임수의 절망적 용맹은 그의 핏속에 흐르는 투쟁 정신을 자극했다. '로라라면 이렇게 당당하게, 무시당한 아내의 역할을 할 수 있었을까?' 그는 멍하니 혼자 궁금해하고 있었다. 켐퍼는 특이하게 열정적인 기질을 가진 남자였다. 이런 남자에게는 흔들림 없는 일관성을 인내의 한계까지 밀어 보고 싶은 묘한 욕구가 있었다. '로라라면 이렇게 절실하고 무례하게 무모한 거짓말을 했을까? 아니면 인내심 많은 그리젤다*처럼 옷장에서 눈물을 흘렸을까?' 켐퍼는 로라를 진실함의 미덕과 밀접하게 연관시켰다. 로라가 거짓 뒤에 숨어서 몸을 움츠리는 것은 가당찮아 보였다. 하지만 그가 보기에 있을 수 없고 순전히 상상이라고밖에 할 수 없는 상황에서 그녀가 어떻게 행동할지, 그 궁금증을 떨쳐 버릴 수는 없었다.

켐퍼는 거티에게 로라에 관한 얘기를 하고 싶었다. 하지만 당혹스러울까 봐 말을 꺼내지 못했다. 게다가 경박한 냉소적 어투로 떠들지 말라고 거티를 설득할 자신도 없었다. 그래서 그들 사이에 로라의 이름은 거론되지 않았다.

마침내 다시 그들이 거티 집 현관으로 돌아왔을 때, 켐퍼는 대체로 이 드라이브가 실망스러웠다. 거티가 그녀 친구를 향한 사랑에 공감해 주길 원했지만, 대신 몹시 예리하고 절묘한 농담만 들었을 뿐이다. 거티가 한 번이라도 진심으로 진지하길 그는 바랐다. 그는 자신의 감정을 어떻게든 안정시키려고 힌트를 주었지만, 거티는 어느 것 하나 심각하게 받아들이지 않았다. 그녀가 남자 때문에 상심했다면, 그것에도 역시 비웃음을 터트렸을 것이다. 아주 잠깐이나마 신나게 조롱하는 것을 멈추고 소견을 밝힌 것은 애덤스의 이름이 나왔을 때 그가 물은 몇 마디에 답한 것뿐이었다.

"로저 애덤스!" 순간 진지하게 거티가 따라 말했다. "그 사람은 다른 생에서 로라와 연이 될 거라고 내가 항상 상상한 거 알

---

* 중세 문학에 나오는 정숙한 여자

아요?”

“다른 생에서?” 켐퍼가 쾌활하게 물었다.

“음, 여기서는 길이 엇갈렸으니까.” 거티가 답했다. “하지만 다른 곳에서는, 누가 알겠어요, 모든 게 잘 풀릴지.”

‘다른 생’에서 가능한 로라의 운명이라, 켐퍼는 그 질문에 그리 신경 쓰지 않았다. 하지만 높이 솟은 전등 아래 어둑어둑해지는 거리를 내려가면서, 왜 거티가 그녀 친구를 꼭 로저 애덤스와 연관시키는지 의문이 들었다.

10장

그가 유산을 상속받다

로라가 혼자 있은 지 5분도 채 되지 않아 하인은 로저 애덤스 이름을 가져왔다. 그리고 이윽고 그는 로라의 손을 따스하게 꽉 잡고 있었다. 애덤스를 보면서 로라는 현실 감각을 되찾았다. 힘차게 잡고 있는 손, 강하면서도 다정한 얼굴, 안정감을 주는 끌리는 미소, 이것들은 인생의 덧없는 부분이 아니라 영원에 속한 듯한 인상을 주었다. 애덤스는 커다란 가죽 의자에 앉았다. 켐퍼가 앉아 있던 곳이었다. 그는 안경을 벗고 근시 눈을 가늘게 뜨며 로라를 주의 깊게 바라보았다. 로라는 곧 처음에 느꼈던 평온함을 다시 느꼈다. 한동안 친숙해진 평온함이었다. 애덤스는 로라 책상의 마호가니 덮개로 손을 뻗었다. 긴, 굵은 핏줄이 솟은, 근육질이면서도 섬세한 손. 은연중에 로라는 켐퍼의 우악스럽게 생긴, 네모난 다갈색 손과 비교하고 있었다. 로라의 오감, 머리, 가슴은 아직 연인에 대한 생각으로 가득했다. 하지만 그녀의 이중성품이 묘하게 얽히면서, 사랑하지 않는 이 남자에게서 감동을 주는 도덕성과 마음의 솔직함을 느꼈다. 그건 그녀가 사랑하는 남자에게서는 전혀 찾아보기 힘든 것들이었다. 이렇게 생각하자니 이상하게도 그녀의 완고한 감정이 사라지기보다는 더해지는 듯했다. 켐퍼와 떨어져 있는 몇 분은 그의 모습을 균형이 잘 맞는 영웅 조각상으로 부풀려 생각하기에 충분했다. 그녀의 마음은—아직 비유적으로 생각할 수 있을 만큼 명료했다—신적 존재 앞에 꺼지지 않는 불꽃이 타오르는 제단 같았다. 그 신은 자신이 혹독하고 애매모호하다는 것을 이미 드러내 보였다.

로라는 앉아서 앞에 있는 남자를 황홀하게 바라보았다. 애덤스에게는 없는 그 특이한 기질에 자신이 얼마나 절대적으로, 기침없이 굴복했는가를 생각하고 있었다. 지금 그녀의 삶에 위기가 다가오고 있었다. 이 위기에 로라는 유머감각이 보호 장치가 되어 멋진 무언가를 만들 것이라 기대했을지도 모른다. 하지만 그녀의 유머감각은, 실제 생각은 바꾸지 않고 보기 좋게 장식할 수 있는 상황에서만 유용했다. 이건 그녀 성품의 약점이었다. 그녀는 켐퍼에게 열정을 쏟고 있었다. 오직 영원한 자만이 위엄 있게 지탱할 수 있는 견지의 강렬함으로. 한편 애덤스에게는 그저 일시적인 감정뿐이었다.

로라가 시선을 아래로 떨어뜨렸다. 애덤스는 그녀가 덜 복잡하고 더 인간적으로 보였다.

"당신 생각을 했어요. 자주, 아주 많이." 로라가 온화하게 미소 지으며 말했다.

"내가 생각한 것만큼이나 자주는 아니겠지요." 애덤스가 말하면서 신문을 접어 책상에 놓았다. "그 시에 대한 영국인 리뷰가 있어요. 좋던데, 당신도 관심 있을지 모르겠네요."

로라는 신문을 폈다. 그러고는 대수롭지 않게 그것을 멀리 밀었다. "너무 오래돼서 제가 썼다는 게 믿기지가 않아요." 로라가 대꾸했다. 그녀는, 절제하고 싶지만 묘하게 생생한 흥분을 평이하게 말하고 있었다. 불빛이 지나간 후에도 남아 있는 감미로운 정신적 광채 같은 흥분이었다.

"당신이 왜 그리 길게 느끼는지 궁금한데요." 애덤스가 천천히 말했다. "생각의 모든 단계를 점검하려면 각 단계를 통과해 날아야만 한다고 당신이 투덜거리던 게 엊그제 같은데."

"지금은, 그걸 전부 점검해야 하는지 잘 모르겠어요." 로라가 말했다. "좋은 곳에 다다르면 멈춰 서서 쉬는 게 좋을 테니까요."

"그럼 당신은 좋은 곳에 있나요?" 근시의 눈으로 골똘히 로라를 바라보며 그가 물었다. 안경을 벗고 있어서 가늘게 찌푸려 뜬 것처럼 보였다.

"모르겠어요." 로라가 미소를 지으며 질문을 피했다. "하지만 내가 만약 그렇다면, 당신에게 경고하죠, 난 그곳에서 머물며 쉴 거예요."

애덤스가 은은하게 웃었다. "당신이 옳다고 해야겠군요. 쉰다고 말할 수 있는 그런 상태가 이 세상에 있다면 말이죠."

활력에 찬 그의 음성에 로라는 갑자기 눈물이 맺혔다. 언젠가 병원에서 보았던 남자가 떠올랐다. 그 남자는 엄청난 사고를 겪고도 미소를 머금고 있었다.

"많이 힘드신가요?" 로라가 물었다.

"나요?" 애덤스가 머리를 흔들었다. "어, 내가 또 멋있게 보이는 추상적인 말을 했나요."

"당신은 휴가를 거의 가지 않잖아요." 로라가 말했다.

"나처럼 길들여진 사람은 휴가가 없어도 돼요. 게으름의 호사를 누리는 사람이 모르게 일을 하는 것도 재미가 있거든요."

"그래도 당신이 한동안 쉬면 좋겠어요." 로라는 사려 깊은 눈빛으로 그를 길게 보며 아름답고 떨리는 목소리로 말했다. 그가 '크레올 성향'이라 부르는 음성이었다. "우린 정말 오래되고, 가깝고, 다정한 친구가 되었어요." 그녀가 말을 이었다. "그래서 내가 이렇게 말해도 될지 모르겠어요. 얼마나 깊고 진지하게……."

로라가 머뭇거렸다. 애덤스는 그녀가 당혹스러워하지 않도록 끝내지 못한 문장을 반사적으로 이었다. "난 줄곧 알고 있었어요. 염려 말아요." 그가 말했다. "누구나 그런 감정을 느끼죠."

"당연히 그래야죠." 로라가 대꾸했다.

"힘들었어요." 애덤스가 솔직히 말했다. 그 목소리에 전혀 생동감이 없어서 로라는 놀랐다. 그가 맞닥뜨린 상황에 대해 투덜거리는 피해자처럼 말하지는 않았다. 그의 태도가 동정심을 유발하지도 않았다. 로라는 문득 그가 일련의 사건들을 다룰 능력이 있는 남자라는 인상을 받았다. 그게 아니라면 적어도 그 결과에 대해서는 그럴 능력이 있었다. "아마 내가 말로 할 수 있는 것보다 더 힘들었을 거요…… 불쌍한 여자죠." 그가 서둘러 덧붙였다.

로라는 깜짝 놀라 의자에서 꼿꼿이 앉았다. "그래서 당신은 그녀를 생각해 그만둘 수 있어요?" 로라가 물었다.

애덤스는 팔걸이에 놓인 손을 힘없이 쥐었다 폈다 했다. "당신은 그렇게 할 수 없어요?" 그가 불쑥 물었다.

"진지한 것도, 자연스러운 것도 아니지만," 로라가 답했다. "나는 당신을 생각해요."

애덤스의 얼굴에 홀연히 고통의 경련이 이는 것을 로라는 보았다. 이를테면 핏줄이 불끈 솟는 듯했다.

"만약 코카인이 도덕성을 서서히 독살하는 것을 본 적이 있다면," 이윽고 애덤스가 말했다. "당신이 상황을 더 잘 이해할 거요." 로라는 잠시 순간 날카로운 갈등을 목격했다. 애덤스가 덧붙였다. 평소 잔잔하던 그의 음성이 짜증 섞인 거친 소리를 냈다. "아니면, 브래디 같은 괘씸한 짐승의 손에 맡겨진 적이 있었다면 말이요."

애덤스가 돌풍처럼 불현듯 화를 내는 바람에 로라는 흔들렸다. 로라는, 의로운 목적에 소박한 열정을 보이는 그가 더 좋아졌다.

"당신이 그를 욕해서 좋아요." 로라가 간단히 말했다. "잘했어요!"

애덤스가 얼핏 험상궂게 웃었다. "나도 좋아요."

"하지만 얼마나 끔찍한 일이에요." 로라가 말했다. 그녀는 코니에게 연민을 느끼지 않았지만 그래도 그런 감정을 보이려고 애썼다. "모든 세상을 공포로 몰아넣죠."

"음, 힘든 길이 아니었다고 논쟁할 필요가 없어서 다행이네요." 애덤스가 말했다. 재밌는 농담이었지만 단지 비극의 느낌만 더할 뿐이었다. "그걸 좀 더 쉽게 하려면 내가 살아야 한다는 생각으로 겨우 버티고 있죠."

애덤스가 말하면서 일어났다. 그리고 웃으며 손을 내밀었다. "당신이 행복할 때는 나를 생각하지 말아요." 그가 말했다. "하지만 강한 오른팔이 필요한 경우가 있으면, 연락하고요."

'내가 필요할 때가 있을까?' 애덤스는 집을 향해 거리를 빠르게 걸으며 자문했다. '그녀를 위해 전심으로 섬길 수 있다면 행복할 텐데, 그럴 기회가 조금이라도 있을까?' 이 생각은 마치 황홀한 꿈처럼 몇 분간 그의 곁에 머물렀다. 삶의 원동력 뒤에 항상 자리 잡은, 흔치 않은 소중한 광경처럼 마음에 남아 있었다. 그녀의 모습에 깃든 가공의 기운, 설득력 있는 검은 눈, 다른 여자에게서는 볼 수 없는 힘과 사랑스러움의 묘한 혼합. 그녀 외모에서 풍기는 인상은 언제나 그 외모로만 봐서는 찾을 수 없는 어떤 품성을 보이는 듯했다. 이것은 그녀가 가진 권력의 한 부분이었다.

로라를 영원히 놔 줘야만 했다. 애덤스는 그녀를 기억에서 끈질기게 떼어내려고 했다. 그녀를 생각하는 것은 연약함의 사치였다. 그는 당장 앞에 놓인 급한 일에 억지로 정신을 모았다. 그렇게 함으로써 그녀를 단념할 수 있는지를 테스트하고 싶었다. 이 꿈은 내가 원할 때면 언제라도 포기할 수 있는 것이라고 혼잣말하는 것은 의미가 없었다. 인내력이라는 것은 그가 생계를 유지하고 살아가기 위해 치르는 희생과 같다는 것을, 그는 알았다.

"이거 없이도 살 수 있어. 가져가. 남기지 말고 전부 다 가져가 버려." 애덤스가 깊이 고뇌하며 말했다. 자기 밖의 모든 것을 포기할 수 있는 힘의 지식은, 자기 영혼에 있는 것을 소유할 수 있는 능력의 지식과 함께 왔다. 인생은 상실이었다. 애덤스는 스스로 얻을 수 있던 세상을 단념했다. 시내를 거닐며 미친 듯이 신을 찾던 그날 밤, 그는 말할 수 없는 커다란 평화 속으로 들어갔었다는 것을 점차 깨달았다. 신이 뜻한 바대로, 그는 행복 속으로 들어갔다. 그가 살고 있는 표면적 비극과는 다른, 멀리 떨어진 행복이었다. 교차로에 서 있는 매춘부의 눈빛에서 그는 지혜를 얻었다. 질병이나 가난도, 코니가 지은 죄에 대한 수치도, 애덤스 자기 육체의 연약함도, 그 지혜를 그에게서 떼어내지 못했다.

그는 근본적인 것을 찾아서 동그라미 안을 여러 해 동안 돌고 돌았다. 결국 그 동그라미는 그를 그 자신의 영혼으로 돌아오게 했다. 이것 말고는 더 이상 잃을 것도 없고, 배울 것도 없었다. '하나님, 나에게 빛을 더 주세요!' 영적 고뇌 속에 그는 기도했다. 비뚤어진 곳을 펴고 모호한 의미를 분명하게 하는 내적 광채 속에 대답이 왔다. 마침내 그는 행복했다. 신을 제외한 모든 것을 잃은 사람이 모든 것을 소유한다는 사실을 비로소 깨달았기 때문이다.

분명, 창세 이래로 그보다 외로운 사람은 없었다. 하지만 그는 더 이상 외로움 때문에 불안해하지 않았다. 멀리 주변 사람들을 바라보았다. 어떤 지식의 원천이 그의 마음을 관통해 흘렀다. 그것은, 남자가 거리의 그 낯선 사람을 통해서 자신을 발견하게 만드는 지식이었다.

몇 주가 지나고, 애덤스는 거티를 통해 로라와 켐퍼의 약혼 소식을 들었다. 어느 오후 사소한 업무를 가지고 페리를 보러 잠깐 들렀을 때였다. 페리는 없었다. 거티는, 남편은 없어도 잠깐 있다 가라고 간청했다.

"약간의 뉴스로 당신에게 보답할게요." 초조하고 불안하게 움직이며 거티가 말했다. "로라가 가을에 결혼한대요."

"결혼요?" 약간 멍하니 애덤스가 그녀를 보았다. 그는 충격을 받지 않으려고 단단히 준비하고 있었다. 그럼에도 그 충격에 민감한 자신을 발견하며 흠칫했다. "결혼이라! 누구랑 하나요?"

"당연히 아놀드 켐퍼죠. 그럴 거라고 예상하지 못했나요?"

애덤스는 머리를 흔들었다. "전혀 예상치 못했던 사람인데요." 그렇게 말하는데, 켐퍼의 모습이 눈앞에 나타났다. 건장하고 사내답고 매력적인 형상. 압도하는 자기중심 에고와 기분 좋은 허풍. 반은 영웅이고, 반은 바람둥이인.

"음, 그 사람이나 되니까 그렇게 했지, 아니면 아무도 못했을 거예요." 거티가 답했다. "그는 진짜로 로라에게 미쳐 있어요. 그러면서 어떤 위로를 얻었을 거예요. 그리고 로라는……."

"그리고 로라는요?" 거티가 말을 하자마자 애덤스가 그 이름을 따라했다.

"오, 로라는 엄청난 사랑에 빠져 있는 것 같아요. 그녀 자신도 왜 그런지 모를 거예요. 하지만 누군들 그걸 알겠어요."

"어, 그들이 행복하길 우리가 진심으로 기원해야겠네요." 애덤스가 말했다. 얼핏 생각에 잠겨 덧붙였다. "바라는 대로 될 수만 있다면."

"아, 그럴 수 있다면!" 거티가 애잔하게 되풀이했다. 그러고는 그녀의 음성이 난처한 한숨 속으로 떨어졌다. 거티가 아첨하듯 은밀한 자세로 그를 향해 몸을 기울였다. "그저 여자라면 상스럽게 구는 남자들이 있다는 걸 당신도 알죠." 거티가 말했다. "하지만 그들 관계에서는 그런 걱정을 할 필요는 없어요. 그들은 단연 최상류층이니까."

"당신이 맞는다고 생각해요." 애덤스가 대답했다. 그리고 페리를 생각했다. "그런데 당신은 왜," 그가 유머러스하게 덧붙였다. "이 시점에서 이성에 대한 철학을 이야기하죠?"

거티는 진지함을 잃었다. 다시 의자 뒤로 기대며 웃었다. "어, 나도 몰라요…… 아마도…… 누군가는 금언을 잊고 싶지 않았나 보죠. 비록 그것이 적절치 않은 시점에 머릿속에서 튀어나와도 말이죠."

애덤스가 나가려고 일어서자 거티는 사내아이처럼 그의 손을 꼭 잡았다. "내가 당신을 좋아하는 것의 절반만이라도 당신이 나를 좋아했으면 좋겠어요." 거티가 말했다.

"좋아해요. 항상 그럴 겁니다." 애덤스가 어정쩡한 자세로 대꾸했다. "내가 좋아하는 것에는 절대 제한이 없어요…… 하지만 그렇게 되면 당신은 분명 지루해 죽을 겁니다."

거티는 지친 듯 피식 웃었다. “누군가 나를 좋아한다면 정말 좋을 거예요.” 그녀가 말을 이었다. “아무도 나를 좋아하지 않아요. 많은 사람들이 이 모양 저 모양으로 나를 사랑하죠. 하지만 나는 그냥 누군가가 좋아해 주었으면 좋겠어요.”

거티의 이마가 살짝 슬프게 찌푸려지는 것을 애덤스는 보았다. 자신의 가슴속 고통에도 불구하고 그는 깊고 처량한 연민을 느꼈다. “어, 그것에 대해 우리가 서약을 맺읍시다.” 일순간 진심을 실어 그녀의 손을 꽉 잡으며 애덤스가 제안했다. “당신이 솔직히 질렸다고 말할 때까지 나는 당신을 좋아하겠습니다. 약속합니다.”

아이 같은 열정이 그녀의 모습에 어렸다. 그가 흔히 보던 것은 아니었다. 그의 말에 그녀가 충동적으로 대답을 하려고 했을 때 문 밖에서 무거운 발걸음 소리가 들렸다. 그리고 곧이어 페리의 들뜬 음성이 들렸다.

“어, 그를 잡고 있다니, 아주 잘했어, 여보. 거 참, 당신이 그를 어떻게 꼬일지 궁금한데. 그 사람은 당신과 같은 부류가 아니잖아.”

아이의 모습은 거티의 얼굴에서 즉시 사라졌다. 애덤스는 그녀의 입술에 조롱하는 듯한 오만함이 은근슬쩍 돌아오는 것을 보았다.

“반면에, 우리는 마음이 찰떡궁합이에요.” 거티가 말했다.

"내가 당신 같은 부류만 좋아하는 게 아니니까."

"그래? 어, 거 멋진 농담인데!" 불쾌하지 않으면서도 호색적인 웃음을 터트리며 페리가 큰 소리로 말했다. 쫙 벌어진 멋진 가슴을 하고 그는 방 한가운데 서 있었다. 남자의 한낱 야성미가 이보다 더 인상적일 수는 없다고 애덤스는 느꼈다.

"난 내가 자네 부인과 좋은 친구라는 게 대단히 기쁘네." 애덤스는 건장한 페리를 우스꽝스러운 근시안으로 잠시 훑어본 후 말했다. "부인은 우정의 힘을 빌려 나에게까지 지지를 확대하겠다고 약속했거든. 아, 더 이상 지체할 수는 없어." 페리가 가지 말라고 하는 것에 답하며 그가 덧붙였다. "내일 다시 보지. 뭐 서두를 일은 전혀 없으니까."

애덤스는 너무 뜨겁게 달궈진 꽃향기 가득한 방에서 질식할 것 같았다. 그래서 거리로 뛰쳐나왔다.

로라의 소식 때문에 그가 동요될 이유는 없었다. 아무리 뒤틀어 상상을 해도 그녀의 결혼을 자신의 삶과 직접적으로 연관시킬 수는 없었다. 그럼에도 애덤스는 긴장된 걸음으로 집을 향해 빠르게 35번가를 걸었다. 까칠한 큰 상처가 난 것처럼 가슴이 욱신거렸다. 단순히 인간적인 부분에서, 사랑에 대한 지적 열정이 매우 생생하게 얽힌 부분에서, 그녀를 잃어버린 것이 고통스러웠다. 마치 몸에 새로이 생채기가 생긴 것 같았다.

그는 어떤 특정 보물을 간직하기 위해 그녀를 단념하겠다고 선언한 것일까? 어떤 끌리는 연약함 때문에? 아니면 그의 고통은 순간적인 것일까? 아니, 단지 처음 무심결에 일어난 신경 조직의 떨림일까? 이내 그의 운명과 하나가 되면서 스쳐 지나갈 떨림? '그녀가 다른 남자에게 가지 않는다는 조건으로 내가 그녀를 포기한 걸까?' 그가 자문했다. '그녀의 사랑이 내가 아니라 켐퍼를 향한 것이라는 것을 알았어도, 내가 그녀의 우정을 그렇게 쉽게 포기했을까?' 또다시 켐퍼의 모습이 그 앞에 어른거렸다. 다정하고, 충동적이고, 육감적인 형체. 만약 그가 아니라 다른 남자였다면, 애덤스는 로라를 잃은 것을 더 순수한 용기로 감내했을 것이다.

애덤스는 자신의 정신 자세가 틀렸다 여기며 그 생각을 밀어냈다. 그는 자신이 예전에 가졌던 자기중심적 무지의 상태로 되돌아가고 있었다. 그의 영혼을 비추던 광채가 서서히 흐려지고 있었다. 다시 그 빛을 잃는 걸까? 다시 어둠 속을 걸어야 할까? 전날 가졌던 수정 같은 선명함은 이제 머릿속에 남아 있지 않았다. 불현듯, 그가 최근에 찾았던 모든 지혜의 열쇠는 이 결정적 순간에 굳게 닫힌 문을 열지 못하는 듯했다. 이건 일시적이고, 순전히 인간적인 반응이었다. 이건 어떤 영혼의 빛이 마음에 투사한, 피할 수 없는 떠돌이 그림자였다. 지금 기분에 비춰 보자니, 이렇게 반응하는 것은 마음속에 실패의 깊은 나락을 품는 것 같았다. 그가 신을 놓쳐 버린 이 한 순간, 이 순간은 그의 영혼을 통해 영원한 무의 상태로 저절로 뻗어 나갔다.

애덤스는 빨리, 멀리 걸었다. 문득 엉겁결에 걸음을 멈추고 고개를 들어 보니 집을 지나쳐 20번가와 브로드웨이가 만나는 모퉁이까지 내려와 있었다. 어느덧 오후가 저물어 가고 있었다. 이제 거리는 사무실이나 가게에서 하루 일을 마치고 돌아가는 사람들로 붐볐다. 한편에서는 신문을 파는 소년이 석간신문을 내밀고, 다른 편에서는 한 남자가 반쯤 시든 제비꽃 한 다발을 그의 얼굴에 들이밀었다.

애덤스는 교차로에서 머뭇거리며 서 있었다. 하나의 의식 상태가 다른 의식 상태로, 잠깐 꾼 꿈에서 깨기 전 더 짧은 시간의 변화로, 빠르게 이동했음을 어렴풋이 느꼈다. 이전 마음가짐과 현재 마음가짐에는 뚜렷한 차이가 있었다. 그는 깨어나고 있었다. 양편으로 빠르게 늘어나는 사람들을 보며 그는 강렬한 예감이 들었다. 감각이 완전히 되살아나면 동시에 삶을 더 명확하고 깊이 있게 이해하리라. 짧았던 불행은 갑작스런 악몽으로 나타났다. 남자와 여자들이 멈춰 서 있는 그를 스쳐 지나갔다. 애덤스는 자기 사랑의 이기주의를 느꼈다. 세상을 채운 인간다움의 평범한 흐름 속으로 로라가 들어왔기 때문이다. 개인적인 일이 갑작스레 보편적인 일이 되었다. 욕망의 기운은 연민의 기운과 하나 되어 실체를 드러냈다. 다시 되새겨 보니, 그가 겪은 반란의 번뇌를 통해 다른 삶의 비극을 더욱 의식하게 되었다. 인간들과 가까이 사는 것이나 낡은 옛 도로를 더 편하게 만드는 것, 그리고 수고의 현장에서 노동자와 어깨를 맞대고 서는 것은 모두, 과거 이기적 그리움에서 새싹처럼 튀어 오른 충동들이었다. 애덤스는 "내가 기쁨과 슬픔을 오가며 이 둘을 모두 느끼게 하소서."라고 기도했다. 이제는 이렇게 기도할 힘을 찾았다.

애덤스는 새로이 얻은 힘으로 전진했다. 서 있던 교차로에 발을 내디디며, 옆으로 소리 없이 울며 걷는 여자를 보았다. 수수하게 옷을 입은 가난한 중년 여자였다. 순간 그는 자신이 예전에 가졌던 속박에, 과거 당혹스러웠던 무언가에 억눌렸다. 그는 약간 망설이면서도 말을 붙이려고 그녀를 향했다.

"혹시 무슨 문제라도 있으신가요? 괜찮다면, 말씀해 보세요." 그가 말했다.

여자는 잠깐 멈춰 섰다. 불안하게 눈을 가늘게 뜨고 그를 올려다보았다. 얼룩진 큰 뺨에는 아직 마르지 않은 눈물이 보였다. 여자는 두려워하며 말없이 그의 앞에 서 있었다. 바구니에서 한 덩이 잿빛 모피가 꿈틀거렸다. 몸을 숙여 자세히 보니 모피로 보였던 것은 몇 마리의 작은 동물들이었다. 붉고 하얀 격자무늬 숄 위에 뒤섞여 자고 있었다. 애덤스는 여자의 얼굴이 좋았고, 바구니의 작은 생명들도 좋았다. 좋은 것 이상으로, 그가 처한 극한의 영적 고독에 다리를 놓을 생각이라면 도와야 한다는 필연성을 느꼈다. 자기 자신을 주는 것! 사랑에 관한 한, 결국 영혼을 내어 주는 것이 모든 믿음의 시작이 아닐까?

"도움이 필요한 것 같아서요." 애덤스가 말했다. 언제나 다른 사람의 마음을 열게 하는 묘한 힘을 지닌 음성이었다. "제가 도울 수 있을 겁니다."

거리의 시끄러운 소음 속에 소리를 지르는 신문팔이 소년과 빽빽대는 자동차들에 둘러싸여 여자는 잠시 정지해 놀란 시선으로 재빨리 주변을 훑어보았다.

"내 말을 당신이 믿을지 모르겠지만," 가슴에 확신을 얻은 듯 여자가 대답했다. "방금 나는 도움을 보내 달라고 기도하고 있었어요. 하지만 어쨌든 응답이 오면 언제나 놀라 당황하게 되는군요. 난 이 작은 것들을 팔려고 하고 있어요." 여자가 계속했다. "하지만 오늘은 잘 안 됐어요. 짐은 내가 장례식에 필요한 돈을 모을 때까지 기다리지 못할 거예요."

"짐은 당신 남편인가요?" 애덤스가 조용히 물었다.

"그와 결혼한 지 30년이 넘었어요." 여자는 대답하며 고개를 숙여 재킷 소매로 거칠게 눈을 닦았다. "아프기 전까지는 항상 훌륭한 일꾼이었어요. 건강했을 때는 결근 한 번 한 적이 없었으니까요." 여자가 자랑스럽게 덧붙였다. "다른 남편들은 술에 취해 있을 때도, 그는 변함이 없었어요."

“그분이 지금 아프신가요?” 여자가 말을 멈추자 애덤스가 물었다.

“한 주 내내…… 서서히 죽어 가고 있어요.” 여자가 비통해하며 간단명료하게 답했다. 분명한 사실임을 뒷받침하는 비통함이었다. “그리고 나는 때가 되면 써야 하는 남편의 장례식 비용을 만들기 위해 밤낮으로 일해 왔답니다. 그가 하루 이틀만 더 버텨 준다면 부랑자 무덤은 피할 수 있을 텐데.” 여자가 약간 희망적으로 말을 맺었다.

그 희망이 실제 공포 위에 섬뜩한 도깨비불처럼 빛나는 것을 애덤스는 보았다. 이 공포로 인해 그는 이 비극을 더욱 매섭게 자각했고, 그녀가 묘사한 빈곤을 확실히 달리 보았다. 여기에는, 진정, 극한 고통의 야비함이 있었다. 그리고 그에 비하자니 자신의 고뇌는 그늘처럼 허접해 보였다. 여하튼 그 심각성을 절감하며 슬픔을 받아들이는 그의 기품은 무의미한 것이었다. 하지만 이 여인은 죽음의 물질적 요구를 감당해야 하는 잔인한 책임감 때문에 근심의 유령에 에워싸여 있었다. 죽음은, 실로, 단지 하나의 사건, 사변의 한 조각일 뿐이었다. 장례 의례는 자연법칙의 자리와 중요성을 강탈했다.

“제가 당신 집에 같이 가도 될까요? 그럴 수 있으면 좋겠는데.” 애덤스가 말했다. 그들은 다시 걸음을 옮겼다. 몸에 배인 정중함으로 애덤스는 여자의 바구니를 들어 자신의 어깨에 걸쳤다. 잠시 후에는 여자를 따라 웨스트사이드로 향하는 노면 전차에 올랐다. 그는 바구니를 무릎에 놓고 앉았다. 내려다보니 잿빛을 띤 조그만 새끼 고양이들이 일어나 놀기 시작하고 있었다. 북적거리는 주변 사람들, 그의 옆에서 심하게 한숨을 내쉬는 사람, 그리고 무릎에서 새끼 고양이들이 귀엽게 바동거리는 모습. 이들로 인해 그가 잃어버렸던 삶에 대한 애착이 돌아오는 것 같았다. 애덤스는 이제 주변 환경에서 불안을 느끼지 않았다. 분리된 느낌도 사라졌다. 그의 눈에 자신의 존재는 확대된 보편적 인류의 한 부분일 뿐이었다.

차가 멈추자 여자가 황급히 몸짓을 했다. 그들이 인도에 이르니 그녀는 모퉁이 옆 건물 앞의 과일 노점상을 가리켰다.

"저 위에요. 3층." 여자가 말했다. 인도에서 놀고 있는 아이들을 가로지르며 그녀는 큰 걸음으로 걸어갔다. 마음을 편히 먹기로 결심한 듯한 발걸음이었다.

이윽고 그들은 건물 안으로 들어섰고 우중충하게 불이 켜진 계단을 올라갔다. 건물 전체가 닫혀 있고, 불은 침침하게 켜져 있었다. 부옇게 먼지가 쌓여 있었다. 건물은 아이들 소리로 끊임없이 웅웅거렸다. 웃는 소리, 우는 소리, 꾸짖는 소리, 기쁨의 소리처럼 지르는 슬픔의 소리. 애덤스는 어린 동거인들 숫자에 강한 인상을 받고 있었다. 그때 갑자기 여자가 3층 층계참에서 문을 밀어 열고 방으로 안내하자 그는 약간 당황했다. 방 안에는, 창가에 깨끗한 하얀 침대에 누워 있는 사람 말고는 아무것도 없었다.

모든 부분이 빈틈없이 깔끔했다. 깨끗이 쓴 바닥, 잘 배치된 의자들, 창틀 위로 갈라진 티 하나 없는 하얀 삼베 커튼, 창틀에 놓인 철 지난 빨간 제라늄. 제라늄에는 꽃송이가 딱 하나 달려 있었다. 여자가 들어가자 큰 잿빛 고양이 몇 마리가 야옹대며 바구니에 있는 새끼들에게로 왔다. 그녀는 바구니의 새끼들을 바닥에 내려놓으라고 그에게 손짓했다. 그러고는 침대로 다가가 그곳에 누워 있는 남자를 향해 몸을 숙였다. 깊고 고요한 잠에 빠진 것처럼 남자는 미세한 움직임도 없이 곧게 누워 있었다. 담요 밖으로는 손이 하나 나와 있었다. 철기로 얼룩진 기형적인 손. 애덤스는 그 손을 보았다. 그 손은 이 모든 비극의 상징이었다. 잠자는 남자의 얼굴은 보이지 않았지만, 뒤틀리고 노동으로 단단해진 손은 많은 걸 보여 주고 있었다. 방금 도구를 놓아 버려 편한 것처럼 손가락이 벌어진 채 늘어져 있었다. 그의 귀에 울리는 여자의 음성은, 이미 그가 알고 있었지만 말하지 못한 것을 말로 표현했다.

"아아, 이이가 떠났네요." 여자가 말했다. "참을 수 있을 때까지 버텨 보겠다고 약속했었는데, 그럴 수 없었나 봐요."

계단 아래서부터 들려오는 아이들 소리로 왁자지껄한, 말끔히 청소된 휑뎅그렁한 방. 그곳에 서 있는 애덤스는 더 강렬한 생명력과 통찰력을 의식했다. 그가 전에 느껴 보지 못했던 것들이었다. 그곳, 우주, 그리고 그의 영혼은 무한한 신령으로 차고 넘쳤다.

11장

삶의 날개 위에서

거티가 애덤스를 만난 이튿날 아침, 로라는 퍼시벌 삼촌에게 약혼 소식을 알렸다.

"오늘 아침에는 삼촌이 관심 가질 만한 소식이 있어요." 로라가 입을 열었다. 그러고는 그가 앉은 의자 앞 발판에 앉아 비쩍 마른 작은 손을 잡았다.

두리번거리던 그의 파란 눈이 잠시 로라에게 집중되었다가 이내 다시 불안하게 움직이더니, 팔꿈치 옆 테이블에 가만히 놓여 있는 플루트에게로 갔다.

"아, 근데 이번에는 너보다 빨랐구나." 삼촌이 다정히, 이가 없는 미소를 지으며 말했다. "마당에는 새로운 토끼 한 무리가 있단다. 나는 벌써 그놈들을 봤지. 로자에게는 말하지 않는 게 좋겠다." 그가 조심스럽게 속삭였다. "로자가 알면, 한 놈씩 물에 빠뜨릴 거야."

삼촌은 로라의 손에서 손을 빼내 플루트로 뻗었다. 꼼짝하지 못할 청중이 있으니 그는 어설피 기분이 좋아져 악기를 입술로 가져갔다. 그가 연주한 곡은 〈여름의 마지막 장미〉였다. 로라는 끝까지 그의 옆에 진득하니 앉아 있었다. 삼촌은 연주를 마치고 플루트를 무릎 위에 단정히 놓았다. 자신의 쇠약한 영혼을 음악으로 격려하고 통제하는 듯했다.

"가을에 결혼할 거예요, 삼촌. 알려드리고 싶었어요." 그는 노쇠해서 망연자실할 때가 많았다. 로라는 그것을 넘어서려고 새로이 힘을 내 말했다.

"결혼한다고!" 노인이 놀라 분개하며 따라 말했다. 로라가 전혀 기대하지 못한 반응이었다. "결혼! 아니, 도대체 너는 왜 그렇게 웃기는 짓을 하려는 거냐? 말도 안 되는 소리야." 그가 격렬히 화가 난 듯 계속했다. "그건 완전히, 터무니없이 말도 안 되는 소리지."

한동안 로라는 무슨 말을 해야 할지 어리둥절했다.

"그래도 누구나 결국에는 결혼을 하잖아요, 삼촌." 마침내 그녀가 말했다.

"난 85년 동안 꽤나 편안하게 살았다." 그가 대꾸했다. "결혼은 하지 않고 말이다."

"오, 그렇지만 삼촌은 한 번도 사랑에 빠진 적이 없었잖아요." 로라가 고집스럽게 말했다.

"사랑? 쳇!" 노인은 비웃으며 대답했다. "근데 왜 네가 사랑을 해야 한다니? 나는 왜 그걸 하는지 그 필요성을 느껴 본 적이 없어."

"그러니까, 때론 어쩔 수 없는 것 같아요." 로라가 살짝 난감해하며 반박했다. "언제나 원하는 건 아니지만 그래도 사랑은 찾아오니까요."

"내가 싫으면 안 하면 되는 거지." 삼촌이 말했다. 그리고 곧 덧붙였다. "로자는 이 상황을 어떻게 생각할지 궁금하구나. 로자는 매우 합리적인 여자니까."

"오, 진심으로 기뻐하셨어요. 모두 기뻐했어요. 삼촌만 빼고요."

퍼시벌은 완강하게 반대하며 고개를 저었다. "사람들은 언제나 다른 사람이 실수하면 좋아하지. 그게 인간 본성일 게다. 어쩔 수 없는 거야. 나는 살면서 엄청난 사랑을 보았지. 근데 내버려 두는 게 제일 좋아. 그냥 내버려 두는 게 좋지."

삼촌은 낙심한 듯 일어나 어기적어기적 토끼에게로 갔다.

쪼그라든 작은 형체가 나가고 문에 달린 커튼이 내려오자, 감정이 쏠려 있을 때만 마음에 남아 있는 아주 하찮은 것은 쉬이 잊히는 것처럼 로라는 그를 곧 까마득하게 잊어버렸다. 모든 망설임, 불확실성, 절망은 그녀의 의식에서 쓸려 나갔다. 마치 소멸시키고 정화하는 불꽃에 타 버린 것 같았다. 지난 몇 주간 로라는 빠른 속도로 뜨겁게 흘러가는 감동 속에 살았다. 슬슬 기어가는 시간을 가로질러, 날개 달린 피조물처럼 돌진하며 느끼는 황홀한 감동. 그 순간 인생은 정말 날개를 달았고, 그녀의 영혼은 날았다. 가슴속에 갇힌 새가 퍼덕이는 것처럼 두근거리는 행복. 그리고 그곳에는 우리에 갇힌 동물의 고통 또한 있었다. 이유를 모른 채 맹목적으로 사랑했기 때문이었다. 하지만 이 미스터리한 비밀 열정으로 인해, 나름의 구상이 있는 이 신묘한 기적으로 인해, 그녀 주변에 천사들이 몰려왔다. 눈에 보이지 않아도 소식을 전하는 천사들. 로라는 아무것도 설명할 수 없었다. 삶, 죽음, 출생, 일상의 평범한 사건들은 단지 보이지 않는 경이로운 것들의 신호이자 징조였다. 그녀가 숨을 쉬는 순간순간이 나사로가 무덤에서 일어난 것처럼 대단한 기적이 되었다.

로라는 눈을 감고, 연인과 함께 자동차를 타고 나갔던 전날 오후를 생각했다. 그 순간 인생은 경험의 섬광 속으로 압축되었다. 그의 얼굴은 그들 옆으로 몰아치는 바람처럼 명백하고 강렬해 보였다. "빨리요, 더 빨리! 더 빨리 가요!" 로라는 간청했었다. "이 한 시간의 비상을 즐기게 해 줘요." 그렇게 말하면서 로라는 광기가 다시 사랑에 들어온 게 아닐까 의아해했다. 한평생 동안 인생의 클라이맥스를 두 번 맞는 게 가능할까? 한 인간에게 완벽을 반복할 기회가 주어질까? 그리고 그는? 그가 그것을 다시 알까? 로라는 자신을 관통한 검처럼 예리한 불확실성으로 자문했다. 그녀가 그 전날 보았던 모습의 그림자와는 다른 모습을 언젠가 그의 눈에서 찾을 수 있을까? 행복이란 결국 그것을 만드는 감정처럼 유동적인 것일까?

테이블 옆에 서 있던 로라는 베니스 화병에 꽂힌 장미에 잠깐 볼을 대었다. 꽃잎이 그녀의 얼굴을 스쳤다. 눈과 목에 닿았던 열정적인 그의 키스를 느끼는 듯했다. 기억은 피를 빠르게 흘려 보내 맥박이 뛰게 했다. 로라는 그날 오후에 보았던 그의 얼굴을 머릿속에 그려 보았다. 두드러지게 생동감이 넘치는 그녀의 기억 속 그의 얼굴은 변형되고 강렬해졌다.

"평생 이런 적이 없었어." 켐퍼가 심각하게 말했다. "태초부터 당신 말고는 내 삶에는 아무것도 없었지." 장난기 어린 음성이 아니었다. 그의 눈에는 냉소적인 장난의 흔적조차 없었다. 다시 생각해 보자니, 그녀는 처음으로—그를 알게 된 후로 경험한 유일한 순간이었다—그의 마음의 깊은 줄기를 잡았었다. 언제나, 그녀가 은연중에 더듬어 찾고 있던 그 줄기를.

로라가 아직 어제의 황홀감을 되새기고 있을 때, 문이 벌컥 열리고 켐퍼가 성급하게 들어왔다. 삶의 매 순간을 그렇게 사는 것처럼. 어제 오후의 뜨거움이 변함없이 그의 눈에 남아 있음을 로라는 첫눈에 알 수 있었다. 다음 순간 로라는 그의 성마른 키스에 굴복하고 있었다.

"같이 있을 때 당신을 더 사랑하는지, 아니면 없을 때 더 사랑하는지 생각하고 있었어요." 로라가 기분 좋게 웃으며 말했다.

“음, 나는 당신을 눈으로 볼 수 있을 때, 정확히 백 배 더 사랑하지.” 켐퍼가 명랑하게 대꾸했다.

로라는 그 말을 되풀이했다. 그의 말은, 완벽한 사랑을 원하는 그녀의 탐욕을 모욕하는 듯했다.

“그럼 두 번 다시 보지 않는다면, 나를 잊겠네요?” 로라가 살짝 토라져 물었다.

켐퍼는 자신이 했던 유쾌한 놀림 말을 임기응변으로 되받아치며 웃었다. “그러면 좋겠군. 아무것도 할 수 없는데, 사랑은 해서 뭐 하겠어?”

아무것도 할 수 없다! 그녀 아침의 찬란한 선명함이 구름으로 어스레해졌다. 그때 로라는 그의 눈에서 뜨거운 다정함을 보았다. 그리고 억지로 절망감을 옆으로 밀어냈다. 사랑이 시작된 후 그녀는 그를 만날 때마다 매번 그것을 옆으로 밀어내고 있었다.

“행복이란 것이 다른 사람들이 생각하는 것처럼 행복한 것인지 늘 궁금했어요.” 로라가 수심에 차 말했다. “그리고 이제 나는 알아요. 난 알죠.”

“행복이, 정말 그런가?” 득의만만한 미소를 지으며 켐퍼가 물었다. 그 미소가 매혹적인 만큼 로라는 짜증이 났다.

로라는 답을 하려고 그를 향해 고개를 들었다. 오직 그녀의 얼굴에서만 볼 수 있는 ‘천사 같은 모습’을 그는 보았다. 그녀와 시선이 마주쳤다. 한때 그가 사랑했던 다른 여자들은 모두 희미한 그림자가 되었다. 그들에게는 하나같이 열정을 타오르게 하는 비밀스러움이 없었다. 지금에야 비로소 그는 로라의 얼굴에서 성적 매력과 경이로움이 빛나는 것을 보았다. 감정으로 인해 그녀의 입술이 바들거렸다. 이게 평생 동안 지속될 감정에 대한 확신이 아닐까 그는 자문했다. 이제껏 변질되고 사라졌던 충동들처럼 이 또한 변질되고 사라질까?

"어젯밤부터 내가 생각하고 있던 것을 말해 줄까요?" 로라가 물었다. 켐퍼의 귀에는 그녀의 목소리가 노래처럼 들렸다. "나는 평생 어두운 지하실의 화초였어요. 빛을 찾아 더듬거렸지만 결코 찾지 못했죠. 찾고 또 찾았어요." 로라는 그를 향해 기울이며 손을 어깨에 올려놓았다. 사랑스럽고 고운 그 손을 그는 사랑했다. "난 자라서 빛을 찾았어요! 내가 자라서 빛을 찾았다고요!" 그녀가 기쁘게 속삭였다.

켐퍼는 그녀의 손을 들어 입술에 대었다. 가는 손가락을 하나씩 이로 부드럽게 물었다.

"내가 그 빛인가?" 그가 익살스럽게 물었다.

로라가 머리를 흔들었다. "아니요, 당신이 아니에요. 사랑이죠."

피식 그가 웃었다. "하지만 달링," 그가 대꾸했다. "내가 없다면 어디서 사랑이 나올까?"

"감히 상상할 수조차 없죠." 그의 장난말을 가볍게 듣기에는 그녀가 너무 진지했다. "이상하지 않나요? …… 당신만을 위해 내가 이걸 전혀 몰랐어야 했다는 게."

"누가 알겠어? 다른 남자가 나타났을지도 모르지. 그리고 당신은 마찬가지로 그 대역자를 사랑했겠지."

"절대 아니에요!" 로라는 분연히 반박하며 머리를 흔들었다. "그리고 당신은요?" 잠시 후 그녀가 차분히 덧붙였다.

"그리고 나? 뭐?"

"내가 아니라도 이렇게 느꼈을 것 같아요?"

로라는 숨을 죽이고 기다렸다. 하지만 장난스런 기운이 그의 다정함을 능가했다.

"사랑하는 아가씨," 그가 답했다. "그거 엄청난 질문이군요?"

"하지만 당신도 그럴 수 있었을까요? 말해 봐요." 그녀가 돌연 다급하게 물었다.

"음, 진짜 그러면 좋지." 그가 가볍게 대답했다. "난 그런 걸 놓치고 싶지 않거든."

그는 뒤로 기대며 눈을 감았다. 곧바로 어떤 경고도 없이, 그의 의지에 반하여, 그의 앞에 앨타 마담의 유혹적인 얼굴이 떠올랐다. 우아한 그녀의 목소리가 들렸다. 꿰찌르는 듯이 달콤하고 독특한 고음의 목소리. 그러고는 전 부인이 생각났다. 그가 한때 사랑했지만 지금은 잊어버린 혹은 사랑하지 않고 그냥 잊어버린 다른 여자들이 하나씩 떠올랐다. 지금 그의 삶에 그들은 별다른 의미가 없었다. 하지만 한때 그들은 각자 불행한 시간에 그의 오감을 깊숙이 파고들었었다. 어떤 묘한 감성 때문에 지금 사랑이 이보다 약했던 과거 사랑과 다를 수 있을까?

그러나 그는 반성하지 않았다. 그 혼란스러운 질문은 왔을 때처럼 쉬이 떠나갔다. 누군가 해결점을 찾으려 할 때, 맑은 머리로는 끝이 없는 원을 벗어날 가망이 없다. 아니, 그는 분석적인 사람이 아니었다. 얼마나 다행인가!

켐퍼는 아직 자신이 '실용적인 마음의 전환'이라고 말하는 것을 누리고 있을 때 문득 클럽에서의 약속이 기억났다. 한 주 전에 했던 약속이었지만 약혼에 온통 정신을 쏟는 바람에 깜빡 잊고 있었다.

"젠장, 당신은 언젠가 나를 끔찍한 곤경에 빠뜨릴 거야." 서둘러 외투를 입으며 켐퍼가 쾌활하게 말했다. "이걸 놓치면 5만 달러는 날아가는 거지."

기억이 되살아나면서 그의 태도는 180도 달라졌다. 모든 형태의 돈은—그것이 숫자의 모양이든 동전의 짤랑 소리든—로맨스가 있던 머릿속 자리를 즉각 차지했다. 그 순간 로라는 그의 마음에서 밀려났다. 마치 칼에 찔린 것처럼 예리하고 차가운 고통을 느끼며 로라는 이것을 깨달았다.

"당신 때문에 얼마를 잃을 뻔했는지 안다면."이 그가 층계를 내려가며 마지막으로 한 말이었다.

켐퍼는 모퉁이에서 거티의 마차와 마주쳤다. 거티가 초대의 손짓을 보냈다. 그는 훌쩍 안으로 올라타며 마부에게 명령을 내렸다.

"음, 운이 좋은데, 이건 분명 하늘이 내린 거야." 고마움의 한숨을 내쉬며 켐퍼가 말했다. 그는 모피 담요를 대충 덮었다. "아리따운 여인과 드라이브를 하니 노면 전차가 부럽지 않네. 그리고 넌 오늘따라 되게 예쁘다." 그가 은근슬쩍 대담무쌍한 말을 했다.

"당연히 그래야겠죠." 거티가 거침없이 대꾸했다. "정말, 그것 때문에 꽤나 고생했으니까. 오, 오빠를 만나서 반가워요!" 그녀가 발랄하게 말을 맺었다. "로라는 어때요?"

켐퍼는 다정히 웃으며 그 질문을 맞았다. "엄청 행복한 척하고 있지."

"로라가 정말로 푹 빠져 있나요?"

"그녀가 나에게 매력을 느꼈다는 게 놀랍지 않아?" 켐퍼가 웃으며 물었다.

속마음을 드러내며 거티가 끄덕였다. "글쎄 말이에요. 살면서 그렇게 놀란 적이 없었어요."

웃는 것이 당연할지 몰라도 켐퍼는 어린애 같은 허영심을 숨기지는 못했다.

"그래도 너도 나를 좋아한 때가 있었잖아." 그가 친밀하고 꿰

뚫는 듯이 바라보며 추궁했다.

"그랬어요?" 거티는 그 시선을 회피했지만 말투는 무례하기까지 했다. "사랑하는 친구여, 내가 지금보다 자네를 더 좋아한 적은 없어. 하지만 지금 우리가 얘기하는 건 로라지 내가 아니라네. 오, 켐퍼, 나는 너무 걱정돼서 떨려 죽겠다."

"로라 때문에? 그렇다면 떨지 말고, 웃기지도 마."

"당신은 솔직히, 진짜 끔찍할 정도로, 진지한 거 맞지?"

"어여쁜 아가씨, 난 그 사람과 결혼할 거야. 그거면 충분하지 않아? 남자는 진지하지 않으면 죽어야 하는 건가?"

거티는 곧 가볍게 비웃음 치던 것을 그만두었다. 얼굴에 드러난 근심을 숨기지 않고 그를 보았다.

"그러면 오래가겠네. 꼭 그래야만 해요."

"오래!" 켐퍼의 눈가에 짜증이 어렸다. 그는 성급히 움직이며 어깨를 들썩거렸다. "당연히 오래가지 않지. 오래가는 건 없어. 영원한 것을 원한다면 영세에서 찾아야지."

"그럼 결국에는, 이번도 다른 경우와 같다는 건가?"

켐퍼는 그 질문에 신경질이 났다. 그래서 잔인하리만큼 솔직하게 대답했다. "모든 것은 다른 것과 같아. 새로운 건 없지. 특히나 감정에 연관된 것은 말할 것도 없고."

거티는 잠시 말없이 그를 바라보았다. 그녀 눈에 고정된 초록 불꽃이 점점 더 밝아지는 것을 그는 보았다. 그녀의 얼굴에 나타난 것이 경멸일까, 호기심일까?

"불쌍한 로라!" 마침내 거티가 차분히 말했다. "불쌍한, 행복한 로라!"

거티의 말에 켐퍼는 반항의 웃음을 터트렸다. 그러나 잠시 후, 그가 생각하는 사람은 로라가 아니라 거티 그녀라는 사실이 생글거리는 그의 눈에 비쳤다.

"결국 내 아내가 되는 것이 그렇게 소름 끼치는 운명인가?" 켐퍼가 물었다.

켐퍼는 구부정하게 허리를 숙여 거티를 도전적으로 보았다. 거티는 반짝이는 거만한 눈을 치켜뜨고 서서히 웃으며 그를 응시했다.

"음, 그러니까, 맞아요." 그녀가 명랑하게 대답했다. "거의 그렇다고 봐야죠. 페리의 아내가 되는 것만큼이나 나쁘지 않다면 말이죠." 클럽 현관에서 마차가 멈췄다. 켐퍼는 이미 약속된 만남에 마음이 쏠려 있었다.

"그러니까 너는 사소한 일을 피하려다 더 고생하게 되는 거야." 켐퍼가 유쾌하게 대답했다. 그녀의 손을 무심히 꼭 쥐었다 놓으며 그는 떠났다.

제3부

각성

1장

비탄에 잠긴 연인과 한 쌍의 파란 눈

젊은 날에는 고뇌를 경험하고 싶은 이상한 갈망이 있다. 이런 갈망 속에 트렌트는 로라의 약혼 소식을 듣고 상상의 절망에 빠졌다. 어떤 고통의 실제만큼이나 생생한 절망이었다. 트렌트는 한 주 동안 고집스럽게 식사를 거부했다. 그는 완벽하게 건강한 식욕을 가지고 있었다. 가끔 은연중에 이 식욕이 돌 때면 윤리적 의분에 사로잡히기까지 했다. 상심한 채 음식을 먹는 것은 잔인한 행위처럼 보였다. 상처받은 자존심이 따끔거릴지라도 첫 로맨스의 비극적 결말은 본능적 쾌락에 조금도 영향을 주지 않았다. 이번 경우는 단순히 이상적인 감성과 완벽하게 평범한 관행이 맞부딪친 거였다.

"당신은 나에게 전혀 관심이 없었겠죠. 물론 나도 그걸 잘 알고 있었어요." 어느 날 트렌트는 로라에게 말했다. "그래도 당신이 다른 사람과 사랑에 빠지지 않기를 바라고 있었어요."

로라는 행복이 환히 비추는 외딴 곳에서부터 그를 내려다보며 미소 지었다. "하지만 그렇게 바라는 것은 다소 이기적이라고 생각하지 않아요?"

"상관없어요. 당신이 돌아왔으면 좋겠어요, 예전처럼." 트렌트가 씁쓸하게 덧붙였다. "그리고 지금 당신은 글쓰기도 포기했잖아요."

"다시는 글을 쓰지 않을 거예요." 조용히, 미련 없이, 로라가 대답했다. 그건 사실이었다. 그저 직감적으로 그렇게 느끼고 있었다. 그 느낌에 대한 더욱 묘한 자각에는 너무나 자명한 사실이 하나 있었지만 그녀는 그걸 거의 고려하지 않고 있었다. 다시 글을 쓰지 않을 것이다. 그녀의 예술은 그저 풍부한 상상력의 색다른 꽃에 불과했다. 인간으로서의 경험을 얻은 반면 그녀는 창작 동력으로서의 가치를 잃었다.

"내가 너무 어리다는 게 문제였죠." 트렌트가 말했다. "당신과 나 사이에는 5년 차이가 있으니까요."

"사랑하는 아이야," 로라가 발랄하게 웃었다. "영원한 시간이 있는 거란다."

그녀를 보고 있자니 트렌트는 씁쓸함이 더 깊어지는 느낌이었다. 그녀의 얼굴에는 새로운 아름다움이 깃들었다. 모습, 몸짓, 목소리에는 신비로운 천 개의 생명이 있었다. 그녀는 혼자가 아니었다. 그가 꿈꿔 왔던 모든 사랑의 본질이, 시인들이 시로 썼던 매혹적인, 죽은, 여인들의 본질이 몸을 가진 듯했다. 그는 지친 감정으로 아놀드 켐퍼를 떠올렸다. 그의 피상적인 영악함, 점점 파고드는 중년, 특히 서서히 대머리가 되어 가는 머리. 트렌트는 자문했다. '사랑이란 결국 현대 과학자들이 믿는 것처럼 특정한 두뇌 세포에서 소생된 기억일 뿐일까? 육체의 유전성이란 실상 생명의 법칙을 이행하는 것일까? 영靈이란 그저 물질을 살게 하고 움직이게 하는 일련의 진동일 뿐일까?'

집으로 오는 내내 그의 머릿속에서는 성마른 회의론이 끓어올랐다. 그리고 얼마 후, 점심 식탁에서 어머니가 차분히 간청하자 그는 실의에 빠진 아이처럼 터져 버렸다.

"나를 설득해 봐야 소용없어요. 난 먹을 수가 없다고요." 트렌트가 말했다.

"사랑하는 아들아, 난 네가 아플까 걱정이구나." 어머니는 변함없이 침착하게 말했다.

"상관없어요." 청년은 절망적으로 대답했다. "지금 죽으나 나중에 죽으나, 다 같으니까요."

"그렇겠지." 어머니가 인정했다. 그러나 이윽고 덧붙였다. 어머니는 은근히 철학적 호기심을 불러일으켰다. "사랑에 빠지는 방식을 보면, 나는 항상 아주 기묘한 것을 보는 것 같아. 네 삼촌 채닝은 매티 고드윈이 프러포즈를 거절하자 한 달 내내 양파만 먹고 살았단다. 걔가 왜 양파를 택했는지는 나도 모르겠다." 그녀가 결론을 지었다. "그게 아니었다면, 걔는 결코 양파

맛을 참지 못했을 게다. 자신을 최대한 비참하게 만들려는 것처럼 보였지."

어머니는 차분히, 잘게 썰어 요리된 치킨을 먹었다. 트렌트는 레드 와인을 한두 잔 마셨다. 빈속에 마시면 곧 고통스런 두통이 생길 거라는 것을 잘 알고 있었다. 그의 울화가 진심이 아니었기에 그렇게 하는 것이 약간은 드라마틱하리라 생각했다. 하지만 어머니는 아들의 난폭한 행동에 그리 놀라지 않았다. 어머니의 반응은 그가 기대했던 것보다 훨씬 약했다. 이에 그는 의아해하며 부루퉁했다. 어머니가 다시 말을 했을 때는, 더 이상 마음속에 식욕을 관심거리로 두지 않았다.

"어젯밤에는 불쌍한 코울스를 생각하느라 잠을 못 잤다." 어머니가 말했다. "어제 가정부가 그러는데, 방세를 내려고 얘가 나가서 소유품 몇 개를 전당포에 맡겼다더라."

트렌트는 흠칫 놀라 정신을 차리며 꿈에서 현실로 되돌아왔다. 그는 한 주가 넘게 코울스를 보지 못했다. 그녀를 생각하자니 마음에 날카로운 자책이 일었다.

"큰일이네요. 그렇게까지 됐나요?" 트렌트가 한탄했다.

"가장 가슴 아픈 것은, 내가 그 애를 도울 수 없다는 거다." 어머니가 말했다. "그 애는 자존심이 강해서, 식사라도 한번 같이하자고 물어볼 수조차 없구나. 기분 나빠할까 봐 말이야."

"근데 그렇게 힘들면 왜 집에 돌아가지 않나요? 분명 집이 있을 텐데."

"어, 있지. 근데 그 애에게 집에 돌아가는 건 포기라는 뜻이래. 걔는 살아 있는 한 절대 포기하지 않을 거라고 가정부가 그러더라."

"참 까다로운 바보로군요." 와인을 더 마시며 트렌트가 말했다.

하지만 트렌트는 코울스에 대한 생각을 쉽게 접을 수 없었다. 오후가 가기 전에 8층에 올라가 그녀의 문을 두드렸지만 허사였다. 그녀는 여전히 외출 중이었다. 문간에 조그맣게 쌓여 있는 거절된 원고가 그걸 증명하고 있었다. 트렌트는 실망하며 다시 내려왔다. 그 실망의 절반은 자신에게 속한 거였다.

한 시간 뒤, 트렌트는 거리로 나가려던 찰나에 코울스와 우연히 마주쳤다. 그녀는 거북해하며 살짝 고개를 숙이고 돌아서다가 순간 진솔한 파란 눈으로 그를 보았다. 그는 그녀를 보자 순간 연민이 불같이 일었다. '얼마나 창백하고 홀쭉해졌는가! 반들반들해진 조그만 외투가 낮에 보니 얼마나 낡았는지. 그럼에도 굽이치는 갈색 머리가 얼마나 매혹적인가!' 그는 처음으로 갈색이 여자 머리에 잘 어울리는 색깔이라는 것을 깨달았다. 금빛 반짝이는 따스하고 생기 있는 갈색.

다음 날 아침 트렌트는 화가 나 애덤스에게 따지려고 서둘러나갔다.

“그 여자는 굶고 있어요. 분명히 말하지만, 그렇게 내버려 둘 수는 없어요.” 트렌트가 안타까워하며 한탄했다.

“어, 그렇게 할 수 있네.” 애덤스는 기운 찬 잔인함으로 대답했고, 나이 어린 트렌트는 분개했다. “쓰레기를 쓰느니 차라리 굶는 게 나아. 그런 식으로 나를 쳐다보지 마.” 그가 말을 이었다. “그녀는 이제 여기에 오지 않아. 소설 분야를 파고 싶다고 하더군.”

“그러다 당신은 그녀를 죽일 거예요.”가 트렌트의 위협적인 항변이었다.

트렌트는 문학에 대해 정당한 분노로 가득 차 있었고, 다시 코울스의 빈방 문을 두드렸다. 한번은 어머니도 올라갔다. 하지만 그녀는 늘 외출 중이었다. 매일 아침 문간에는 거절된 원고가 쌓여 올라가고 있었다. 몇 번은 조그만 쟁반에 점심을 준비해 늙은 흑인 하인에게 들려 보내기도 했다. 하지만 항상 돌아오는 메시지라고는 그녀가 집에 없다는 거였다. 그렇게 서서히 한 주 한 주 지나갔다. 트렌트의 마음속에서는, 고군분투하는 그녀의 품위와 비애에 감미로운 후광이 어렸다. 그녀의 미모는 그의 시적 상상과 더해져 그것이 부족한 곳에 독특한 기운을 만들었다. 홀쭉한 소녀 같은 체형, 매끈한 갈색 머리, 꽃처럼 달콤한 얼굴에 그는 점점 마음을 잃었다.

그녀를 다시 볼 수 있을까 하는 희망을 잃어 갈 즈음, 트렌트는 그녀를 만났다. 어느 날 아침 집으로 올라가는데 승강기에 그녀가 있었다. 차가운 작은 손이 그의 손을 스쳤다. 그는 돌연 심장이 내려앉는 듯했다. 그는 걱정스레 그녀의 얼굴을 바라보았다. 그녀는 죽을 듯이 창백해져 갔다. 마치 톡 쏘는 고통으로 의식을 되찾으려는 듯 그녀는 입술을 모질게 깨물었다.

"당신은 아프군요." 트렌트가 관심을 보이며 말했다. "부정하지 마세요. 나도 눈이 있으니까. 나랑 같이 어머니께로 갑시다. 꼭 그래야 해요."

그때도 그녀는 당당하게 거절했었을 것이다. 하지만 그가 보인 호소적인, 연인의 호의에 이끌리어 그가 사는 층에서 승강기를 내렸다. "어머니가 당신을 기다리고 있어요. 당신을 보고 싶어 해요." 트렌트는 성심껏 간청했다. "정말 모르겠어요, 코울스, 어…… 나도 당신을 원해요."

한편 그녀는 그의 관심에 더욱 차가워지고 움츠러들 뿐이었다. 고개를 흔들어 거절했다. 거의 분개하고 있었다.

"당신이 감히 어떻게? 왜 나를 나오게 한 거죠?" 코울스가 물었다. "난 돌아가야 해요…… 난 괜찮지 않아요…… 그러니까, 돌아가야만 한다고요!"

트렌트는 성난 그녀의 목소리 위로 애원하는 눈빛을 보았다. 물에 젖은 꽃잎처럼 반짝거리는 눈이었다. 그 눈을 바라보면서 그는 거기 있던 모든 것의 의미가 비로소 분명해졌음을 알았다. 코울스가 실패한 부분에서 그가 성공할 수 있는 까닭을 이제 그는 알았다. 로라가 왜 그의 사랑을 거절했는지, 그리고 그 비참한 상황에서도 그녀의 거절에 그는 왜 상처받지 않았는지 분명해졌다. 그리고 무엇보다도 그는 이제 사춘기가 끝났고, 이 순간의 경험을 통해 남자가 되었음을 깨달았다.

2장
진흙의 신격화

약혼을 공표하고 한 달이 지나고서야 로라는 처음으로 가장 아름다운 꿈 밑에 숨겨진 추한 해골을 마주하게 되었다. 불안한 황홀감 속에 봄은 지나갔다.

햇볕이 좋고 따스했던 6월 초 어느 날, 산책하고 돌아오니 현관 테이블에 편지 하나가 놓여 있었다. 이상한 외국 우편 소인이 찍혀 있고, 주소는 이상한 손 글씨로 쓰여 있었다. 그 옆으로는, 켐퍼가 전날 약속을 지키지 못한 이유를 적어 놓은 짧은 메모가 있었다. 먼저 연인의 메모를 읽었다. 메모는 "마음과 영혼을 당신께 바치며, 켐퍼"라고 끝맺고 있었다. 사랑을 시작한 이후 그는 줄곧 그렇게 서신을 마무리했다.

아무리 반복되어도 결코 사라질 수 없는 감정으로 로라는 그가 쓴 마지막 문장에 고개 숙여 입 맞추었다. 그러고는 옆 의자에 베일, 장갑과 함께 던져두었던 이상한 외국 우편을 무심히 들었다. 잠시 우두커니 주소를 바라보았다. 봉투를 열면서 처음

본 글귀는 그녀가 손에 들고 있는 사랑 쪽지에 있던 글귀였다. "마음과 영혼을 당신께 바치며, 켐퍼."

갑작스런 충격에 앞이 보이지 않았다. 로라는 어떤 가능한 답을 찾아 미친 듯이 두리번거렸다. 이윽고 다시 보니, 켐퍼가 손으로 쓴 그 편지는 다른 여자 앞으로 되어 있었다. 날짜는 그를 만나기 3년 전, 6월 어느 날이었다. 3년 전 그는 마음과 영혼을 다른 여자에게 헌신하기로 선언했었다. 그리고 지금은 그때 열정에 대한 아무런 기억 없이 그 진부한 옛 공언을 열정적으로 되풀이할 수 있었다. 얼마나 많은 사랑 편지에 이 개성적인 끝인사를 사용했을까 로라는 자문했다. 순간 그것은, 그녀가 자기 자신을 철저히 내려놓은 사랑에 대한 농락처럼 보였다. 가장 악랄한 농락.

로라는 과거 일을 날카롭게 질투할 수 있는 여자였다. 행복에 빠져 훨훨 날던 그녀는 충격을 받고 그 자리에 털썩 앉았다. 정적 속의 충격. 삶은 완전히 박살났고, 짧았던 행복은 끝이 났다고 그녀는 감정에 받쳐 투덜댔다. 지성의 냉혹한 힘은 결코 감정으로부터 분리될 수 없었다. 그럼에도 로라는 이내 질투의 순간적 충동에서 힘겹게 진실을 떼어 내기 시작했다.

'나는 상처를 받았어. 근데 내가 왜, 무슨 권리로 상처를 받은 걸까?' 로라는 자책하며 자문했다. 사랑하는 사람을 용서할 수 있는 자책이었다. 그러고는 가련히 되짚어 보았다. '그가 자기 인생을 살았음을 나는 알아. 항상 알고 있었지. 이 편지는 단지 내가 알고 있었지만 대면하지 않았던 사실을 보여 준 것뿐이지.' 3년 전 그는 그녀의 존재를 몰랐다. 그래서 속였다고 말할 수 없다. 이 생각이, 위안을 주는 거짓말의 달콤 씁쓸함을 남기며 얼핏 스쳤다. 이런 생각에 잠기는 것은 음험한 마약의 힘에 굴복하는 것과 같았다. 하지만 로라는 거의 정신 착란의 상태로 더 합리적인 판단을 거부하고 있었다. "그가 나를 몰랐는데, 어떻게 나에게 잘못을 범할 수가 있겠어?" 로라는 말하고 또 말했다. "그가 나와 사랑에 빠졌던 날, 이전의 삶은 지워졌어. 그 삶 속의 죄와 이기적인 쾌락도 마찬가지고."

하지만 그녀가 변명을 만들고 있을 때조차 양심은 이렇게 말하고 있었다. '사랑은 이 같은 힘을 가질 수 없어. 오늘 그녀를 사랑하는 남자는 어제 다른 여자들을 사랑했던 남자의 산물이지. 필연적 산물. 변화 그 자체에 안정성이 있듯, 반면에 단순한 충동이 유발한 것에는 영속성이 거의 없어.' 그녀 안의 음성은 지성을 통해 명백하게 말했다. 용납할 수 없는 명백함. 그것이 떠드는 것을 미친 듯이 억누르려 애쓰며 그녀는 마음에서 튀어나온 공허한 말을 계속 되풀이했다. 자신의 판단에 거짓을 강요하고 있었다. 하지만 그것은 켐퍼를 위한 변론이라기보다는 그의 얼굴을 다시 그려 보는 것에 가까웠다. 그가 활력 넘치던 순간에 보았던 얼굴 표정. 그 표정은 지금 그녀 앞에 나타나 심란하게 감정에 호소하고 있었다.

로라에게는 세 가지 처신이 가능해 보였다. 편지를 한쪽으로 치우고 삶에서 그것에 대한 기억을 지워야만 한다고 지혜는 제안했다. 그렇게 하는 것이 지금 상황을 극복할 수 있는 가장 용기 있는 처신이라고. 그럼에도 그런 결단을 행동으로 옮기는 것은 자기 능력 밖이라는 것을 그녀는 뚜렷이 느꼈다. 이 우편물을 없애 버릴지라도 기억은 그녀의 두뇌에 새겨져 있지 않을까? 행복한 시간이 지난 후 이 기억이 다시 돌아와 괴롭히지 않을까? '그가 나에게 키스할 때, 다른 여자들에게도 키스했었다는 것이 생각나겠지. 이런 거짓말로 그가 나에게 다시 글을 쓴다면 난 점점 그를 싫어하게 될 거야.' 하지만 그가 다음 편지에도 같은 끝인사를 쓰리라는 것을 로라는 직감적으로 알았다. 그녀가 그를 막무가내로 판단하려 할 때면 그의 모습이 다시 마음을 뒤숭숭하게 만들 것이다. 그렇다고 그것 때문에 계속 그를 미워할 여력은 없을 것이다. '그가 나와 함께 있지 않으면 난 그를 미워할지도 몰라. 하지만 돌아와 그 방식으로 나를 다시 본다면, 내 결심에도 불구하고 나는 단번에 그의 품에 안기겠지.' 사냥꾼의 그물에 잡힌 새처럼 로라는 속박에서 벗어나려고 절망적으로 몸부림쳤다. 그리고 그런 자신이 경멸스러웠다.

남아 있는 다른 두 가지 처신 중에서 로라는 마침내 가장 인색해 보이는 행로를 골랐다. 처음과 끝 문장은 우연히 보았지만, 편지는 읽지 않으리라. 어차피 그것은 그녀를 위해 쓴 것이 아니었다. 곰곰이 생각해 보니 켐퍼의 과거 비밀을 훔쳐보는 것은 사실 배신행위에 가까웠다. 안 돼. 로라는 그것을 읽어보지 않은 채로 그의 손에 놓을 것이다. 비로소 그렇게 결정했다. 그렇게 함으로써 보낸 사람의 의도를 무시할 뿐 아니라 그에 대한 신뢰가 사랑만큼이나 견고함을 그에게 증명할 것이다. 결국 믿는 것은 믿지 않는 것보다 쉬웠다. 잠시 주저하면서 받은 고뇌로 로라는 의심의 길이 곧 죽음의 길이라는 것을 깨달았다.

잠시 후 켐퍼가 오자, 로라는 편지를 그의 손에 건넸다. 그녀는 그 편지를 다시 보지 않았었다. "오늘 아침에 내 손에 들어온 거예요." 그녀가 말했다. "생각해 볼 가치가 없어요. 난 첫 문장하고 마지막 문장만 읽었어요."

로라의 말에 켐퍼는 얇실한 이국적 봉투를 무심히 쳐다보며 종이를 펼쳤다. 봉투는 중요한 내용이 포함되었다는 어떤 느낌도 주지 않았다.

첫 장을 쑥 훑어보더니 켐퍼는 다시 돌아서서 난감한 표정으로 주소를 유심히 살펴보았다. 이내 이 난감함에 불빛이 번득였다.

"제기랄, 그 여자가 소식을 들었군!" 켐퍼가 소리쳤다. 그리고 곧바로 불퉁거리듯 탄식을 덧붙였다. "허, 악마 같은 여자야!"

이 일은 별안간 로라가 기대하지 않았던 방향으로 그를 빨아들였다. 그는 고개를 숙여 우편 소인을 유심히 살폈다. 그런 그를 보며 로라는 차가운 곳에 남겨진 듯한 묘한 기분이 들었다.

"근데 왜, 느닷없이 이 여자가 관심을 보이는 거야?" 켐퍼가 따졌다.

"이 여자요?" 로라의 목소리는 흔들리지 않았다. 그저 무심한 질문이었다.

"어, 당연히 제니 앨타지. 그녀라면 이런 일을 할 수 있지." 그러고는 손을 뻗어 당당히 로라를 품으로 끌어당겼다. 이런 행동을 너무나 자연스럽게 생각하는 분위기였다. 그녀를 소유한 것처럼 켐퍼는 그녀의 태도를 너무나 당연하게 받아들였다. "사랑하는 나의 아가씨, 당신은 정말 든든한 친구야!" 그가 말했다.

그가 하는 말을 들으며 로라는 자신이 침묵하고 분투했던 것에 대해 보상받는 듯한 기분이 들었다. 하지만 다음 순간, 어떤 면에서는 이 모든 것이 적절치 않다고 중얼거렸다. 로라는 한마디 말 이상을 기대했었다. 그의 음성에는 진중함이 없었고, 그렇기에 더욱 절실히 진중함의 소리를 갈망했다. 그들이 가장 가깝게 있는 찰나에 로라는 다시 좌절감을 느꼈다. 그의 영혼이 마지막으로 그녀를 교묘히 따돌린 걸까? 그게 진실일까? 가장 깊숙한 감정에는 결코 이어질 수 없는 간격이 항상 존재하는 걸까? 불확실성, 더 충분한 이해에 대한 부족은 그녀의 가슴을 태우는 격정에 뜨거움만 더할 뿐이었다.

"이제 다 끝났어. 그러니 그녀의 악마 짓이 실패한 것에 힘을 냅시다." 구긴 종이를 불 속으로 던지며 켐퍼가 이어 말했다. "이런 것으로 우리가 동요되지 않는다는 것을 그녀는 모를 테니, 참 안됐군."

"이보다 더 나빴을 수도 있었겠죠." 로라가 넌지시 말했다.

"어, 그랬을 수도 있었겠지. 근데 당신이 저걸 읽지 않았다는 걸 믿으란 건가?" 은근히 흥을 돋우며 그가 물었다.

로라는 그에게 믿으라고 호소하는 듯 진솔한 시선으로 답했다. "왜 읽어야 하죠? 난 당신을 사랑해요." 그녀가 대꾸했다.

잠깐, 꽤나 한참 동안, 켐퍼는 로라의 눈빛만큼이나 진솔한 눈빛으로 그녀를 물끄러미 보았다. 마침내 그 남자는 감동을 받았다. 로라는 너무 기쁜 나머지 소리를 지를 뻔했다.

"당신의 당당함에 결단코 내가 실망하지 않기를 기도하지." 얼핏 처량하게 켐퍼가 말했다.

"그때가 오면 죽을 시간이 된 거겠죠."가 로라의 응답이었다.

켐퍼는 몇 분간 그녀의 손을 꼭 잡고 있었다. 그가 다시 입을 열었을 때는, 그가 정말로 진지하게 하는 말인지 아니면 그저 빈정거리는 말장난인지 로라는 확신할 수 없었다.

"당신이 괴짜 요정이 아니라 살과 피를 지닌 여자라면," 그가 말했다. "내가 모든 걸 털어놓길 원하겠지. 하지만 솔직히 그렇게 할 수 없어. 다 잊어버렸거든."

"그렇다면 당신은 그녀를 진정으로 사랑한 게 아니군요. 그러니 걱정 말아요."

"그녀를 사랑한다고! 헉!" 켐퍼는 피식 웃으며 말했지만, 얼굴은 성마르게 달아올랐다. "당신은 내가 노래하는 짐승이나 사랑할 남자로 보여? 게다가," 그는 잔인하게 비꼬는 말로 단언했다. 로라는 이 말에 기분이 상했다. "나는 경제성을 따지는 사람이야. 그런 여자들을 사랑하는 것은 너무 비용이 많이 들지. 그런 여자들이 남자의 월급을 휴일러스 초콜릿처럼 먹어 치우는 걸 봤거든." 말이 끝나자 분위기가 싹 달라졌다. 그는 일어섰다. "아침 내내 당신이랑 있으려고 했던 거는 아니었어. 오후에 차를 타고 나가자고 말하려고 잠깐 들른 것뿐이야. 산들바람이 좋아서."

로라는 한참 대답하기를 주저했다. "로저 애덤스에게 내가 집에 있겠다고 말했어요." 그녀가 말했다. "나를 못 만나도 아마 기분 나빠하지 않겠죠."

"어, 그럴 거야." 켐퍼가 거리낌 없이 대꾸했다. "그럼, 내가 5시 정각에 데리러 오지."

그가 방을 나가고, 로라는 창가로 갔다. 잠시 후 그는 건물

밖으로 나왔다. 그리고 인도에서 돌아서서 그녀를 보며 손을 흔들었다. 남자의 마지막 모습을 유심히 보면서 로라는 속으로 말했다. '나는 행복하다, 완벽하게 행복하다.' 하지만 그 생각을 말로 표현하려고 하자 심장이 절망 속에 고동쳤다. 눈은 이미 눈물에 가려 앞이 보이지 않았다.

애덤스가 명함을 들려 보냈을 때는 4시 40분이었다. 로라는 잠깐 주저하다 드라이브용 코트와 베일을 갖추고 아래층으로 내려갔다. 그리고 겸연쩍게 변명을 했다. 애덤스는 시간이 안 된다니 아쉽다고 그저 간단히 밝혔다.

"좋은 오후예요. 외출하기에는 안성맞춤이죠." 애덤스가 말했다. 잠깐 멈칫거리다 덧붙였다. "축하한다고 말하는 게 적절한 인사겠죠. 근데 내가 멋있게 말하는 것에 서툴러서. 진심으로 행복하시길 기원하겠습니다. 이게 내가 할 수 있는 말 전부겠죠?"

"그게 전부겠죠." 로라가 따라 말했다. "만약 내가 행복하지 않다 해도 내 스스로 책임을 져야겠지요."

정적이 흘렀다. 부자연스럽고 거북한 정적이었다.

마침내 그가 입을 열어 정적을 깼다. 말을 하면서도 자신이 하는 말이 지금 상황과는 별로 연관되어 있지 않음을 의식했다. "켐퍼를 자주 못 보았지만 그래도 그가 늘 좋았어요."

"알아요." 로라가 고개를 끄덕였다. "대학교 때 서로 단짝이었으니까."

"아, 단짝은 아니었어요. 하지만 우리는 서로를 꽤나 잘 알았죠. 그는 운이 좋은 사람이에요. 그가 그걸 아는 센스가 있는지 모르겠지만."

"센스라면 의심할 여지가 없어요!" 로라가 웃었다. 그러다 그녀는 불현듯 심각해져 예전의 진지한 모습으로 그를 향해 몸을 기울였다. "누구도 내가 그를 아는 것만큼은 알지 못했던 것 같아요." 로라가 계속했다. "그 사람이 얼마나 훌륭한 사람인지 이해하지 못했기 때문이죠. 그는 정말 좋은 사람이에요." 이 주장으로 그가 논박하려던 점을 압도한 것처럼 그녀가 의기양양하게 말을 맺었다. "그래서 가끔은 그가 나를 몹시 사악하게 만들기도 해요."

어떻게 대답해야 할지 몰라 애덤스는 웃었다. 로라는 이에 만족했다. 그것을 완전한 동의로 받아들이고 싶었을 것이다. 그는 조심스런 다정함으로 가슴이 부풀어 올랐지만 더 이상 그가 할 수 있는 말은 없었다. 그녀의 행복에는 그의 다정함이나 그를 위한 공간이 없었다. 얼굴에 그게 드러났다. 애덤스는 켐퍼와 마주치고 싶지 않았다. 그래서 사소한 대화를 몇 분간 나누고, 일어나 손을 내밀었다.

"요즘 너무 바빠서 한동안 다시 못 볼 겁니다." 애덤스가 헤어지며 말했다. "하지만 당신이 원할 때면 내가 항상 대기 중이라는 걸 잊지 말아요."

이윽고 애덤스는 6월의 햇살이 빛나는 거리로 나왔다. 켐퍼의 새 자동차가 5번길 쪽에서 빠르게 굴러오고 있었다.

3장
이들 중 가장 위대한 것

켐퍼의 차가 지나가고, 잠시 애덤스는 돌아서서 기분 좋은 6월 햇빛이 가득한 긴 거리를 내려다보았다. 멀리서는 손풍금이 어설프게 감성적인 음률을 연주하고, 그가 서 있는 모퉁이에는 불구인 과일 노점상이 오렌지와 사과를 실은 작은 수레를 세워 두고 있었다.

1년 전이라면 애덤스는 무지의 절망 속에 이렇게 말했을 것이다—켐퍼를 사랑한 이상, 로라는 영원히 떠났다. 하지만 그게 사실이 아닐 수 있음을 지금은 알았다. 로라는 그의 운명에 너무 깊이 엮여 있었다. 그녀 자신도 완전히 떼어 낼 수 없을 정도였다. 애덤스는 아직 그대로 모퉁이에 서서 언젠가 그녀가 다시 그를 필요로 할 것이라는 미묘한 확신을 느꼈다. 그의 사랑은 세속의 첫 단계를 당당히 통과했다. 큰 열정이 담긴 그리움 속에 그는 그녀를 생각했다. 그가 의식하는 한, 거기에는 감각적인 사적 욕망이 별로 없었다. 지난 몇 달 동안 그는 소유하고 싶은, 육체적 탐욕에 뿌리를 둔 욕망을 모두 잃어버렸다. 영혼에 깊은 자각이 일었고, 이제 그는 자신을 소외된 인간이라 생각하지 않았다.

사사로운 것을 포기하면 영원한 것에 다시 의지하게 된다. 영혼과 신의 사이에는 자아의 환상뿐, 다른 것을 품을 수 있는 공간이 없음을 애덤스는 깊이 고뇌하며 배웠다. 로저 애덤스로서, 단지 하나의 개인으로서, 그는 실패자였다. 살면서 바랐던 것을 갖지 못했다. 일단 소유한 것은 사실상 금세 다시 잃어졌다. 그가 평생 하고 있는 일이 처음에는 무척 대단한 일처럼 보였지만, 지금 이룬 것은 보잘것없었다. 다른 사람들이 쓴 글에 대한 비평집 한 권과 몇 년간의 매거진 편집. 편집 일은 하찮은 명성조차 허락하지 않으며 그의 에너지를 빨아들였다. 모든 면에서, 희망의 모든 길 혹은 한낱 충동의 모든 길에서, 실망과 환멸에 에워싸였다. 애덤스는 씁쓸히 웃으며 인정했다. 모든 남자들이 그러하듯, 그도 요람에서부터 행복을 찾아 살아왔다. 자신이 뛰어 볼 구획을 대담히 정하고 친구들처럼 필사적으로 결심을 실행에 옮겼다. 하지만 40년이 지나는 이 시점에 그가 받은 보상이라며 내놓을 만한 물건은 하나도 없었다. 그에게는 아무것도 남아 있지 않았다! 세상이 성공을 나열할 때 그는 그저 실패만 보여 줄 수 있었다.

하지만 이렇게 생각하는 것은 유치하게 자신을 속이는 짓이었다. 아직 그의 앞에는 더 큰 미래가 있었다. 별 볼일 없는 외모나 피상적 공허함에도 불구하고 그는 실패하지 않았다. 삶의 구석으로 밀어 놓았던 시간 속에서 그는 처음으로 완전한 경험을 하기 시작했다. 그는 가지고 있던 소소한 소유물을 내어놓고, 그것보다 훨씬 큰 것을 갖기 위해 첫발을 내디뎠다.

애덤스는 과일 장수를 보며 웃었다. 남자도 그에 응하며 미소를 지었다. 미소는 우정의 악수 같았다. '그 또한 이해한 걸까?' 애덤스는 속으로 물었다. '그도 감옥 문을 열 수 있는 열쇠를 찾은 걸까?' 그러고는 로라가 기뻐 소리쳤던 것이 마음에 흘러들어 왔다. '나는 자라서 빛을 찾았어요.' 그 환성에는 희열이 있었다. 하지만 불편한 감성의 짧은 희열이었다. 완성의 순간에도 파멸의 소리가 들리는 희열. 한편 더 정제된 그의 기쁨에서는 눈부신 에너지가 빛났다. 그 에너지에는 영혼뿐 아니라 단조로운 삶을 변형시키고 순화시키는 따스함과 빛, 안식과 행동이 모두 있었다.

애덤스는 아직 그곳에 서 있었다. 자동차가 다시 지나갔다. 로라와 켐퍼가 뒤로 돌아 그를 보았다. 그들은 웃고 있었다. 로라의 긴 하얀 베일이 펄럭거리며 햇빛 속으로 사라졌다. 애덤스는 과일 장수에게 고개를 끄덕이고 집을 향해 브로드웨이 쪽으로 건너갔다.

애덤스는 트렌트에게 저녁을 같이하자고 했었다. 청년은 지쳐 보였고, 그의 연극에 관해 편하게 이야기를 나누면 좋아할 것 같았다. 그때 사무실에 편지 몇 통이 있다는 게 떠올랐다. 로라를 보려고 미뤄 두었던 것들이었다. 그래서 다시 사무실로 돌아가 책상에 앉았다. 이처럼 재미없는 소소한 일에 별로 싫증내지 않는 그 자신이 종종 놀라울 따름이었다.

시가를 피우고 커피를 마시며 그들은 늦게까지 이야기를 나누었다. 마침내 트렌트는 어머니가 웃으며 했던 말이 생각나 일어났다. 애덤스는 악수를 하고 그를 지나쳐 복도 끝에 있는 어두운 서재로 들어갔다.

트렌트가 집을 나가고 문이 닫히는 소리가 들렸다. 애덤스는 여전히 청년의 극적인 야망에 대해 생각하며, 책상 옆에 멈춰서 허리를 숙여 초록 램프의 심지를 올렸다. 요즘에는 늦게까지 앉아 있는 습관이 생겼다. 압지철에는 종이가 한 장 있었다. 그는 다음 호 배거진을 준비하고 있었다. 흘긋 훑어보자 마지막 한두 문장이 머릿속에서 재정리되는 듯했다. 그는 진득하니 그 문단을 수정했다. 그때 문에서 작은 소리가 들렸다. 파란 연필을 손에 든 채로 그는 엉겁결에 올려다보았다. 하인이 오기에는 너무 늦은 시간이었다. 그들은 트렌트가 떠나기 전 이미 잠자리에 들었을 것이다. 이 시간에 들어오는 사람이라면 바깥문 열쇠로 현관을 열고 들어왔을 것이다. 밖에서 나는 조용한,

느린 움직임에 그는 불안한 전율을 느꼈다. 다음 순간, 손에 연필을 더욱 꽉 쥐었다. 이 피할 수 없는 순간을 즉시 대면하고 싶은, 숨 막히는 충동이 일었다. 그가 일어나 앞으로 한 걸음 걸어가자니, 손잡이가 돌아가고 문이 서서히 열렸다. 코니였다. 그녀는 문으로 들어오다가 마치 램프 빛에 앞을 볼 수 없는 것처럼 당황하며 멈춰 섰다.

애덤스의 손에서 연필이 떨어졌다. 그것이 툭 하고 카펫에 부딪치는 소리가 났다. 그는 동맥이 뛰는 것 말고는 아무 소리도 들을 수 없었다. 쓸모없는 손을 양 옆으로 늘어뜨린 채 사각 카펫 위에 뿌리 내리고 서 있었다. 순간 갑자기 시간은 멈추었다가 미친 듯이 앞으로 소용돌이쳤다. 그의 앞에 놓인 삶, 가장 중요한 순간이었다. 하지만 그것을 마주하기에는 그는 태어나지 않으려고 몸부림치는 자궁 속 태아처럼 무기력했다. 의지력은 자신의 내부에 갇혀 있었다. 때문에 그는 멍해지고 굳어버렸다. 카펫 그 지점에서 움직이지 못하고 기다렸다. 눈은 문간에 서 있는 비참한 몰골의 여자에게 고정되었다. 그가 가졌던 그녀에 대한 꿈은 소름 끼치는 상상이 되었다. 하지만 그중 가장 비루한 상상은 그가 지금 보고 있는 것처럼 훨씬 현실성이 떨어졌다. 코니는 머리부터 발끝까지 끔찍한 번민으로 가득 차 서 있었다. 줄무늬 금발 머리는 이미 희끗희끗했다. 지쳐 질질 끌려다녔던 발은 비통한 유령처럼—그가 상상할 수 있는 공포 속의 가장 비통한 유령처럼—바들거리는 몸을 힘겹게 지탱하고 있었다. 그들은 서로 얼굴을 마주 보며 말을 하지 못했다. 과거를 정당화하거나 미래에 더 쉽게 다가가게 할 수 있는 말이 없었다. 삶의 주요한 순간에 그들이 서로 나누었던 말들은 마침내 정적 속으로 흩어졌다. 깰 수 없는 정적이었다.

그들이 거기 그대로 서 있을 때 작은 소리 하나가 방의 분위기를 깼다. 램프 갓이 바닥으로 떨어져 날카로운 소리를 내며 산산조각이 났다. 애덤스가 갓을 너무 높이 올렸던 탓이었다. 그 충격에 코니는 병적으로 비명을 질렀다. 그리고 멍해 보이는 파란 눈에 놀란 눈빛을 띠며 애덤스를 향해 치켜떴다.

"나, 나는 갈 데가 없었어요. 너무 피곤해요." 예전에 그랬듯이 아이처럼 짜증난 말투로 코니가 말했다. "내 평생 이렇게 피곤한 적이 없었던 것 같아요."

코니의 음성은 쌀쌀맞게 동떨어져 있는 그를 후려쳤다. 애덤스는 이제 자신의 방식대로 그 시간을 대면할 준비가 되어 있었다. 그의 의지는 강한 자의 힘으로서 존재했다. 그곳에 서서 그는 자기 운명의 한 부분도 할애하지 않으리라 생각했다. 어찌 되든 그냥 내버려 두자. 그는 다시 자신을 감옥 문으로 가둘 수 없었다.

"그렇다면 돌아오길 잘했어, 코니." 애덤스가 조용히 말했다. "돌아오길 잘했어."

환호하듯 그의 말소리가 울렸다. 하지만 곧이어 그는 그 말이 일으킨 즉각적인 반향에 혼란스러웠다. 코니가 바닥에 몸을 던지고 난폭하게 울면서 옛 발작을 했다. 신의 이름을 부르고, 그를 부르고, 그녀가 사랑했고 미워했던 남자의 이름을 불러댔다. 미친 듯이 때리는 작고 무력한 손, 줄줄 흘러내리는 눈물, 부서지고 쇠약해진 몸의 떨림, 그를 바라보는 고통으로 일그러진 얼굴. 이것들은 그가 의지하며 살아왔던 동정심에 호소했다. 그가 어렵다고 생각했던 방식이 그가 들이쉬는 호흡처럼 친숙해져 있었다.

"이제 모든 게 끝났어. 여기는 그저 조용하기만 할 뿐이야." 애덤스가 말했다.

그 말에 코니가 이내 잠잠해졌다. 그녀는 소파 쿠션에 얼굴을 반쯤 숨기고 있었다. 애덤스는 부엌으로 가서 와인 한 잔과 약간의 빵과 우유를 가져왔다. 그가 먹이려 하자 코니는 약간 자세를 낮추어 초췌하게 입술을 열었다. 그가 알고 있는 코니와는 완전히 달랐다. 그녀는 추락하면서 영혼의 흔치 않은 품위인 온순함을 배운 걸까?

"다 마셔요. 끝까지." 코니가 스푼을 밀어내려 하자 그가 말했다. 그녀는 순종적으로 변해 우유를 마지막 방울까지 다 마셨다.

"맛있어요." 코니가 중얼거렸다. 애덤스는 빈 그릇을 놓으려고 일어서다 그 말을 듣고 옛 생각에 눈시울이 뜨거워졌다. 비로소 코니가 빵과 우유의 맛을 즐길 수 있는 때가 되었는지도 모른다.

코니는 아직 바닥에 가만히 누워 있었다. 애덤스는 지난날 분별없는 밤에 더러 그랬던 것처럼 그녀를 위층으로 옮겨 침대에 뉘었다. 하지만 지금 그의 마음에는 과거 수고에 대한 기억은 없었다. 그는 전깃불을 켜고, 떨고 있는 그녀의 몸에 이불을 덮었다. 자연스러운 행동이었고 그렇게 하는 것이 조금도 이상하지 않았다. 별개의 사건들에 은연중에 적응할 수 있게 했던 그 자연스러움. 자신이 왜 그렇게 행동했었는지 그는 설명할 수 없었다. 깊이 그것을 생각해 보았다면 아마 달리 방법이 없었다고 말했을 것이다. 코니는 그에게 아내로서 더 이상 의미가 없었다. 심지어는 죽은 아이의 어머니로서도 그랬다. 하지만 이보다 깊은 무언가로서, 끝없는 연민의 대상으로서, 치명적 실패의 비극으로서, 코니에게는 어떤 인간관계도 이름 지을 수 없는 의미가 있었다. 그녀는 버려진 아내라는 것을 떠나 탈출할 수 없는 거미줄에 걸린, 겁에 질린 작은 영혼이었다. 그 밤에 오페라 하우스 밖에서 눈을 맞으며 그녀를 기다릴 때처럼.

새벽녘, 애덤스는 서재 가운데 서서 그녀가 눈을 감던 마지막 비통한 모습을 상기했다. 그 모습에는 감사가 있었다. 새벽녘에 아련하게 첫 동이 터오는 듯한 감사. 그는 코니의 눈을 잊을 수 없었다. 그녀는 의식을 되찾으려고 안간힘을 쓰고 있었다. 한 영혼을 출산하려고 고통스럽게 고군분투하는 동물 같았다. 그리고 그 기억은 가슴에 이상한, 거의 신성한 행복을 주었다. 그가 잠이 든 동안 신의 뜻이 역사한 걸까? 경이로운 환희에 젖어 애덤스는 자문했다. 모든 죄, 모든 실패, 모든 타락, 모든 절망에도 불구하고, 신은 과연 코니의 영혼을 구원했을까?

4장

애덤스, 밤을 지키다 새벽이 오는 것을 보다

집으로 돌아온 후 한 주 동안 코니는 아파서 침실에 누워 있었다. 거의 의식이 없었다. 그녀가 돌아온 날 거칠게 폭발한 이후 굳게 닫힌 침묵의 입술을 열게 하는 회한이나 감사의 기색은 보이지 않았다. 가끔 그녀의 침실에 들어갈 때면 심신이 너무나 지쳐 버려 가느다란 감정 활동도 할 수 없다는 인상을 받았다. 그녀는 욕망이 이끄는 대로 삶을 살았다. 그리고 지금은 만신창이가 되어 말없이 누워 있었다. 모든 자기만족의 끝은 영혼의 완전한 탈진이라는 것을 예증하는 듯했다.

긴 유월의 날들이 지나가면서 점차적으로 희미하게 생이 모습을 드러냈다. 그녀 안에서 되살아나고 꿈틀거렸다. 애덤스가 그녀 위로 허리를 숙일 때면 처음에는 단지 불쌍한, 기적을 기다리는 병든 아이 같은 얼굴이 무기력한 표정으로 그를 올려다보았다. 얼마 후 그녀의 눈은 주변 환경과 그를 보다 명확히 알아보았다. 어느 날은 코니가 그 끔찍했던 밤에 대해 고마움을 표시했다. 애덤스는 이에 다시 한번 놀랐다. 그리고 이후로도 그런 고마움의 표시가 다시 나타나길 고대하며 관찰했다. 왜 그리 간절했는지 그 스스로도 이해할 수 없을 정도였다. 아내는 감사의 미덕이 부족했다. 감사가 조용히 조금씩 자라는 것은 비 온 후 죽은 땅이 소생하거나 혹은 봄이 오는 것 같은 기적이었다. 애덤스는 이따금 신묘하고 경이로운 방식으로 의義를 만드는 영적 에너지를 방해하지 않도록 조심히 행동해야만 했다. 그가 신의 선함이라는 불가사의를 직접 본 것이 매춘부의 눈에서가 아니던가? 그렇기에 코니가 자기비하에 빠져 깨달은 것을—감각적 쾌락의 빛은 멀리 있는 기만적인 환상에 빠질 때만 매력적이라는 것을—그는 알 수 없었던 걸까?

그러나 애덤스는 자신에게 이렇게 물을 때도 있었다. '앞에 놓인 것을 넉넉히 감당할 만큼 나는 강인한가, 숭고한 희생의 한 순간을 위해서가 아니라 매일매일 초조하고 괴로운, 전혀 시적이지 않은 자기부정의 삶을 버틸 만큼 충분히 강인한가, 머지않아 불빛이 다시 꺼지고 이 흥분감은 사라질까?' 불현듯 코니의 모습이 떠올랐다. 힘겨운 미소가 주는 비애감, 힘없이 더듬거리던 손, 절절한 감사의 마음이 어린 표정. 다른 자원이 모두 바닥나고 그의 에너지, 책임감, 종교가 깃발을 흔들 때면 가슴에는 아직 연민이 남아 의지만으로는 할 수 없는 일들을 가능케 하리라. 연민! 이것이 삶을 철저히 이해하는 데 필요한 진짜 열쇠라는 것을 그는 비로소 알게 되었다.

어느 오후 사무실에서 돌아왔을 때도 애덤스는 아직 이 질문들을 생각하고 있었다. 코니는 연한 색깔의 느슨한 옥양목 가운을 걸치고 창가 안락의자에 앉아 그를 기다리고 있었다. 그녀가 침대를 떠난 것은 이때가 처음이었다. 건강을 회복한 것에 대해 그는 명랑하게 몇 마디 축하의 말을 했다. 코니는 얼굴을 들어 그를 보았다. 지난 몇 개월간 섬뜩했던 피폐함의 흔적이 아직 얼굴에 남아 있었다. 쑥 들어간 뺨, 바들거리는 불안정한 입술, 금빛 염색이 바래 가는 둔탁한 잿빛 머리. 그가 사랑했던 우아한 아름다움은 흐릿한 자취조차 찾을 수 없었다. 그녀는 절제하지 못했기에 서른도 되지 않은 나이에 무모한 중년의 형상을 하고 있었다.

"사실, 내가 괜찮아진 게 아니에요." 코니가 말했다. 그녀는 그의 말보다는 표정에 답하고 있었다. "하지만 의사가 그러는데, 오늘은 일어나서 옷을 입으라고 하더군요. 오후에 병원에 가자고."

코니의 목소리는 무척 가라앉아 있었다. 평소 초조하게 떨리던 음성과는 자못 달랐다. 처음 애덤스는 당황했고, 막연한 공허함에 그녀의 말을 되풀이할 뿐이었다.

"병원에? 그럼 당신이 아픈 거야?"

"내가 당신에게 말하지 말라고 했어요." 코니가 답했다. 입술이 떨리며 얼굴에 얼핏 미소가 어렸다. "그는 이해하지 못했어요. 이해할 수 없었죠. 그러니까 당신이 나한테 직접 들었으면 했어요. 나는 더 나아지지 않아요…… 다시 건강해지지 않을 거예요…… 수술을 하지 않으면…… 의사는 그렇게 생각해요. 당장 해야 한다고 말하죠. 지체하지 말고."

코니는 말을 하면서 옆에 있던 물컵에 손을 뻗었다. 그때 결혼반지가 손가락에서 빠져 바닥으로 떨어지고 데구루루 굴러갔다. 애덤스는 반지를 집어 그녀에게 건넸다. 하지만 그녀는 그것을 무심히 테이블 위에 놓았다. 그녀의 태도에는 덤덤하고 잔잔한 감정이 흘렀다. 방금 그녀가 심각하게 했던 말보다 더욱 인상적이었다. '그녀 마음속 공포를 완전히 빼앗아 가 버린 듯한 그것을 기정사실로 받아들인 걸까?' 그는 궁금했다. '표정과 음성에 은근히 드러난 체념, 그저 절망에 대한 무관심을 현실적으로 표현한 걸까?' 지금 그녀에게는 독특한 기품이 있었다. 인간의 기품이라기보다는 그가 서 있는 바로 그 시간의 진중함에서 나오는 기품이었다. 애덤스는 극한의 고비를 넘는 영혼을 볼 때면 언제나 마음속에 미묘한 존경의 감성이 꿈틀거렸다. 그는 분명 그걸 알고 있었다. 가장 처절하게 버려진 사람일지라도 그 숭엄한 최후의 시간에는 존중받으며 낡은 천으로 덮인다는 것을.

"그럼 꽤 심한 고통을 받았겠네?" 애덤스가 물었다. 달리 할 수 있는 말이 없었다.

"몇 주 전에는 그랬어요. 하지만 지금은 괜찮아요. 지금은 아프지 않아요."

"당신도 이렇게 심각하리라고 생각했었어?"

코니가 머리를 흔들었다. "아, 아니요. 전혀 그렇게 생각하지 않았어요. 고통스러우면 브랜디를 마시며 쫓아냈죠."

코니는 동정심을 자아내려 하지 않았다. 하지만 어떤 요란한 외침보다 그는 더 동요되었다.

"가여운 사람!" 애덤스가 말했다. 전혀 감상적이지 않은 상황에 사사로운 요인이 끼어들지 않도록 흠칫 놀라며 그는 말을 멈추었다.

"안됐죠." 그가 놀라는 것을 보고 코니가 차분하게 대꾸했다. 그녀는 그를 보지 않고 바로 이어 이야기를 했다. 텅 빈 것 같은 이상한 속성을 지닌 목소리였다. "안됐죠. 하지만 어쩔 수 없어요. 당신은 노력할지도 몰라요. 당신은 그런 사람이니까. 그렇게 만들어졌으니까. 하지만 결국에는 아무런 소득도 없을 거예요. 내가 내일까지 살아서 건강을 찾고 퇴원한다면 결국 예전과 똑같아질 거예요. 처음에는 그렇지 않겠죠. 아, 그건 분명해요! 하지만 나중에 다시 내가 지루해지면 그 취향이 다시 되살아날 거예요."

"쉬잇!" 그가 몸을 앞으로 숙이며 재빨리 말했다. "쉬잇! 그런 생각을 하면 안 돼!"

"그 취향이 다시 되살아날 거예요!" 단호하지만 씁쓸하게 그녀가 반복해 말했다. "나는 강하지 않아요. 의사가 오래전에 말했어요. 치료 방법이 없다고."

"그럼 그가 거짓말을 한 거야…… 항상 치료법은 있지."

"치료법이 없어…… 치료법이 없어요." 그 말을 곱씹으며 그녀가 모질게 고집을 피웠다. 그 말에는 슬픔의 무기력을 없애는 날카로운 고통이 있었다. 그녀는 그것을 느꼈다. "지금 나는 한동안 다를 거예요. 하지만 계속되지는 않아요. 내가 안식을 얻은 후에는……."

"뭐가 계속되지 않는다는 거지?" 그가 끼어들었다. 그녀는 문장을 마치지 못하고 망설이고 있었다.

코니는 한참을 기다렸다. 먹먹한 마음을 아직 분명하게 정리하지 못한 채 그것을 묘사할 수 있는 어구를 헛되이 찾고 있었다. 마침내 속삭이듯 말을 했다. "자유."

그 말에 애덤스는 돌연 기뻤다. "그럼 당신은 오늘부터 자유야. 지금 그걸 느낄 수 있어?"

마치 눈앞에 희미하게 올라온 물건을 더 자세히 보려는 것처럼 코니는 손을 들어 시들어 가는 머리를 뒤로 올렸다.

"당신이 전부 알았으면 해요." 그녀가 천천히 말을 이었다. "내가 얼마나 바닥까지 내려갔는지, 마지막에는 얼마나 무서운 곳까지 내려갔는지. 한동안 그를 사랑했어요. 내 생각엔, 그를 정말 사랑했어요. 누굴 말하는지 알죠. 하지만 어느 날 밤, 내가 싫증나기 시작했을 때, 내가 뭐에 취한지 알았을 때, 그는 나를 저주하며 거리에 혼자 남겨 두고 떠났어요. 그때 내 안에서는 악마가 풀려났어요. 난 지옥을 원했어요. 그래서 더 깊숙이, 더 깊숙이 들어갔어요."

코니의 목소리에는 여전히 생명력이 없었다. 그녀가 하는 말을 들으며 애덤스는 힘껏 입술을 깨물었다. 정신을 차리고 그녀의 말에 집중하려 애썼다. 그의 안에서는 승리감이, 그가 느낀 분노 속의 영광 같은 것이 깨어났다. 사람들이 어째서 지옥을 믿는지 그는 이제 알았다. 어째서 지옥을 원하기까지 하는지.

"다시 돌아올 생각이 아니었어요." 잠시 후 그녀가 다시 입을 열었다. 그동안 그의 감정은 들썩거리며 거칠게 대기를 채웠다. "하지만 난 비참의 끝에 다다랐죠. 피곤하고 허기졌어요. 무슨 일이 일어나도 상관없었어요. 당신이 나가라고 했어도 난 신경 쓰지 않았을 거예요. 그랬다면 외투를 팔아서 브랜디를 살 작정이었으니까. 술 취한 만용으로 모든 것을 끝냈을 거예요."

뒤틀리고 어수선한 코니의 머리가 살짝 흔들렸다. 인간이 동정할 수 있는 경계를 넘어선 고통을 경험하는 듯했다. 그녀는 더 이상 그의 아내가 아니었다. 그도 남편이 아니었다. 그들 사이에 함께 공유할 수 있는 부분을 가진 친구도 아니었다. 절대적으로 혼자이고, 접근할 수 없었다. 그녀는 완전히 황폐된 영혼이 되어 있었다.

"당신이 나를 쫓아내지 않아서 말하는 거예요." 코니가 조용히 말했다. "당신이 알았으면 해요, 내가⋯⋯ 이해한다는 걸."

결국 그녀의 생각은, 단지 서툴게 머뭇거리는, 반쯤 정리된 것들이었다. 그녀는 서글픈 감성으로 말없이 예언했다. 그래도 그는 그녀가 하고자 하는 말을 이해했다.

"당신이 무슨 말을 하는지 알겠어." 애덤스가 이윽고 말했다. 그녀는 고백을 끝낸 듯했으나 그가 말을 마치자 정말 잔잔하게 말을 이었다. 그 잔잔함 속에 그녀는 쉼을 얻었다.

"미안하다고 말하는 게 의미가 없겠지만⋯⋯ 미안해요."

코니는 너무나 지쳐 보였다. 그렇게 말하며 남은 힘을 전부 써 버린 듯했다. 말이 없었다. 그녀는 무작정 그에게 도움을 요청하고 있었다.

"허락되는 대로, 가능한 한 오랫동안, 내 곁에 있겠다고 약속해 줄래요?" 또다시 공포에 질린 아이가 발작을 일으키는 것처럼 그녀가 간청했다.

애덤스는 기꺼이 그러겠노라고 약속했다. 떠나야 할 시간이 되었을 때 코니는 늘어져 있던 용기를 자못 일으켜 세웠다. 병원으로 가는 짧은 시간 동안 차 속에서는 전혀 무관한 주제로

쉴 새 없이 떠들었다. 거리에 이는 먼지, 닫혀 있는 집들의 황량한 모습, 다음 주에 결혼하는 하녀를 위해 그녀가 사고 싶은 결혼 선물.

"무언가는 진정 당신의 것으로 만드세요." 코니가 기원했다. 이 기원을 들으며 그는 코니에게 전에 보았던 것보다 훨씬 큰 변화가 있다는 걸 감지했다.

애덤스는 코니가 병원에서 다시 히스테리를 부릴 것이라 예상했었다. 하지만 뜻밖에도 그녀는 차분히 수술 준비하는 것을 지켜보았다. 체념한 호기심 같은 거였다. 간호사가 작은 하얀 철제 침대 위에 잠옷을 놓고 코니의 머리를 가는 두 줄로 길게 땋았다. 코니는 가만히 그런 세부적인 일에 협조했다. 그것은 그들이 준비하는 끔찍한 일과는 무관한 듯 보였다. 이마에서부터 뒤로 쭉 머리에 빗질을 했다. 그녀가 어릴 때나 했을 법한 스타일이었다. 이렇게 약간 변화를 주니 상처받은 순수함의 한 단면이 나타나는 듯했다. 나이와 경험은 그녀의 얼굴에서 싹 사라졌다. 어떤 정신적 깨달음을 얻어서 그런 게 아니었다. 그저 하얀 잠옷이 펄럭거리고, 간호사가 어린아이처럼 머리를 빗겨 줘서 그런 거였다.

그들은 코니를 2층으로 데려갔다. 천장 위에 수술실이 있었다. 그도 갈 수 있었으나 위층 층계참에 다다르자, 문 입구에서 더 이상 따라오지 않았으면 좋겠다고 그녀가 부탁했다.

"이제는 혼자서도 잘 견딜 수 있어요." 코니가 말했다. 그들은 안으로 그녀를 이동시켰다. 애덤스는 뒤로 돌아서 복도 반대편 끝에 있는 조그만 대기실로 갔다. 클로로포름과 에테르 냄새로 숨을 쉬기 어려웠다. 창가로 가 블라인드를 올리고 거리 쪽으로 기댔다. 시원한 공기가 얼굴에 닿았다. 결국 비겁한 사람은 코니가 아니라 그 자신이었다. 코니가 이렇게 자연스런 기품을 되찾은 건 그녀 안에 시들어 가는 생명력 때문일까, 그는 자문했다. 코니는 망상적 공포에 떨면서 인생을 살아왔다. 하지만 지금 실제 고통 속에서는 전혀 두려워하지 않았다. 그녀의 의식 없는 몸이 의사의 손에 달렸다는 생각에 전율을 느끼는 것은 그녀가 아니라 그 자신이었다. 이 순간 그녀와 반대의 위치에 있다면 정말 편할 것 같았다. 그녀를 대신해, 되돌아오는 의식의 고통을 맞아도 좋고, 아니면 깨어나지 못해서 오는 더 큰 미스터리를 대면해도 좋을 것이다.

새롭게 도색한 작은 방에서는 클로로포름과 니스 냄새가 났다. 애덤스는 반쯤 열린 창을 통해 복도를 보았다. 셔츠의 팔을 걷은 의사가 바쁘게 지나갔다. 간호사는 희미하게 수증기가 오르는 대야를 들고 지나갔다. 그리고 갈색 가죽 가방을 든 젊은 의사와 곧 바쁘게 걸어가는 두 번째 외과의, 그는 입구에 닿기 전에 두툼한 팔 위로 소맷부리를 접어 올렸다.

코니는 더 이상 내 아내가 아니라고 애덤스는 혼잣말했다.

하지만 그렇다고 해도 그가 기다리고 있는 소식의 심각성은 전혀 누그러지지 않았다. 남자와 여자의 사회적 관계가 얼마나 하찮은 것인가, 그는 처음으로 똑똑히 이해했다.

벽로 선반 위, 빤히 바라보는 커다란 시계의 얼굴, 바늘은 질질 끌며 그 둘레를 돌고 있었다. 복도 건너편 테이블 위에 늘어져 있는 그녀의 절망적인 몸. 애덤스는 생각하지 않으려고 애썼다. 대신 처음 만났을 때의 소녀 같은 모습을 떠올려 보려고 했다. 체리 빛깔 리본을 매고 있던 모습. 활기 넘치던 옛 감정은 한낱 재가 되어 있었다. 할 수만 있다면, 금빛 찬란하던 순간의 아련한 기억을 되살릴 것이다. 빈자리, 일찍이 삶이 있었던 이 빈자리는 마음속에 있던 순수한 인간의 열정을 모두 삼켜 버렸다. 하지만 더 깊은 곳에 있던 감정은 더 깊은 회한—이런 비극이 일어난 것에 대한, 아기처럼 가냘픈 얼굴의 소녀가 부도덕에 찌든 존재가 되어 버린 것에 대한 회한—속에서 묘연히 길을 잃었다.

'이 결과가 내 손에 달린 건가? 내가 이것을 막을 수 있었을까?' 애덤스는 자문했다. '내가 그녀의 충동을 가로막았다면 마지막에 나는 이 결과로부터 자유로울 수 있었을까?' 세상의 구원이란 악과 그 악이 꾀어낸 욕망 사이에 용감하게 끼어드는 것에 따라 결정되는 듯했다. 어떠한 도덕적 속임수에도 불구하고 약한 자의 영혼은 결국 강한 자의 능력 안으로 들어오지 않았던가?

그러다가 애덤스는 시야를 넓혀 코니의 인생 너머 그녀보다 더 운이 좋은 남자, 여자들의 삶을 보았다. 인간의 삶은 어디나 똑같았다. 그것은 한 행복의 환상을 좇아 끊임없이 계속하는 투쟁이었다. 행복은 어떤 소유나 물건과는 관계없었다. 로라를 생각해 보았다. 로라의 환상에는 아직 빛이 있었다. 거티는, 찢기고 망가진 환상의 파편을 찾아 더듬고 있었다. 켐퍼는, 환상을 박탈당했지만 그렇지 않은 척했다. 페리는, 허무로 통하는 추잡한 수렁에서 환상을 질질 끌고 있었다. 그리고 그들이 쾌락을 좇으며 겪는 수많은 시련들. 그들은 하나같이 공평하게 돌아가는 바퀴에 묶여 있었다.

복도 건너편 문이 열렸다. 그들이 코니를 데리고 나왔다. 코니는 조용히 숨을 쉬고 있었다. 아직 의식은 없었다. 그는 들것을 따라 아래층으로 내려갔다가 그들이 그녀를 침대에 누인 것을 보고 숨 막히는 작은 방으로 다시 돌아가 앉았다. 곧 집에 돌아갈 것이라 생각했는데 밤이 깊어지면서 너무 지쳐 아무것도 할 수 없었다. 얼마 후 눈이 감기고, 그는 깊은 잠에 빠져들었다.

애덤스가 눈을 떴을 때는 이미 날이 밝아 오고 있었다. 회색 세면실의 전깃불은 흐릿하게 빛났다. 주변 환경은 그림붓으로 한두 번 왔다 갔다 하며 투박하게 스케치한 것처럼 묘했다.

창문은 그대로 열려 있었다. 그쪽으로 가 얼굴을 내밀고 몇 분간 서 있었다. 애덤스는 너무 피곤해 생각을 모으는 시도조차 할 수 없었다. 잠자는 도시 건너에서 어슴푸레한 황금빛 새벽을 보았다. 새벽은 하늘에 형형색색 줄무늬를 넣고 있었다. 무척 고요했다. 어렴풋한 빛에 일상의 사물들이 모습을 드러냈다. 집과 거리의 친숙한 풍경들. 물질의 형태라기보다는 그림자처럼 마음에 투영된 결과물 같았다. 돌연 모든 땅과 하늘 또한 일시적으로 생각을 투영하는 것처럼 보였다. 거기에 서 있자니 눈이나 귀의 감각이 아닌 다른 감각을 통해 그의 지각이 서서히 한층 강해졌다. 보거나 듣지는 못했지만 새벽의 얼굴 위에 그 영靈이 그를 향해 이동하는 것을 느꼈다. 빛을 발하는 의식에 '나'는 '당신'보다 더 뚜렷해졌다. 시각을 넘어선 시각으로, 그는 신을 보았다. 눈의 밝음, 몸의 호흡보다 영의 불가사의가 더 분명해졌다. 그가 목격한 보편적 인생이란—영과 물질, 기질과 충동, 원자의 진동과 열망의 떨림이란—고뇌에 찬 자가 신의 의식 속으로 들어가도록 노력하는 것이었다. 이 깨달음으로 그의 삶은 자연의 기적에 의해 변한 것처럼 변했다. 바르게 사는 건 더 이상 어렵지 않았다. 아니 쉬웠다. 오늘 하루만 그런 게 아니다. 그의 인생 전체 그리고 인생의 결말이 눈앞의 빛처럼 분명해졌다.

애덤스는 다시 로라를 생각했다. 로라는 아직 환상의 혼란스런 광채 아래 있었다. 그의 심장은 그녀뿐 아니라 모든 인간을 위해 연민 속으로 녹아들었다. 그녀가 사랑하는 켐퍼를 위해, 거티, 코니, 페리를 위해. '그들은 행복을 찾는다. 하지만 행복은 나의 것이다.' 애덤스는 생각했다. '그들이 먼저 찾으려 했기 때문에 행복은 영원히 그들로부터 멀어질 것이다. 쾌락에서 찾을 수 있는 것이 아니다. 무엇인가를 원하는 욕망에서도, 어떤 사랑의 완성을 통해서도 아니다. 나에게는 이런 것들이 없지만 그래도 그들보다 행복하다.'

애덤스는 창에서 문 쪽으로 돌아섰다. 바로 이때 한 간호사가 그에게 뛰어왔다.

"집에 가신 줄 알았어요." 간호사가 말했다. "그래서 한 시간째 전화를 하고 있었어요." 간호사는 말을 멈췄다. 잠시 주저했다. 애덤스는 말없이 표정으로 물었다. 그것을 보고 그녀가 짧게 말했다. "한 시간 전부터 의식이 없으세요. 부인이, 돌아가셨어요."

5장

부자의 빈곤

코니가 죽은 날 아침, 거티는 점심을 먹고 로라에게 잠깐 들러 그 소식을 전했다.

"난생 처음으로 내가 사회적 직관을 잃어버렸다는 거 아니?" 거티는 입을 열자마자 털어놓았다. "이 상황에서 내가 어떻게 해야 할지 전혀 모르겠어. 그녀의 죽음을 모른 체해야 하나, 그러면 안 되나?"

"그 말은," 로라가 물었다. "그에게 편지를 써야 할지 말지를 결정하지 못했다는 거야?"

"당연히 그것도 포함되지. 하지만 주요 논점은, 그것을 고통으로 봐야 할지 축복으로 봐야 할지 판단하는 거야. 꼭 신의 섭리 때문에 이 사건의 성격을 결정짓지 못하는 건 아니야. 특히 이 경우에는 연관된 사람들의 형편에 맞게 멋지게 정리가 되는 것 같잖아."

"참 무척이나 사려 깊으시네요." 비아냥거리듯 로라가 한마디 했다. 그녀는 가끔 켐퍼나 거티가 말하는 것처럼 따라했다. "자비로운 문제 해결법이네. 근데 이렇게 생각해 봤어," 더욱 진지하게 덧붙였다. "그녀가 죽지 않았다면 어떤 일이 벌어졌을까?"

"오, 그녀는 그냥 죽는 게 나아." 거티가 말했다. "그녀가 고상하게 할 수 있는 일이 없었거든. 그런 필요를 느끼지도 못했겠지만." 거티는 덤덤하게 평가했다.

"그래도 나는 그가 그 고통을 어떻게 참았을지 궁금해. 그는 분명 대면했어야 했을 테니까."

"음, 나는 궁금하면 참을 수가 없는데." 거티가 대답했다. 그러고는 다소 심각한 어투로 덧붙였다. "그 남자한테는 묘하게 사랑스런 부분이 있어. 난 가끔 생각하는데," 거티가 황당한 장난말로 결론지었다. "그 남자라면, 우리가 별 노력 없이도 결혼할 수 있을 것 같아."

"그리고 그 후론 『인터내셔널 리뷰』에서 영원히 행복하게 살고?"

"어, 그래도 옷으로 먹고사는 것보다 쉬운 게 뭐가 있을까 모르겠어. 난 끝에 가면 가난이 권태보다 나쁘다고 생각하지는 않아. 사람들이 원하는 것은 흥미를 갖는 거야. 흥미가 없다면 인생이 전차나 자동차 안에서 사는 것과 다를 게 뭐야. 난 내가 조금이라도 전차에 신경 썼어야 했다고는 생각지 않거든.” 거티가 수심에 잠기며 말을 맺었다.

“해 보지 않고는 말을 하지 마…… 난 해 봤으니까.”

“정말 중요한 것은 그 위대한 거 하나야.” 거티가 확신에 찬 철학으로 말을 이었다. “그리고 마무리된 사진과 액자처럼 돈이란 행복과 깊은 연관이 있는 거야. 그 모든 게 세상에 과시하는 거잖아. 나도 전시되는 거 좋아해. 인정하지. 하지만 캔버스가 가득 차고 넘치면 나는 그게 훨씬 더 좋아.”

“네가 나처럼 행복하다면!” 로라가 부드럽게 말했다.

거티는 잠시 로라를 다정하게 보았다. 어머니처럼 이해하는 듯한 눈빛이었다. “나도 그러면 좋겠다, 달링.”이 거티의 대답이었다.

거티의 힘이 있는 맑은 눈이 은연중에 사색에 잠겼다. 그러더니 마치 영혼을 감싸고 있는 껍질을 뚫고 안으로 들어갈 것처럼 로라를 응시했다.

기디는 자신이 아는 사람 중에서 오직 로라만이 거짓말을 하지 않는다고 종종 단언했었다. 세상은 거티에게 거짓말을 했다. 켐퍼도 거짓말을 했고, 페리는 그 누구보다 더했다. 로라에게는 진실성이 있음을 비로소 느낄 수 있었다. 그건 제단의 빵과 와인이 성체가 되는 것처럼 모호하며 신비한 느낌이었다. 왜 그런지 설명하지 못해도 궁극에는 그렇게 느꼈다. 비록 이상으로부터 멀어지는 것을 감수해야 하지만, 누군가를 믿는 것은 그녀가 먹는 빵처럼 인생에 필요한 것이었다. 거티는 환락가로 되돌아가는 많은 타락한 인간들 속에 그녀 자신이 포함되는 것은 개의치 않았다. 그럼에도 자기 친구는 예지적 상상과 약속의 땅에 변함없이 머물기를 바랐다. 로라는 단순히 그녀가 사랑하는 여자가 아니었다. 로라는 그녀가 믿을 수 없는 것을 대신 믿어 주었고, 마지막에는 그녀의 대리 숭배자가 되었다. 그녀가 선할 여력이 없는 곳에서 선할 뿐 아니라 고결했다. 우정의 관계 내내, 첫날 학교에서 만났을 때부터 지금까지, 그녀를 바라보는 로라의 눈에는 한 번도 질투의 기색이 없었다. "개똥지빠귀는 잉꼬에게서 아름다운 깃털을 빌리기 어렵죠." 트렌트가 말했었다. 그리고 로라는 다른 여자들에게 질투심을 일으키는 멋진 사랑스러움을 보면 더 기뻐할 뿐이었다. 더 뜨거운 황홀감을 느낄 뿐이었다.

거티는 앞에 있는 고운, 시 같은 얼굴을 가진 숙녀를 보면서 의아해하며 자문했다. '이 친구는 이제 세상을 따르며, 세상에 애착을 가지려고 하는 걸까? 내가 겪은 경쟁보다 더 혹독하고 더 허무한 경쟁에 끼어든 걸까? 로라는 일시적인 세상 것에 영원성을 부여하려고, 그림자에 실체를 주려고 애쓰며 인생을 허비할까?'

하지만 이 질문들이 종잡을 수 없이 왔다 가는 바람에 몇 분 후 거티는 그것이 마음에 스쳐간 것조차 까맣게 잊어버렸다.

“여름에는 얼마나 지겨울까.” 거티가 태연하게 말했다. 진득하지 못한 성격 덕분에 금세 화제를 바꾸었다. “의사는 나한테 다시 애디론댁*으로 가서 머물라고 지시했어. 켐퍼와 네가 나를 불쌍히 여기지 않는다면 가을이 오기 전에 내가 곰팡이만도 못한 인간이 되어 있을지 누가 알겠어.”

거티는 말하면서 거울 앞에 서서 베일을 정리하다가, 지금은 불만스럽게 인상을 찌푸리며 콧잔등 부분의 커다란 검은 얼룩 중 하나를 유심히 보고 있었다. “난 이런 점들을 참을 수 없다고 카밀한테 말했는데.” 다시 아무 이유 없이 얼핏 흥분하며 거티가 말했다.

“네가 원한다면 기꺼이 7월에 갈게.”가 로라의 대답이었다. 더 중요한 이슈를 말하며 베일에 대한 거티의 질문은 무시했다. “내가 켐퍼를 대신해 답을 할 수는 없지만, 오히려 그도 그걸 기대할 거야.”

“오, 이제 그가 그러던데, 내가 너를 설득하면 그도 오겠대. 그가 뭐에 끌려서 그러는지는 말을 안 하던데. 매너라고는 없어.”

로라가 발랄하게 웃자, 거티는 기분이 좋아졌다. “켐퍼가 국내에서 여름을 보내는 건 10년 만에 처음일 거야.” 로라가 답했다. “그러니 내가 유럽을 희생할 만한 가치가 있는 사람이란

---

* 미국 뉴욕주 북동쪽에 있는 산

걸 그가 알게 되면 좋겠다."

"그럼 정말 너 때문에 해외여행을 단념한 거야?"

"물어볼 필요도 없지. 근데 너는 그게 충분한 이유가 된다고 생각하지 않니?"

"어, 그럴 수도 있겠네." 무심히 거티가 답했다. "나도 한때 그런 것에 꽤 긍정적일 때가 있었거든. 하지만 그때는 내가 바보였어. 지금 네가 켐퍼를 잡고 있는 게 잘하는 건지 솔직히 잘 모르겠다. 남자들은 감정이 달아오를 때면 기꺼이 여자를 위해 희생하지. 하지만 열에 아홉은 시간이 지나면 그 일에 대해 절대 용서하지 않아. 내가 하는 말을 새겨들어, 친구야. 그냥 그를 보내 줘. 다른 방법이 없다면 그의 배를 네가 밀어 버리라고. 더운 여름 내내 네 옆에 있는 것보다 네가 보고 싶을 때 같이 있는 게 열 배는 더 사랑스러울 거야."

"거티, 거티, 네가 사랑에 대해 뭘 알겠니!" 로라가 말했다.

"나는 절대 아는 체하지 않았다, 친구야. 남자들한테 집중해서 시간과 관심을 준 경험이 있을 뿐이지."

"음, 켐퍼가 전혀 가고 싶어 하지 않아. 너를 만나면 그가 직접 말할 거야. 하지만 그렇다고 인생을 너무 비관적으로 보지 않았으면 좋겠다."

거티는 거울에 비치는 자신의 모습에 계속 불퉁거렸다. 로라의 말에 대꾸하기 전에 거티는 벨벳 가운으로 덮여 있는 우아하게 굴곡진 엉덩이 위를 가볍게 손으로 쓸어내렸다.

"내 견해를 그런 식으로 이해하다니 안타깝구나." 거티가 상냥하게 말했다. "한 5년이면 그게 네 현실이 될 테니 말이야. 그럼 7월에는 확실히 너희 둘을 기대할 수 있을까?" 거티가 물었다. 그녀의 경박한 어투는 조금도 변하지 않았다. "8월에는 빌리 랜캐스터를 꼬셔야지. 그는 아직 어려서 그 처녀 숲이 딱 마음에 들 거야."

"페리는 싫어할 텐데!" 로라가 놀라며 크게 말했다.

"맞아. 진짜로 그래. 하지만 네가 그걸로 논쟁할 이유는 없단다. 빌리는 정말 잘생겼어. 너도 그 사람을 알면 좋겠다. 내가 아는, 머리꼭지에 아직 머리카락이 남아 있는 몇 안 되는 남자 중 하나니까."

잠시 로라는 그녀의 경박함과 천박함에 의아해했다. 그녀가 한 말을 어떻게 받아들여야 할지. 그러다가 의자에서 일어나 절제의 손을 거티의 어깨에 올려놓았다.

"조심해, 친구야." 로라가 애원했다.

손 밑의 어깨는 아무렇지도 않게 으쓱했다. "오, 조심하고 있어." 거티가 웃음을 터트렸다. "근데 재미가 없어. 페리는 조심하지 않잖아. 나보다 훨씬 더 인생을 즐기지."

"뭘 훨씬 더한다는 거야?" 로라가 물었다.

잠깐 거티는 신중히 생각했다. 장난스럽게 히죽대던 얼굴이

심하게 굳었다.

"더 잘 잊어버려." 거티가 이내 대답했다. "그게 바로 우리가 원하는 거 아니야? 그걸 뭐라 부르지. 종교, 방탕, 모르핀. 우리가 하려는 게, 우리 자신을 취하게 만들어서 인생이 인생이란 걸 잊게 하는 거잖아."

"하지만 그건 내가 원하는 게 아니야." 로라가 주장했다. "나는 모든 걸 느끼고 싶어. 그리고 내가 그것을 느낀다는 걸 알고 싶어."

"그래, 너는 달라." 거티가 말했다. "내가 좇는 건 행복이야. 그게 어떤 형태든, 어떤 유의 것이든 난 별로 신경 안 써. 그 세부 내용에 대해 까다롭게 구는 건 그만두었지. 빌리가 나에게 행복을 준다면 난 그를 삼켜 버릴 거야. 후회하면서 헛된 시간을 보내지는 않지. 내가 왜? 페리는 안 그러는데."

"그럼 페리와는 끝인가?"

"끝! 오, 예민한 아가씨, 이건 단지 시작일 뿐이야. 페리의 사이비 종교는 근접하기 어려워. 미덕을 얘기하면 그는 도망갈걸. 그를 완전히 무시하면, 그는 자기 존재로 네 인생을 고달프게 할 거야. 지난 24시간 동안 그는 나에게 착 들러붙어 있었거든, 마치 찔레의 가시덤불처럼."

"그럼 이게 모두 페리 때문인가, 아니, 내 말은 빌리?" 로라가 물었다.

거티가 머리를 흔들었다. 씁쓸한 성마른 표정으로 서서히 이마가 찌푸려졌다.

"시작은 그랬어." 거티가 대답했다. "근데 지금은 잘 모르겠어. 확실한 건 아니야. 그가 나에게 빠져 있는 것이 내 코에는 향기롭거든. 그래, 난 언제나 남자에게 무심한 망부석이었지. 하지만 빌리의 외모에 몸이 뜨거워지는 건 인정하지."

"페리로는 그렇게 할 수 없어?"

웃음을 터트리는 거티의 소리가 약간 서글펐다. "나를 너무 아프게 해서 관심 두는 걸 접었어. 그 불쌍한 멍청이는 어제 오후에 나랑 드라이브하려고 골프를 포기했다더라. 그래서 내가 드라이브를 가 줬지. 지루해 죽는 줄 알았어. 빌리라면 얼마나 재밌을까 하는 생각을 떨치지 못하겠더라구."

마침내 베일은 마음에 들게 정리가 되었다. 거티는 마지막으로 몸 전체를 흘긋 환하게 쳐다보고 거울에서 돌아섰다. 장갑을 끼면서 허리를 숙여 로라의 볼에 입 맞추었다.

"굿바이, 친구. 빌리가 큰 위로가 되면, 내가 너에게도 나눠줄게."

"오, 난 나만의 빌리가 있어!" 로라가 대꾸했다. 말에는 장난기가 있었지만 표정은 진지했다. 친구가 떠나고 문이 닫힌 후에도 진지함은 그대로 남아 있었다.

로라는 애덤스를 생각하고 있었다. '그에게 편지를 써야 할까, 어떻게 글을 풀어 나가야 할까, 동정 어린 표현이 시시하거나 터무니없게 들리지는 않을까?' 그러다가 그녀가 할 수 있는 말이 없겠다는 생각이 들었다. 그와는 건널 수 없는 거리를 두고 서 있음을 깨달았다. 그들 사이에 존재했던 사고의 교류도 그 순간 툭 끊어졌다. 한때 그들이 열심이었던 것들에 더 이상 관심이 가지 않았다. 우정에는 변함이 없었다. 하지만 각자의 영혼, 생각, 언어는 미묘하게 달라졌다. 그와는 다시 이야기할 수 없다고 로라는 확신했다. 로라는 그가 이해할 수 있는 언어로 말하는 능력을 잃어버렸다.

'더 이상 감흥이 일지 않는 것에 어떻게 관심이 있는 척할 수 있을까?' 로라는 생각했다. '내 성격이 완전히 변했다고 그에게 말한다면, 내가 설명하려고 한다면…… 많은 것 중에 하나를 선택했기 때문이라고…… 그것을 말로 전한들 결국 무슨 소용이 있을까? 솔직히 털어놓는다고 하자. 행복을 찾았기에 난 기꺼이 모든 것을 포기한다고? 내가 정말 행복을 찾았나? 여하튼 이게 진정한 행복인지 어떻게 알지?'

이렇게 자문하자니 그녀가 살아온 삶이 저절로 해체되어 답으로 흘러 들어가는 것 같았다. 로라의 안에는 두 성품이 있었다. 생활 속의 성품과, 멀리 떨어져서 따져 보는 성품. 켐퍼를 처음 만났던 날 밤, 로라는 자신의 운명이 신의 손에 의해 설계되었음을 믿었다. 그날 밤 그녀의 영혼은, 아취가 있는 예스런 은유적 표현을 빌리자면, 신께 채워 달라고 올린 단지 같았다. 그때는 빛이 넘쳐 났다. 그러나 지금은 몸을 구석구석 비추던 빛은 사라졌고, 이제 그 단지는 텅 비어 있었다. 꿈이 그랬던 것처럼 심지어 사랑도 그것을 채우지는 못했다.

로라는 이게 행복인지 다시 자문했지만 역시 답을 찾지 못했다. 심장의 두근거림이 빨라지고, 하나의 존재에 생각이 모아졌다. 오늘의 실망에서 내일 실현 가능한 일까지 상상은 쉼 없이 팔딱거렸다. 이것들은 순간순간 그녀와 깊이 연관되어 있는 것들이었다. 하지만 머릿속에서라도 이것들을 행복이라 부를 수 있을까? 로라의 심장 박동은 흐르는 시간을 꾸짖었다. 그러다 감정의 절정과 기세와 생생함 속에서 아직도 고뇌와 기쁨의 차이를 구별할 수 없는지 자신에게 물을 때면 문득 감정이 멈춰 섰다.

낯선 장소에서 아무것도 보지 못하고 비틀거리는 것처럼 로라에게 이 방식은 이따금 암울했다. 로라는 이상의 꼭대기에서 현실의 평지로 내려왔다. 하늘을 나는 새가 새장에 대해 아무것도 모르듯, 로라는 기세들 사이로 움직이면서도 그 기세들에 대해 알지 못했다. 거티만이 이 모든 것에 정통하다는 것을, 자기 앞에 놓인 길을 넘어 한 걸음 한 걸음 여행했었다는 것을 로라는 알았다. 그렇다고 거티에게서 도움을 찾을 수는 없었다. 다른 누구에게서도 찾을 수 없었다. 인간은 오직 분명히 알 수 있는 육체의 고통을 통해 비로소 영혼의 지식에 도달한다는 것은 이미 태초에 정해진 운명이 아니던가?

'아니 나는 지금 행복하지 않아. 켐퍼는 전적으로, 완전히 내 사람이 된 게 아니야.' 로라는 생각했다. '하루에 겨우 몇 시간 그는 나와 함께 있지. 그리고 나머지 시간은 내가 모르는 삶을 살고. 나는 생각으로조차도 그 삶에 가 볼 수 없어. 그 시간에 그는 누구를 만나는 걸까? 나와 함께 있지 않을 때면 무엇을 생각할까? 다음 주 애디론댁에서 우리는 방해받지 않고 함께 있을 것이다. 그때 그의 진정한, 숨겨진 본성을 분별해야 하리라. 그러면 내가 이해되길 원하는 것처럼 나도 그를 완전히 이해할 수 있겠지.' 돌연 다음 달이 행복으로 빛나는 것 같았다. 여기, 지금, 로라는 만족하지 못하고, 안식할 수 없다. 하지만 그녀 앞에 놓인 여섯 날에서 말할 수 없는 기쁨의 서막을 보았다. 조급한 열망이 마치 불꽃처럼 그녀를 타고 흘렀다. 로라는 곧바로 여행을 준비하기 시작했다.

6장

신神의 발

켐퍼는 감정에 쏠려 유럽 여행을 단념하겠노라고 선언했었다. 로라가 그 희생을 확고한 사랑의 증표로 봐 주길 기대하고 있었다. 하지만 뜻밖에도 그녀는 살면서 흔히 볼 수 있는 그늘쯤으로 생각하고 있었다. 로라의 눈에 그가 없는 유럽은 어쩌면 사막 같았을지도 모른다. 조화를 이루는 여러 산들이나 정렬된 건물들은 다음 달로 예정된 애디론댁에 비하자면 별 매력이 없었다. 애디론댁산은 의심할 여지가 없었다. 솔직히 말해 그는 정말로 그녀와 함께 보내는 여름이 훨씬 더 좋았다. 하지만, 스스로 인정하고 싶지는 않겠지만, 미국에 머물면 유럽에서 얻을 수 있는 육체적 쾌락을 엄청 포기해야만 했다. 그가 꼭 가고 싶지 않은 것은 아니었다. 그럼에도 불구하고 그것을 멀리했기에 그는 진정 칭찬받아야만 했다. 과거에는 여자를 위해 단 하루의 기쁨도 포기한 적이 없었다. 지금 자신이 베푸는 너그러움을 헤아리자니 가슴이 벅차오를 지경이었다.

그 결단으로 그는 한동안 우쭐했고, 그 기분은 자신의 행동에 대한 어떤 특이한 감동으로 이어졌다. 여러 마음 중에서도 특히 자부심에서 나온 은근한 유쾌함은 어쩌면 다른 사람들을 대하는 태도에서 가장 활발하고 뚜렷하게 드러날 것이다. 켐퍼는 로라를 위해 흔치 않은 희생을 했다고 자부하며 그녀에게는 이 모든 것 이상의 가치가 있다고 확신했다. 이 감정에는 어떤 독특한 면이 있었다. 그녀를 위해 포기했다고 자신에게 말하며 즐거워할수록 그녀의 가치는 올라갔다. 그녀의 가치는 그 즐거움의 양과 직결되어 있었다.

남아서 해결해야 할 몇 가지 재무 문제가 마침내 해결되었다. 켐퍼는 그녀를 향해 서두르며 뉴욕을 출발하는 야간 급행열차에 올랐다. 이제 그는 적당한 인내심이 필요한 지점에 닿아 있었다. 애정의 경솔한 첫 충동은 사그라졌음을 알았다. 그건 변함없이 지나가는 봄을 아쉬워하는 것처럼 쓸데없는 일이었다. 하지만 이 단계를 넘어서, 일시적 감정의 고조보다 더 영속적인 형태로, 로라가 계속 그의 관심을 잡아 둘 수는 없었다. 켐퍼는 단지 우연히 변하는 모습보다는 그녀 얼굴에 스민 영혼을, 눈과 입술을 가로지르는 빛의 모서리를 따라 움직이는 미소를 생각했다. 그녀의 모습에 어린 신령한 기운은 순간 그가 그녀를 처음 만났던 날 본 것처럼 생생하게 다가왔다. 평생 한번도 감각적으로 느껴 보지 못했던 묘한 매력이었다.

잠시 후 켐퍼는 흡연실에 들어갔다가 바클레이를 만났다. 클럽에서 가끔 보던 친구였다. 자정이 지나도록 그들은 함께 앉아 이야기를 나누었다. 바클레이는 예리하고 힘이 넘치는 정력적인 사람이었다. 그는 살면서 끊임없이 일이 터졌고, 그것은 허리 부분이 지나치게 발달하는 것을 막았다. 바클레이는 병약한 아내와 결혼했다고 했다. 그녀는 폐병으로 위태위태했고, 그래서 1년 내내 애디론댁에 있어야만 했다. 켐퍼도 그녀를 본 적이 있었다. 예쁘거나 지적이지는 않았지만, 유감스럽게도 그녀는 4천만 달러의 재력가였다. 이 사실은 그의 마음에 뚜렷한 인상을 남겼다. 그녀는 재산이 있었다. 그래서 그는 그녀에게 특별한 매력이 없는 것을 무심결에 용서했다. 바클레이 관점에서 보자면 그 결혼은 무척 만족스러운 것이라고 켐퍼는 판단했다. 바클레이는 주식이 어떻게 변할지 예측하는 것에 몰입해 있었고 가정일은 안중에도 없었다. 그는 인생을 공식이 아니라 숫자로 축소함으로써 막막한 철학의 문제를 해결했다. 그에 관한 스캔들이라면 실낱같은 미풍도 불지 않았다. 다른 여자들에게는 거의 관심이 없었다. 모든 순간 그를 만족시키고 몰두하게 하는 것은 돈이었다. 켐퍼는 그렇게 결론지었다.

"맞아, 종종 숲으로 되돌아가는 것은 정말 좋아." 바클레이가 말했다. "보통 일요일에나 겨우 가지. 그러고는 그 주 뉴스를 훑어볼 시간을 갖지."

그가 말한 '뉴스'라는 것이 주식 시장에서 일어나는 변화를 뜻한다고 켐퍼는 이해했다. 켐퍼가 아는 한, 바클레이는 부를 축적하는 것 말고는 달리 관심이 없었다. 그렇다고 해서 바클레이가 준 감동이 떨어진 것은 아니었다. '이거야말로 의미 있는 인생이다!'라고 켐퍼는 후한 열정으로 생각했다. 그 기차에서 그는 성공의 화신 옆에 앉은 듯했다.

바클레이는 주머니에서 종이를 꺼냈다. 이쑤시개 끝으로 숫자 목록을 따라갔다. 그가 박식한 지식을 가지고 있는 거라고는 한 주제뿐이었다. 그럼에도 불구하고 인생의 한 부분에서 권위를 가지고 말할 수 있다는 사실은 그에게 어떤 위엄을 주었다. 켐퍼는 이야기를 나누다 보니 휴가 월을 그와 함께 보내면 좋겠다는 생각이 들었다. 켐퍼는 돈에 대해 무지했지만, 돈에는 그가 사랑에서 찾은 것만큼이나 생기발랄한 매력이 있었다.

다음 날 아침, 켐퍼가 기차에서 내리니, 로라가 기다리고 있었다. 눈에 띄는 자그마한 모습. 그녀 뒤로는 푸른 숲이 펼쳐져 있었다. 그녀를 보자 바클레이와 그의 금융 천재성은 금세 머릿속에서 사라졌다. 켐퍼는 사랑으로 빛나는 매혹적인 눈빛과 마주쳤다. 비로소 생의 좋은 지점에 이르렀다고 그는 중얼거렸다. 그녀 손의 악력, 모습에 어린 순응, 음성의 떨림은 쉽게 흥분하는 그의 감각을 신선하게 자극했다. 그건 그들이 맞고 있는 새벽처럼 달콤한 신선함이었다.

"마흔이 지나서야 내가 제대로 삶을 살기 시작했다는 생각이 드는군!" 그들이 작은 마차를 타고 숲길을 지날 때 그가 감탄하며 말했다.

로라가 고삐를 잡았다. 로라가 마차를 이끄는 동안 그는 풀썩 그녀를 안으며 사내아이처럼 웃었다.

"그래도 여기는 천국인데……. 당신이 어떻게 이런 생각을 했지?" 켐퍼가 물었다.

"어, 혼자 마차를 타고 왔어요. 이 이른 시간에 오직 당신과 같이 있고 싶었어요." 로라가 대답했다. "우리가 얼마나 행복할 수 있는지 심지어 거티에게도 보여 주기 싫었어요." 로라는 이렇게 말하면서 자신이 원했던 행복이 드디어 이루어진 듯한 기분이 들었다.

한 주가 지나고도 여전히 꿈을 이루었다고 로라는 말할 수 있었다. 켐퍼는 대학생 때 그랬던 것처럼 사랑하는 데 혼신을 다해 온갖 정열을 쏟아부었다고 단언했다. 그가 완전히 몰입해 있을 때면 거기에는 그가 당구에 쏟아붓던 특별한 관심 같은 무언가가 있었다. 매 순간 극한까지 살다가 놓아 버리는 것은 그의 천성이었다. 그에게 숲의 로맨스는 전원의 시詩라기보다는 최고조로 즐기다가 끝내야만 하는 맛좋은 경험이었다. 마치 그의 생각이 벌써 오늘의 결실로부터 튀어나와 내일의 변덕스런 가능성을 따라가기 시작한 것처럼 간혹 얼굴에 성마른 짜증이 나타나는 것을 로라는 보았다. 이 숲 가운데 금빛 초록빛 나뭇잎 아래서 로라는 문득문득 깨달았다. 그는 도시의 거리와, 그가 익숙한 몰아치는 열정적 삶이 더 잘 어울린다는 것을.

그러나 켐퍼에게 이 달은 마력이 넘치는 달이었다. 그 마력의 반은 현실에 속해 있고, 또 반은 어릴 때부터 기억하는 동화에 속해 있었다. 마력은 현실보다 아름다웠다. 그래도 그것은 진짜가 아니었다. 이 아름다움은 때때로 그저 뜻밖의 일로—초록빛 나뭇잎들 위에 내려앉은 햇살이나 혹은 펄럭이며 발삼나무를 스치는 로라의 파란 드레스로—사라지는 사랑스러움을 상기시켰다. 강렬한 쾌락을 느낄 때면 어떤 순간에는 불길한 육감이 들었다. 그러고는 충동이 깃발을 흔들 때가 있었다. 감각적 삶에 대한 인과응보로 사랑에는 완전히 무능해진 걸까, 그는 자신에게 물었다. 때론 절망에 빠져 불평했다. '만약 로라가 나를 조금 더 계속 추종했다면…… 그녀가 연하게 물든 베일을 세속의 여자처럼 살랑거렸다면……. 하지만 그녀와 처음 사랑에 빠진 건 이 탈세속적임, 기교의 결핍 때문이 아니었던가?' 그녀에게, 천성에게, 그리고 자기 자신에게 분개하며 켐퍼는 물었다. 로라는 무경험의 진솔함으로 영혼을 내놓았다. 이제 추종의 흥분은 영원히 끝났다. 켐퍼는 자기 앞에 무미건조한 사랑의 광채가 흩어지는 걸 보았다. 이럴 때면 씁쓸하게 물었다. '이 권태감이, 무기력한 순간에 이 권태감을 예견하는 것이, 내 인생의 필연적인 종말일까?'

지금 켐퍼는 거티의 산장, 넓은 베란다에 매달린 해먹에 누워 로라를 보며 이 질문을 자신에게 하고 있었다. 로라는 약간 멀리서 현관 장식품을 살펴보고 있었다.

"오, 난 어떻게라도 초록색 태피스트리를 고를 거야." 그녀의 말이 들렸다. 그 평범한 말을 들으며 그녀를 전혀 모르는 사람이 들어도 그건 사랑에 빠진 여자의 목소리라는 걸 알 수 있으리라 그는 생각했다. 로라는 '감정의 기교'—더 멋지게 표현할 수 없는 게 유감이다—라고 하는 기질이 정말 부족한 걸까? 아니면 그녀가 천사처럼 솔직하게 감정을 표현하는 것은 단지 그가 존경하는 훌륭한 품성이 밖으로 드러난 결과일까? 때론 경외에 가까운 존경. 그녀의 태도에 요염함이 없는 것은 내재된 고결함의 결정적 증거였다. 그럼에도 불구하고 은근살짝 농염한 탈선을 보는 것은 즐거울 것이다. 로라는 대단히 감성적이었다. 하지만 그 대단한 감성은 눈앞의 쾌락에는 별 도움이 되지 않았다. 어설픈 추파를 흘리는 것만도 못했다.

두 여자는 아직도 태피스트리 조각에 대해 이야기하고 있었다. 현관 옆에 단풍나무 가지를 뚫고 내려온 햇살이 거티 머리에 환한 매력을 더했다. 선명하게, 붉은 머리 가닥 하나하나가 당장 생명을 얻고 색을 띠며 살아났다.

그건 변화하는 빛과 그림자가 만들어 낸 순수한 효과였다. 하지만 그것을 보자니 켐퍼는 돌연 피가 끓는 듯했다. 그는 기억했다. 거티가 오히려 그를 더 좋아할 때가 있었다. 그게 아니라면, 아마도 그녀의 모습에 어린 미묘한 암시를 그가 과장해서 해석했던 것일지도 모른다. 한때 그들 사이에는 무언가가 있었다. 그게 무엇이었는지 또렷하게 떠올릴 수 없었다. 그저 뜨거운 눈짓, 어쩌면 하다가 멈춘 말, 아니면 기껏해야 연인의 열정이 담긴 친척의 키스. 사건은 지나갔다. 비록 켐퍼는 기억에서 완전히 사라졌다고 말하지만, 언젠가 다시 일어날지도 모를 막연한 그리움은 남아 있었다.

'정말 그게 무엇이었는지, 어떻게 일어났는지 기억할 수가 없군.' 켐퍼는 생각했다. '물론 내가 페리의 와이프와 사랑에 빠지는 건 있을 수 없지. 그렇지만, 젠장, 그녀가 그걸 어떻게 느꼈는지 알고 싶네.' 잠시 후 진지하게 덧붙였다. '로라는 그렇게 교태를 부리는 여자가 아니어서 다행이다.' 거티의 머리를 비추는 햇빛을 보며 그는 계속 상상에 머물렀다. 행여나 그런 암시에 한 알의 진실이라도 있었다면, 거티는 그것을 대단히 경솔하게 떨어뜨린 것이었다.

8월 초, 안젤라 고모가 아파서 로라는 집으로 돌아가야만 했다. 켐퍼는 이삼일을 그녀와 시내에서 보내고, 두 주간 요트 크루즈를 떠났다. 그리고 돌아온 날, 점심시간 직후에 우연히 애덤스를 만났다. 아직 로라를 만나기 전이었다.

"이봐, 신사 양반. 클럽에서 점심이나 하지." 켐퍼가 웃으며 제안했다. "지금 헤어지면 우리가 또 언제 다시 마주칠지 알겠어."

애덤스는 기꺼이 동의했고, 잠시 후 그들은 테이블에 마주 보고 앉았다. 애덤스는 평소처럼 친구와 함께 있는 것에 진심으로 기분이 좋았다. 비록 켐퍼를 진지하게 생각해 본 적은 없었지만, 밥을 같이 먹기에 그보다 더 좋은 사람은 드물 것이다.

"자네랑 좀 더 자주 마주치면 좋겠어." 애덤스가 말했다. 켐퍼는 사소한 것에 집중하듯 주문을 했다. "지난 6개월 동안 한 번도 못 본 것 같은데."

"어, 그보다 더 좋은 생각이 있네." 켐퍼가 무심코 대꾸했다. 그리고 잠깐 생각하다 말을 이었다. "가끔 나는 자네랑 자리를 바꿔서 심각한 업무에 치여 녹초가 되면 좋겠다는 생각을 하지. 그게 인생에서 가치 있는 유일한 일이라고 생각하니까." 그가 짜증스럽게 말을 맺었다. 그 자신보다는 운명에 짜증이 난 듯했다.

"음, 한동안 자네랑 자리를 바꾸는 것도 나쁘지 않을 것 같네." 애덤스가 답했다. "자네가 피우는 특정 상표의 시가를 나도 좋아하니까."

"어, 그거 괜찮지. 사실, 모든 게 괜찮아. 너무 쉽게 얻어서 그게 문제야. 난 아직 진중하게 도전할 만한 것을 찾지 못했거든."

애덤스는 미소를 지으며 잠시 켐퍼를 보았다. 그의 시답잖은 우스갯말에는 특이한 매력이 있었다.

"반면에 나는 내가 갖지 못한 것을 손에 넣으려고 몸살을 앓았지." 애덤스가 응수했다. "우리의 차이는, 난 젊을 때 고생을 했고 자네는 그렇지 않다는 거야. 남자의 중년이라는 건 흔히 청춘기에서 오는 반작용이지."

"나는 일찍이 힘들었던 때가 없었어." 켐퍼가 얄밉게 답했다. "너무 순조로웠어. 그게 바로 지긋지긋한 부분이지. 그러면서도 내 안에서는, 기회만 된다면 멋진 싸움을 할 준비가 되어 있었거든."

애덤스의 환한 미소 밑에는 지울 수 없는 권태감, 도덕적 피로의 표정이 깔려 있었다. 그러면서도 그는 켐퍼를 보며 살짝 쓰라리게 기억했다. 이 남자는 그가 사랑한 여자를 차지했다는 것을. 켐퍼는 그녀의 몸과 혼을 가졌다. 그녀의 지적 매력만큼이나 강한 그녀 손의 감촉! 이 생각에 그녀를 그리던 옛 사람이 깨어났다. 그리고 쉴 새 없이 마음을 헤집고 다녔다.

"맞아. 분명한 것은, 특별한 것 하나에만 관심을 두는 거지." 켐퍼가 다시 입을 열었다. "영원히 가치 있는 무언가에 집중하는 거. 바클레이를 봐. 애디론댁으로 가는 기차에서 그를 만났는데,

내 평생 그보다 더 부러운 사람이 없었어. 바클레이, 알지?"

애덤스가 고개를 끄덕였다. "그 친구 금융 실력이 쓸 만하다는 건 나도 알지." 그가 말했다. 그러고는 그 이름으로 되살아난 기억에 아이처럼 웃음을 터트렸다. "내가 그와 마지막으로 대화했을 때가 스페인 전쟁이 막 시작할 때였어요. 그는 전선에서 오는 뉴스에 관심이 있다고 하더군. 스페인 채권을 조금 가지고 있다나."

켐퍼도 함께 웃었다. "허, 물론, 그가 좀 옹색하지." 켐퍼가 말했다. "그래도 나는 그 사람 자리에 한번 가 보면 좋겠어. 제기랄, 그는 1분도 지루할 때가 없으니까!" 바클레이를 생각하자니 켐퍼는 이 시간부터는 자신의 삶에 지루함 말고는 아무것도 없는 듯 보였다.

7장
당혹스러운 켐퍼

늦은 시월, 켐퍼는 총을 쏘러 두 주간 남부로 떠났다가 11월의 첫날이 되어서야 함께 여행 갔던 친구들과 헤어져 뉴욕으로 돌아왔다. 그는 떠나 있던 시간을 매 순간 즐겼다. 마지막 하루 이틀은 야릇한 기분이 들어 야외 활동이 내키지 않았다. 청명한 가을 오후, 그는 지금 기차역에서 집으로 가고 있었다. 육체적으로나 정신적으로 최고의 상태에 있었다. 문명에서 벗어나 두 주를 보낸 후, 5번길의 많은 사람들, 지나가는 마차들, 겨울 모피로 잘 차려입은 여자들을 보면서 신선한 흥분을 느꼈다. 모든 사람들의 삶에는 하나같이 흥미진진한 일이 벌어지고 있었다. 오늘이 가기 전에 로라를 만날 것이다. 그는 지난 두 주 동안 그녀를 거의 잊고 살았다. 그런 까닭에 기억 속에 깨어난 그녀는 신비한 매력에 둘러싸여 있었다.

검은담비 코트를 입은 여자가 켐퍼가 탄 자동차 옆으로 지나갔다. 그의 눈길이 그녀를 따라가며 감탄했다. 그것은 핏속에 흐르는 막연한 갈망과 혼합된 감탄이었다. 역동적인 거리, 형형색색 11월의 투명함, 대기 중의 바삭바삭한 서리도 그 감탄에 섞여 있었다. 여성 모자 가게의 예쁜 점원이 인도를 따라 모자 상자를 운반하고 있었다. 그녀는 모조 담비로 테두리를 친 값싼 직물 코트를 입고 있었다. 환하게 치장한 우아한 그 모습을 켐퍼는 기분 좋게 응시했다. 자비심이, 보편적 선의 감정이 그의 가슴에 퍼졌다. 감사의 한숨으로 가슴이 부풀어 올랐다. 살아 있는 것 이상 바랄 게 없었다. 남자가 신께 감사하며 자신에게 관대하고 채무자들에게 아량을 베푸는, 그럴 때의 기분이었다.

택시가 그의 집 앞에서 멈춰 섰다. 켐퍼는 기사에게 택시비를 지불하고, 윌킨스에게는 표적 사출기를 옮기도록 꼼꼼히 지시했다. 그는 아파트에 들어섰다. 빠른 걸음으로 승강기를 지나 흐뭇하게 콧노래를 흥얼거리며 계단을 올라갔다.

3층에 이르자 숨이 차 잠깐 섰다가, 곧바로 거실 문에 손을 올렸다. 어렴풋이 향수 냄새가 코에 닿았다. 친숙하지만 거의 잊어버렸던 냄새였다. 그가 대면하기도 전에 아파트에서 흘러나온 향내는 그를 자극했다. 냄새와 시각적 기억이 묘하게 엮였다. 그녀는 약간 멀리 있었지만 향수는 당장 옛 기억을 되살렸다. 이게 아니라면 오랫동안 머릿속에 잠자고 있었을 기억. 켐퍼는 여름과 가을 내내 제니 앨타에 대해 한 번도 생각해 보지 않았었다. 하지만 난데없이 은빛 상자가 놓여 있던 그녀의 화장대가 눈앞에 나타났다. 그 상자에는 야릇한 향기가 나는 파우더가 있었다. 그리고 그녀와 함께 만났던 지인들이 머릿속에서 정신없이 튀어 올랐다. 그를 기다리던 것에 대한 꺼림칙한 예감.

거실로 들어서니, 그녀는 난롯가 의자에 앉아 있다가 벌떡 일어나 그를 보았다. 흐트러진 아름다움. 그녀는 단지 거북하면서도 거북하지 않은 아이러니한 존재였다. 그렇게 생각하는 것이 세상에서 가장 자연스러운 일 같았다.

"그래, 당신이 다시 나타났군." 켐퍼가 말했다. 그러고는 웃으며 손을 내밀었다. "지난번 헤어질 때, 그때가 마지막일 줄 알았는데."

"오, 그래요." 앨타가 가볍게 대답했다. "하지만 결말에도 끝이 있거든요."

플루트 같은 소프라노 음성이 기분 좋게 귓가에 닿았다. 켐퍼는 그녀의 얼굴을 유심히 바라보며 어떻게 젊음을 이렇게 잘 유지할 수 있었는지 의아해했다. 너울거리는 모자 날개 아래로 그녀의 눈은 예전과 다름없이 맑고 크고, 눈꺼풀은 무거웠다. 얇실한 붉은 입술은 변함없이 관능적인 곡선을 만들고 있었다. 기다란 하얀 모피는 목에 아무렇게나 둘려 있고, 짧은 목을 감싸고 있는 모피 밑으로는 보드라운 주름살이 있었다. 고대 시인은 그것을 '비너스의 목걸이'라고 불렀다.

"어, 이 방문을 영광으로 생각해야겠는데." 호감을 끄는 무관심으로 켐퍼가 말했다. "이건 오페라 계약 건을 당신이 해냈다는 뜻인가, 맞아?"

앨타의 얼굴에서는 분노가 깨어났다. 당당한 동물의 통제되지 않은, 위엄 있는 노한 표정이었다. 그녀는 어떤 관습의 제약에서 벗어나려는 듯 기다란 하얀 장갑을 잡아당겨 벗었다. 켐퍼는 여자의 세세한 부분을 놓치지 않는 예리한 눈으로 그녀의 손을 보았다. 크고, 두툼하고, 손목이 통통했다.

"예전 계약을 따랐으면 노래 부르기 전에 굶어 죽었겠지." 앨타가 답했다. "아니, 오페라 때문이 아니에요. 파커는 내가 요구한 걸 못 주겠다고 했고, 나는 끝까지 버텼어요. 난생 처음 콘서트에서 노래할 거예요. 오페라 하우스가 텅텅 빌 때까지는 배가 아프겠지만."

켐퍼는 그녀가 억누르고 있는 폭력성에 끌린 듯 재밌어하며 웃었다. "흠, 당신이 내 오페라에 오는 건 어때? 대환영이야." 그가 유머러스하게 대꾸했다. "근데 당신의 첫 번째 전투가 언제지?"

"11월은 지나야 해요. 뉴욕에서 공연하기 전에 먼저 서부와 남부로 갈 거니까."

"그럼 어차피 여기 오래 머물지는 않겠네?"

앨타가 고개를 끄덕였다. 모자의 오렌지색 날개가 앞뒤로 흔들렸다.

"한 번에 하루 이틀. 크리스마스가 지나고 다시 돌아가요. 2월에는 몬테카를로에 예약이 되어 있고."

그러고는 그녀의 표정이 야릇하게 바뀌었다. 마치 성격, 색상, 열정이 반쯤 보이는 얼굴에서 요동치는 것처럼. 딱딱한 직업적 어투는, 마치 어떤 기억이 떠올라서 그러는 것처럼 부드러워졌다.

"아직도 내 초상화를 갖고 있네요." 벽로 선반 위 그림에 눈길을 주며 앨타가 말했다. "내가 생각한 만큼 지독하게 나를 싫어하는 건 아닌가 보네요."

켐퍼가 어깨를 들썩였다. 해외에서 배운 몸짓이었다.

"내리고 싶었지만 벽에 자국이 남아서 그냥 다시 걸어 놓았지."

"그럼, 가끔 나를 생각하나요?" 호기심에 그녀가 물었다.

"할 수만 있다면, 안 하지." 그가 웃으며 대꾸했다.

비꼬는 듯한 말장난에 앨타는 짜증이 났다. 그리고 그것이 얼굴에 빤히 드러났다. 그녀는 처음으로 어떤 확고한 목표를 이루고자 사고력을 모았다.

"그렇게 하는 게 언제나 쉬웠어요?" 단순히 경박하게 조롱하듯 앨타가 물었다.

치사하게 복수하고 싶은 충동이 목소리를 타고 나왔다. "당신이 생각하는 것보다는 쉬웠어." 켐퍼가 차갑게 대꾸했다.

"으음, 내가 벌을 받아야겠죠." 앞서 그랬던 것처럼 가볍게 앨타가 말했다. 그러고는 다시 벽로 선반으로 돌아 초상화를 흘긋 보았다. "난 이걸 좋아하지 않았어요." 그녀는 솔직하게 털어놓았다. "자세가 부자연스러워서. 입가에는 억지웃음을 지으며 평생 이렇게 서 본 적이 없었거든요."

훌륭한 자세를 취하던 그녀의 얼굴을 켐퍼는 기억했다. 살짝 앞으로 내민 턱, 위로 향하는 둥그스름한 볼, 당당하게 뜬 눈. 순간, 와인과 꿀의 음성이 입술 사이로 흘러나오길 은근히 기대하며 켐퍼는 가만히 있었다. 하지만 그녀는 선율을 아꼈다. 켐퍼는 후에 이 순간을 회상했다.

"난 항상 이게 당신을 꽤나 닮았다고 생각했는데." 켐퍼가 말했다.

"난 항상 꽤 섬뜩하다고 생각했어요." 앨타가 성마르게 반박했다.

그녀는 난롯가 깔개 위를 빙글 돌았다. 하얀 긴 모피가 목에서 흘러내렸다. 칼라가 없는 블라우스 레이스를 장식한 한 줄의 오팔 위로 '비너스의 목걸이'가 보였다.

"반면에 당신이 기분이 좋을 때면, 난 당신이 무척 좋지." 정감 있게 놀리며 켐퍼가 말했다.

"그럼 당신은 내가 성미가 급하다고 생각해요?"

옛 기억이 돌아오는 것처럼 그가 피식 웃었다. "완벽한 예술가적 기질이지." 그가 답했다.

켐퍼는 그녀의 반짝이는 붉은 입술을 주의 깊게 보았다. 앨타는 그의 시선을 받으며 불쾌감이 사라졌다. 그리고 반쯤 잊고 있던 그의 미소, 활동적인 내적 지성의 산물이라기보다는 그저 입과 턱의 곡선에 어린 외적 매력의 산물에 가까운, 보일 듯 말 듯한 달콤한 주름. 그녀를 이루는 영혼이, 그가 알고 있는 그 영혼이, 감각으로 녹아들었다. 하지만 우연히 그녀에게 주어진 하나의 절묘한 재능은, 그게 천재적 자질까지는 아니더라도 어느 정도 영향력이 있었다. 목에서 나는 소리로 인해 그녀는 어떤 신성한 자연 선택에 의해 따로 구별된 듯 보였다.

"내가 당신 얼굴을 때린 적이 있었죠." 앨타가 웃으며 털어놓았다. "하지만 후에 용서를 구했어요. …… 당신도 가끔은 애를 쓴다고 스스로 인정해야만 할 거예요."

"아마도…… 근데 이런 말을 하는 게 무슨 의미가 있을까? 모든 게 끝났잖아, 그렇지 않아?"

"그런가요?" 앨타가 부드럽게 되물었다. 켐퍼는 그녀의 음성에 꿀이 녹아드는 듯한 묘한 인상을 받았다. 이 생각에 그는 소리 내어 웃었다. 그 소리에 그녀는 이내 무심한 태도로 돌아갔다. "당연히 끝났지요." 앨타가 바로 말했다. "끝나지 않았다면…… 내가 안전하다는 느낌을 받지 못했을 거예요. 내가 언젠가는 다시 돌아올 거라고 생각해요?"

그 말에는 어떠한 감정도 깃들어 있지 않았다. 켐퍼는 안도했다. 그는 처음으로 그녀의 손에 거의 닿을 만큼 가까이 다가갔다.

"안전?" 켐퍼가 웃으며 따라 말했다. "그럼 당신이 위험에 처해 있었나?"

앨타가 흘긋 보자 그는 아연해했다. 그녀는 이윽고 문장을 덧붙였다. 그러나 결과적으로 그가 바동거리던 궁금함을 없애기보다는 더했다.

"분별력을 잃는 위험을 말하는 건가요?" 앨타가 물었다. "내가 도망갔을 때 이미 그 질문에 답을 한 거 아니었나요?"

다음 순간 앨타는 비웃음을 터트리며 오페라 하우스에서 관객들이 좋아하도록 주름진 치마를 놓는 독특한 방식으로 난롯가 깔개 위 의자에 풀썩 주저앉았다.

"당신 하인에게 차를 가져오라고 부탁했는데. 배고파 죽을 지경이에요." 앨타가 말했다. "그가 잊어버린 걸까요?"

"아마 케이크를 사려고 밖에 나갔을 거야." 켐퍼가 대답했다. 벨을 누르자마자 윌킨스가 은쟁반을 가지고 나타났다. 앨타가 차를 만들려고 일어나자 켐퍼는 그녀의 어깨에서 긴 모피를 들어 잠깐 코에 가져다 대었다.

"같은 향수를 쓰는군." 켐퍼가 말했다.

윌킨스가 문을 닫고 나갈 때까지 앨타는 기다렸다. 그러고는 미소 지으며 그를 올려다보았다. 그에게 잔을 건넸다.

"사람이 바꾸면 안 되는 것이 두 가지 있어요." 앨타가 말했다. "향수와 연인."

켐퍼가 웃으며 모피를 소파로 던졌다. "제기랄, 당신도 마침내 상투적인 도덕성에 도달했군."

"도덕성인가요?" 앨타가 다정하게 되물었다. "난 경험이라고 생각했는데."

"음, 아무튼 당신은 옳고, 나는 도덕적이지." 켐퍼가 말했다. "삶의 기쁨이란 결국 무엇을 소유하는 것이 아니라 그것을 욕망하는 것에서 오는 거니까."

"그건 내가 한 말을 증명하는 셈이네요." 앨타가 결론지었다. "하나의 사랑은 천 개의 사랑만큼이나 아름답다."

켐퍼의 눈빛에는 날카롭게 날이 선 조소가 어렸다. 뻔뻔하게 충동적으로 그는 말을 흩뿌렸다.

"내가 당신한테 그걸 가르쳤나?" 그가 물었다.

앨타는 몸이 길게 말린 듯한 자세로 살짝 앞으로 기울이며 큰 하얀 손으로 무릎을 탁 쳤다.

"내가 진실을 말할 수도 있겠죠. 하지만 내가 왜 그래야 할까요?" 앨타가 따져 물었다.

켐퍼는 사랑만큼이나 강렬한 감성적 호기심에 낯이 뜨거웠다. 얼마나 많이, 아니 얼마나 조금, 그녀는 느꼈을까, 그는 궁금했다. 그녀에게 가장 큰 열정의 영감이자 동시에 가장 작은 열정의 영감인 허무함은 당분간 그녀가 만드는 모든 인상을 지배했다.

"노력한다고 해도 당신이 진실을 말할 수 있을까?" 켐퍼가 물었다.

"해 본 적이 없어요. 세상에 모든 해害는 여자가 남자한테 진실을 말할 때 나오죠. 진실을 말하는 여자는 곧바로 현관 매트가 되는 거예요. 내가 만약 진실을 말해야 하는 위험에 처한다면……." 앨타가 한숨을 내쉬며 멈칫거렸다. "난 달아날 거예요."

연이어 켐퍼가 한숨을 푹 내쉬었다. "당신은 정말 달아났지…… 한 번."

"난 달아났어요. 왜냐하면……." 그의 뺨에 와 닿는 숨결처럼 그녀의 목소리가 작아졌다.

"왜냐하면?" 그가 성급히 되풀이했다. 그의 말에는 격렬함이 있었다. 그녀의 매혹적인 태도에 즉각 변화가 일었다. 그녀는 거만하게 웃으며 일어났다. 그리고 그를 무심히 내려다보았다.

"어, 오래전에 끝난 일이에요. 우리 둘 다 잊었죠. 오늘은 그저 내 첫 번째 콘서트에 당신을 초대하려고 온 거예요. 당신이 온다면 영광이겠죠."

그녀를 초조하게 했던 충동은, 그녀의 잠재된 폭력성을 노출

시켰던 충동은, 순간 그녀가 일으킨 호기심으로 이어졌다. 잔인한 사내아이가 공원 우리 안에서 잠자는 야생 동물을 찌를 때처럼 켐퍼는 다시 사악한 쾌락을 느꼈다.

"내가 갈 수 있을지 모르겠네." 켐퍼가 대답했다. "신혼여행에 가 있을 수도 있어서. 당신도 알지."

"아, 그렇군요." 앨타가 끄덕였다. 무거운 눈꺼풀이 눈에 띄게 깜빡이는 것을 그는 보았다. "이렇게 묻는 게 무례하지 않다면 그 신나는 이벤트는 언제죠? 내가 콘서트를 뒤로 미룰지 누가 알겠어요." 그녀가 장난스럽게 말을 맺었다.

켐퍼는 머리를 흔들었다. "당신은 그렇게 할 수 없어. 신혼여행은 영원히 계속될 테니까."

"흔히들 그렇게 말하죠. 그러나 잘못 계산하기 쉬운 일이에요. 그 숙녀 사진 있어요?"

그가 고개를 저었다. 하지만 그렇게 부인하면서 그는 책상 위의 로라 사진을 흘긋 보았다. 앨타는 방을 가로질러 가 사진을 들고 다시 불빛이 있는 곳으로 돌아왔다. 무릎을 꿇고 앉아 그것을 꼼꼼히 보았다.

"이 여자 돈 있어요?"가 면밀히 살펴본 후 그녀가 한 첫 질문이었다.

"그녀가 돈이 있는지 없는지 난 몰라." 켐퍼가 못마땅한 듯 대꾸했다.

"음, 당신이 그녀에게서 뭘 보는지 모르겠군요." 사진을 여전히 유심히 쳐다보며 그녀가 소견을 밝혔다. "일단 남자를 잡으면 절대 놓지 않을 것처럼 보이기는 한데."

앨타가 천박하게 무례하게 굴자, 켐퍼는 참을 수 없이 화가 치밀었다. 그는 욕지거리가 이는 것을 억누르며 사진을 낚아채 열려 있던 서랍 속으로 내던졌다.

"당신이 씹어 대기에는 너무나 신성한 여자야, 나한테는." 그가 소리쳤다.

앨타가 솔직히 기분이 상했는지 아니면 있는 그대로 재미있었는지 그는 말할 수 없었다. 하지만 그녀는 리드미컬하게 웃음을 터트렸다. 그는 그것을 긍정적으로 받아들이며 기분 좋게 들었다.

"호호호호, 거, 웃기지 말아요. 난 그냥 장난친 것뿐이에요." 앨타가 대꾸했다. "한시라도 내가 당신을 질투할 거라고는 생각하지 말아요."

"나도 그렇게는 생각하지 않아." 짜증을 드러내며 켐퍼가 말했다. "하지만 당신이 여기 오지 않았으면 더 좋았을 거야."

앨타는 모피를 들었다. 일어나서 그것을 목에 두르며 그를 빤히 바라보았다. 그는 이해할 수 없는 눈빛이었다. 분노, 유혹, 열정, 실망? 아니면 그녀가 얼굴에 보일 수 있는 것보다 더 깊은 어떤 감정?

"이게 마지막이에요. 약속하죠." 그녀가 말했다. "하지만 오늘 오후에 내가 왜 왔는지 알아요?"

"왜지? …… 몰라. 당신도 잘 모르는 것 같은데."

잠시 앨타는 말이 없었다. 그녀의 미소에 야릇한 육체적 매력이 퍼지는 것을 그는 보았다.

"내가 온 이유는, 어젯밤 보트에서 당신 꿈을 꾸었기 때문이에요. 정말 생생한 꿈이었어요." 앨타가 말했다. "그 첫 번째 겨울, 그날 저녁, 〈파우스트〉 2막을 끝낸 후 분장실이었어요. 난 그걸 잊었다고 생각했었죠. 하지만 꿈에 모든 게 다시 살아났어요…… 순간순간…… 그리고……."

"그리고?" 그에게서 이 말이 터져 나왔다. 그는 그녀를 향해 몸을 기울였다.

"내가 향수병을 깼어요. 생각나요?" 가벼운 웃음이 그녀의 풍만한, 하얀 목을 흔들었다. "다음 날에도 코트에서 냄새가 난다고 당신은 말했죠."

이제 대화 투로 나긋해진 그녀의 경이로운 목소리는 각 낱말에 리듬뿐 아니라 형태와 색깔을 입혔다. 그녀가 말을 하자 그 말들이 살아났다. 잊고 있었던 그날 밤이 이내 기억의 거대한 불이 되어 활활 타올랐다. 그녀가 코트에 쏟았던 향수의 냄새가 다시 났다. 분장실은 장미로 넘쳐났다. 의자와 테이블 위에 쌓인, 시들어 가는 장미들이 보였다. 그날은 그녀가 대성공을 거둔 날이었다. 그를 바라보는 그녀의 눈은 아직도 자신의 음악에 취해 있었다. 수많은 관중의 환호 속에서, 무대 뒤에 그는 그녀와 단 둘이 있었다. 그날 처음으로 그는 그녀를 안았다.

"분명히 말하지만, 다 끝난 일이야." 켐퍼가 성내며 말했다. "그래 이렇게 해서 뭘 하겠다는 거야?"

"절대 끝나지 않았어요! 절대 끝나지 않았어!" 앨타는 노래를 부르듯 되풀이했다.

지금 그녀는 그와 너무 가까이에 있었다. 멀어지려고 애쓰듯 켐퍼는 방을 가로질러 가서 손으로 문을 잡았다.

"2년 전에 우리는 완전히 끝났어." 켐퍼가 말했다. "그러니 이제는 그만 가!"

그가 손을 내밀었다. 하지만 앨타는 손을 잡지 않고 가만히 서 있었다. 여전히 미소를 지으며 그를 바라보고 있었다.

"그렇다면 떠나도록 하죠." 앨타가 대답했다. "하지만 이런 식으로는 아니에요. 이런 식으로는……."

앨타의 음성은 그를 조롱했다. 반쯤은 대담하고 반쯤은 공허한 충동으로, 켐퍼는 문을 다시 닫았다. 그리고 그녀가 서 있는 곳으로 돌아왔다.

"떠나는 문제라면, 당신이 원하는 대로 하도록 하지." 켐퍼가 말했다.

8장
지혜롭지 못한 사랑은 바보짓이다

다음 날 아침 식탁에 앉아 생각하자니 켐퍼는 이상하게도 앨타 마담과 있었던 시간이 시작부터 끝까지 한 순간도 즐겁지 않았다. 삶은 적당히 즐겨야 한다고 믿었고, 때론 이 믿음을 핑계 삼아 심히 무분별한 짓을 하곤 했었다. 하지만 이번 경우는, 그가 넘어간 유혹은, 날이 밝아 다시 생각하니 그가 실제 얻은 쾌락에 비해 전연 보잘것없는 것이었다. 대담하지도 공허하지도 않은 충동이었다. 단지 이 두 개가 뒤섞인 것이었다. 그가 '그 바람이 불어오는 것'을—그는 이렇게 표현했다—감지하기도 전에, 그의 다짐은 이미 쓸려가 버렸다. 그녀와 몸을 섞고 싶지 않았지만 모험심에 이끌리어 그렇게 해 버렸다. 그건 건전한 성향을 거스르는 격정적인 모험이었다.

켐퍼는 지난 15년 동안 매일 아침 그랬던 것처럼 계란 두 개와 토스트 네 장을 먹으며 자신이 돌아온 이후 아직 로라를 보지 못했음을 기억했다. 후회스런 마음에 살짝 찔렸다. 틀림없이 그녀는 어젯밤에 그를 기다렸을 것이다. 어쩌면 그를 맞이하기 위해 가장 어울리는 드레스를 입었을지도 모른다. 그녀가 실망했을 것을 생각하니 매우 따끔한 질책이 가슴에 일었다. 그러나 이 회한은 오래가지 않았다. 그는 그녀를 상상하여 그가 바라는 것에 불을 붙였다. 지금 그는 그녀와의 만남을 뜨겁게 고대하고 있었다. 별 노력 없이 전날 저녁에 만났을 수도 있었지만 자신의 실수로 그리하지 못했다는 생각은, 그 뜨거움에 후끈 달아올라 머릿속에서 사라졌다.

켐퍼는 테이블에 신문을 펼쳐 놓고 거기에 앉아 아침을 먹으며 감사의 마음에 젖었다. 그는 이보다 더 가정적인 분위기를 느낀 적이 없었다. 시골 여행 탓에 아직 눈에 띄게 붉은 얼굴에는 평온한 주름이 갔었다. 숨을 깊이 들이마시자 가슴이 부풀어 올랐다. 그가 입고 있던 새 영국 조끼의 맨 위 단추가 꽉 죄었다. 결혼에 대한 생각으로 더 이상 짜증나지 않았다. 20년 내내 아침 식사 테이블 반대편에 똑같은 여자를 보는 것이 은근 기대되기까지 했다.

"제기랄, 정착해서 조용히 사는 것이 가장 좋은 일이 되는 지점에 이르렀군." 마멀레이드를 먹으며 켐퍼는 결론지었다. "남자가 뒤로 물러나 편히 살든지 아니면 산산조각으로 부서지든지, 결정할 때가 되었어. 젊을 때야 마음대로 해도 괜찮지만 중년은 뭐든 줄여 가야 할 시기니까."

덕행이 주는 편안함을 아직 자축할 때 다른 형상이 머릿속에 떠올랐다. 한낱 자연적인 충동을 둘러싼 논쟁에 즉각 반응한 것은 부성 본능이었다. 켐퍼 같은 남자는 부성 본능이 아주 강했다. 결혼이란 곧 내 아들이 생긴다는 뜻이라고 그는 혼잣말했다. 여자와의 관계는 늘 안정적이지 못했다. 하지만 부성의 책임감을 통해 단단히 안정을 찾을 것이다. 이것이 바로 그의 인생에서 부족한 부분이었다. 감성으로는 채울 수 없었던 공허함의 이유가 바로 여기에 있었다. 그가 했던 사랑들은 확실함에서, 필연적 목적에서 실패했었다. 여태껏 한 번도 그가 지금 원하고 있는 아들을 가질 수 없었기 때문이다.

'내가 줄곧 원하던 것이 바로 이것이었을까 의심할 필요는 없다.' 켐퍼는 생각했다. 너그러운 열정과 이상적 순수성이 아직 태어나지 않은 아이의 요람을 환하게 비추었다. 전에는 로맨스에 결코 끼어들 수 없었던 것들이다. 아버지로서의 미래상을 마주하며 켐퍼는 두 번째 시가를 피웠다. 그가 놓치고 있던 행복의 비밀 하나를 우연히 발견한 듯했다. 이 기분의 눈부신 광채가 아직 빛나고 있을 때, 그는 신문을 덮고 시내로 가는 길에 로라에게 들러야겠다고 마음먹었다. 뜻밖의 기분 변화로 어제 저녁의 기억은 수천 마일 멀어졌다. 고대 역사 속의 경솔한 사건에 대해 훈계하는 것이 무의미하듯, 인격에서 벗어난 현재 행동에 대해 자신을 꾸짖는 게 의미 없어 보였다. 얼마 후, 켐퍼는 가장 확실한 미래 계획을 세웠다고 느긋이 자부하며 로라의 층계를 오르고 있었다.

켐퍼가 들어갔을 때 놀랍게도 로라는 거실에 없었다. 몇 분 후에야 매우 조용히, 얼굴을 피하며 그녀가 나타났다. 그가 팔로 안았을 지점에서 그녀는 재빨리 물러섰다. 화나고 상처받은 몸짓이었다. 그녀의 눈이 이글거렸다. 그가 처음 듣는 대단히 격한 목소리였다.

"당신은 어젯밤에 시내에 있었죠." 로라가 말했다. 로라는 질투로 폭발할 수 있었다. 말보다는 표정에서 그는 그 느낌을 받았다.

"내가 오려고 했는데, 그럴 수 없었어." 장난스럽게 답하려 하며 켐퍼가 말했다. "오늘 아침에 할 수 있는 한 빨리 서둘러 왔어. 이걸로는 무언가를 증명하기에 부족한가?"

켐퍼는 다시 그녀를 안으려고 움직였다. 하지만 그녀의 얼굴이 너무 굳어 있어서 뻗었던 손을 내려놓았다. 눈의 표정으로 보자면 밤새 내내 그녀가 그를 증오했음이 분명했다. 그 생각에, 앞서 일었던 그의 성급한 감정이 가슴속에서 타올랐다.

"나한테 거짓말하지 말아요." 로라가 격렬하게 말했다. "난 거짓말처럼 싫은 게 없어요."

"난 평생 당신에게 거짓말한 적이 없어" 켐퍼가 대답했다. 그러고는 차가운 비난의 표정을 지으며 뒤로 물러났다. 그녀의 공격에 그는 용서할 수 없는 모욕을 당한 듯했다.

"당신이 오지 않아 서신을 보냈어요…… 무슨 일이 생겼을까 걱정했죠…… 뭔지는 몰랐지만, 그래도 뭔가…… 서신이 돌아왔어요. 그들이 심부름꾼에게 말했어요." 육체적 고문을 이기지 못하고 터져 나오는 말처럼 그녀의 말은 뒤틀리며 나왔다. 로라는 몸부림을 쳤지만 더는 말을 잇지 못했다. 말을 멈추고 가만히 그를 보았다. 정신으로는 더 이상 억제할 수 없는 울화를 손으로 힘겹게 억누르는 듯 그녀는 가슴을 눌렀다. 폭력성은 천사 같은 외모에 의해 순화되고 고결하게 되었다. 더 천박한 상황이었다면, 더 평범한 미모였다면, 이 폭력성은 혐오스럽고 상스럽기까지 했을 것이다. 그녀가 표현한 감정은 보통 인간의 충동보다는 더 정제된 영혼의 충동 같았다. 몸짓이나 육체의 말과는 구별된 영혼의 충동.

"당신은 무엇을 의심하는 거지?" 켐퍼가 따져 물었다. 상처받은 성마른 음성이었다. "당신은 하인한테서 무슨 이야기를 들었고, 내 설명을 듣기도 전에, 내가 상황을 명확하게 할 수 있는 기회도 주지 않은 채, 내가 뭐를 했다고 믿는 거야, 그게 뭔데?"

로라의 의심에 켐퍼는 사납게 분노했다. 자기 잘못이라 믿었던 의식은, 말없이 비난하는 그녀가 더 큰 잘못이라는 생각에 함몰되었다. 켐퍼는 말을 하면서 그들의 장래 행복이 완전히 박살났다는 생각이 들었다. 그가 예전에 하던 짓을 다시 할 수 있다고 그녀는 믿고 있기 때문이었다.

"내가 당신한테 변명을 하느니 차라리 죽는 게 낫겠어." 켐퍼가 덧붙였다.

그의 얼굴에 노골적인 분노가 드러났다. 그것을 본 로라는 돌연, 엉겁결에 방어 자세를 취했다.

"내가 무엇을 믿을 수 있겠어요? 그 밖에 믿을 게 뭐가 있죠?" 그녀는 웅얼거리듯 물었다. 그러고는 그를 올려다보았다. 처음으로 정말 자기 본성에 충실한 남자를 보는 것 같았다. 자기중심, 허무, 천박함을 보았다. 똑같이 맑은 정신으로, 그가 그녀를 더 이상 사랑하지 않음을 보았다. 하지만 이 순간 이 장면에서, 이 깨달음은 어떤 차이도 만들지 못했다. 그가 사랑하든 증오하든 더 이상 상관없었다. 로라는 알았다. 나중에 그가 떠났을 때 로라의 지각은 다시 둔해질 것이다. 그리고 고통받을 것이다. 하지만 지금, 그와 얼굴을 마주하고 서 있는 이 순간, 그가 삶의 중요한 부분을 차지하는지는 알 수 없었다.

"당신은 당신 감정이 명령하는 대로 믿어야만 하지." 켐퍼가 반박했다. "나는 알지도 못하는 비난에 몸을 웅크릴 수는 없어. 당신을 사랑했어." 그가 덧붙였다. "평생 어떤 남자도, 어떤 여자도, 난 당신만큼 사랑한 적이 없었어."

"당신은 나를 사랑한 적이 없어요. 지금도 사랑하고 있지 않고." 로라가 쌀쌀맞게 대꾸했다.

로라는 그 말을 하려던 게 아니었다. 그건 그녀의 귀에 별 의미가 없는 말이었다. 하지만 입술을 통과해 나가자마자 그녀는 묘한 인상을 받았다. 그 말들은 그들 사이의 공간에 마치 흩어져 살아 있는 것처럼 남아 있었다. 왜 그런 말을 했는지, 격렬하게 질책하는 말을 하면서도 그 순간 왜 그렇게 정말 무심했는지, 로라는 설명할 수 없었다. 그때 홀연히 그녀가 언젠가 무대에서 보았던 나무 형상이 생각났다. 이 나무는 팔을 움직이면서 걷고, 사람 목소리와 비슷한 소리를 냈다. 로라는 자신이 그 나무가 된 것 같았다. 자기가 하는 몸짓과 말들이 자기 안에 숨겨진 자동 장치에 의해 만들어지고 있었다.

켐퍼가 문으로 가는 것을 로라는 보았다. 그는 한 번 뒤돌아보더니 빠른 걸음으로 방을 나갔다. 로라의 귀는 그를 따라갔다. 성난 눈빛을 던지고 떠난 그 남자는, 그녀가 아직 사랑하고 있고 또 금세 고통스럽게 그리워할 남자와는 다른 사람인 듯싶었다. 현관문이 날카롭게 닫히는 소리가 귓가에 떨어졌다. 즉각 그녀의 감각은 무기력하게 혼란한 상태에서 방금 일어난 일과 그녀가 했던 말의 의미, 그리고 그가 나가면서 그녀에게 던졌던 표정에 대한 생생한 각성으로 깨어났다. 절망의 뜨거움이 목구멍을 타고 올라와, 터져 나오려고 몸부림치다 육체적 고통이 되었다. 로라는 외로이 울분을 터트렸다. 다시 그와 얼굴을 마주할 수만 있다면…… 아무것도 상관없었다. 진실이든 거짓이든 관계없었다.

로라가 진실을 알았다면!

한편 켐퍼는 이 순간보다 더 간절히 로라를 원했던 적이 없었다. 자기 잘못으로 인해 영원히 그녀를 잃어버렸다고 투덜거렸다. 그녀가 경멸의 모퉁이에서 그를 내려다보던 때가 있었다. 그때처럼 그녀가 정말 꼭 갖고 싶은 사람으로 보인 적은 없었다. 도덕적으로 잡스러운 남자들이 그러하듯 켐퍼는 엄격한 윤리 기준을 깊이 존경했다. 만약 로라가 태도를 굽히지 않았다면, 아마도 그녀를 향한 그의 열정은 절망적이었을 것이다. 비참하면서도 여전히 주책없는 경험의 끝을 맛보았을 것이다. 켐퍼는 무의식적으로 보통 용기, 영예, 남자들 사이의 공정한 대결, 여성에게 베푸는 기사도와 같은 남성적인 덕목만을 인정할 수 있었다. 로라가 그에게 충성을 요구하는 것은 본질적으로는 남성의 특권을 따라 하는 행위였다. 그녀가 요구하면 할수록 그는 무심결에 더 포기할 것처럼 느껴졌다. 그는 지금 앨타 마담이 끼어든 것을 지독하게 저주했다. 그의 타락에도 불구하고 이 사랑이 순조로이 흘러갔다면 이렇게까지 독하지는 않았을 텐데.

"내가 얼마나 어리석었나." 그래머시 파크로부터 빠른 걸음으로 멀어지며 켐퍼는 털어놓았다. "앨타를 만나서 전혀 기쁘지 않았는데. 눈곱만큼도 기쁘지 않았어. 하지만 그 여자 때문에 난 인생을 완전히 망쳐 버렸어. 나에게 다시 기회가 주어진다 해도, 열에 아홉은 똑같이 어처구니없는 바보짓을 하겠지. 내가 평생 사랑에 빠졌던 어떤 여자보다도 로라를 더 사랑하는데, 장래 행복을 송두리째 날려 버렸어, 딱 한 방에."

앨타 마담은 그의 결혼을 가로막았다. 확실한 기대의 큰 부분을 차지하고 있던 아들을 어떤 기이한 감정으로 죽여 버렸다. 그전까지 그가 상상 속에 펼치던 가족의 꿈을 앨타는 부숴 버렸다.

'내가 다른 남자들보다 나쁜 것도 아닌데 왜 이런 일이 생기는 걸까?' 켐퍼는 자문했다. '내가 아는 사람들 백 명보다 내가 훨씬 낫지 않나? 평생 난 누군가를 해코지하려 한 적이 없어. 속인 적도 없고, 궁지에서 벗어나려고 거짓말을 한 적도 없고, 어떤 여자의 명성에 해가 되는 말을 한 적도 없다.'

켐퍼는 브래디가 떠올랐다. 브래디는 코니 애덤스를 망친 비열한 놈이었다. 그러나 지금은 자기 아내와 화해하고 어디를 가든 환영받는다. 페리는 셀 수 없는 불륜을 저질렀지만 가정 일이나 식욕에 아무런 영향을 받지 않는다. 이들과 비교하자면 자신은 마음에 덕이 넘치고 품위가 있었다. 하지만 더 큰 벌을 받았고 조금도 피하지 못했다. 켐퍼는 브래디나 페리보다 훨씬 더 나았지만, 악의에 찬 어떤 운명은 그를 쫓아오는 것 같았다. 브래디나 페리는 쉽게 피할 수 있었던 응징에 그는 분명 압도되었다.

로라를 생각하니 비이성적인 분노로 머리가 지끈거렸다. 동시에 이 분노로 지금 그녀를 향한 동경심은 더욱 강렬해졌다. 로라는 그를 사랑했다. 그도 그걸 알았다. 다른 여자들과 달리 만약 로라가 명예 의식을 갖고 그것으로 사랑을 통제할 수 있다면, 그는 몸을 낮춰 비천한 자에게 다가가는 덕을 베풀리라. 이건 머리가 아닌 감정에 따른 확신이었다. 켐퍼는 로라가 양보해 주길 간절히 바랐지만, 한편 가슴속에서는 그녀가 용서하지 않은 채 그대로 있으면 더 흠모할 것 같았다. 사랑이란, 언제나 존경심이 우러나야 행복한 것은 아니다. 하나 존경심은 사랑이 주장할 수 있는 가장 강한 위력이다. 덕성에 대한 감상적 본능으로 그는 이것을 어렴풋이 깨달았다. 그는 언제나 감각의 외부 세계에 살 것이다. 하지만 반쯤 자기중심의 구름에 덮여 있는 마음 깊은 곳에서는 또 다른 세계를 막연히 느끼고 있었다. 그가 차단한 지각 밖에 존재하는 세계. 적어도 이 시각, 로라는 거리를 초월하는 모든 마법을 동원하여 이 다른 세계에 속한 듯 보였다.

평소와 다른, 회한의 짐이 무거운 아침이었다. 어쩌면 그가 보냈던 아침 중에서 가장 비참했다. 켐퍼는 클럽에서 점심을 먹고, 낙심한 나머지 자동차를 타고 멀리 떠날 마음으로 집으로 돌아왔다. 놀랍게도 식욕은 정신 상태에 전혀 영향을 받지 않았다. 가장 먼저 눈에 띈 것은 책상 위 편지였다. 로라가 보낸 것이었다. 화해하자는 애끓는 간청의 시작을 보며 그의 오후 계획은 마음에서 쓸려 나갔다. 편지를 읽으며 머릿속은 그녀를 되찾은 것에서 오는 황홀감으로 가득 찼다. 절망에서 행복으로, 반응의 충격 속에 떨리는 손으로 그는 펜을 집었다. 자책과 애정의 감정이 뒤섞여 아직 멈칫거리고 있을 때, 문을 두드리는 소리가 났다. 그리고 문이 급히 열리고 닫혔다. 심지어 생명이 없는 것들도 흥분해 떠드는 홀연함으로 로라는 황급히 방을 가로질러 왔다. 그녀는 매우 창백한 얼굴로 숨을 몰아쉬었다.

"난 떨어져 있을 수 없었어요…… 당신의 답을 받지 못했어요…… 나는 죽을 것 같았어요." 로라가 띄엄띄엄 말을 시작했다. 그가 팔을 뻗자 그녀는 눈물을 터트리며 털썩 품에 안겼다.

"오, 나의 천사!" 무아경에 빠진 듯한 다정함으로 켐퍼가 탄식했다. 그는 강렬한 연민에 휩싸여 마음에 떠오르거나 소리가 나오는 대로, 사랑스런 이름들로 로라를 불러 댔다. 로라는 그의 품에 안겨 기쁨의 눈물을 흘렸다. 그의 성품 깊은 곳에서는 온통 난리가 났다. 그녀가 그에게로 왔다. 여기서 그는 영적 고결함의 증거를 보았다. 그가 사랑했던, 세속에 물들지 않은 순수함의 절묘한 증거를 보았다. 포옹을 하면서, 그 최고의 순간에, 그들의 영혼은 과거 어느 때보다 혹은 미래에 다시 있을지도 모를 그 어느 때보다 더욱 친밀하게 접촉했다. 하지만 그가 그녀를 부둥켜안고 있는 동안에도 존재의 파도는 그 격렬함을 점차 잃었다. 그들은 떨어졌다.

"당신이 기다렸다면 내가 당장 달려갔을 거야." 희열에 젖은 그녀를 보며 켐퍼가 말했다. 그는 이것을 의식하지 못했지만, 로라는 희열로 실망을 감추려고 애쓰고 있었다. 그녀는 그가 기대했던 것보다 더 가까이 그의 눈높이에 맞춰져 있었다. 그런 자신이 실망스러웠다.

로라는 살짝 뒤로 물러섰다. 그녀는 떨고 있었다. 속눈썹에서 눈물방울이 흘러 떨어졌다. 그녀는 환하게 웃으며 그를 보았다. 그는 눈물 어린 맑은 눈에서 거의 비현실적인 사랑스러움을 보았다.

"상관없어요…… 아무것도 개의치 않아요." 로라가 응대했다. "세상이 뭐라 말하든, 내가 죽든 살든, 상관없어요."

로라가 그를 찾아온 것은 그에게 영광이었다. 그는 진한 감동을 받았다. 그녀의 말을 들으며 켐퍼는 생각했다. '관례가 어찌 되든 간에 그녀가 너무 절실함을 드러내지 않았으면 좋았으련만.' 이번에는 그녀가 덜 자연스럽고 더 세상물정에 밝은 것처럼 보였다.

"음, 내가 당신을 집에 데려다줄게." 켐퍼가 웃으며 말했다. 그때 그는 그녀가 응시하는 것을 보았다. 그녀는 이상한 듯 방을 둘러보다 앨타 마담의 초상화에 의아해하며 멈추었다. 켐퍼는 웃음을 터트렸다. 쾌활하게 들렸지만 살짝 긴장한 듯한 소리였다.

"저 자리에 뭔가 놓을 것을 찾으면 바로 없애 버릴 거야." 켐퍼가 말했다. 그리고 명랑하게 덧붙였다. "시본즈가 다음 주면 내 초상화를 끝낼 거래. 그게 올 때까지만 저걸 걸어 둘 거야."

로라의 얼굴이 어두워졌다. 로라는 그를 보지 않고 문 쪽으로 움직였다. "내가 와서 당신은 진짜 기뻐요?" 문간에서 돌아서며 그녀가 갑자기 물었다.

"기쁘지! 사랑하는 나의 아가씨, 난 정말 기뻐서 미칠 지경이야. 당신 때문에 최악의 아침을 보냈거든."

그건 진심이었다. 그렇게 말하며 그는 그게 진심임을 알았다. 하지만, 스스로에게는 인정하지 않았지만, 가슴 깊고 깊은 곳에서는 그의 사랑이 성스러운 높은 곳에서—그곳을 넘어서면 단순한 인간의 충동이 이상적 열정이 되는 곳에서—추락했음을 그는 느꼈다.

9장

사랑의 두려움

인도에 다다랐을 때 로라는 불편하고 지나친 흥분에 휩싸일 때 일어나는 행동에 붙잡혔다.

"나를 데려다주지 않는 게 좋겠어요." 로라가 말했다. "거티에게 오후에 가겠다고 약속했거든요. 솔직히 혼자 가고 싶어요."

"하지만 넌 당신이랑 시간을 보내지 못했는데." 켐퍼가 설득했다. "거티는 나중에 보면 어때. 기분 나빠하지 않을 거야. 그녀가 기분 나빠하면 내가 억지를 부렸다고 해."

그로부터 살짝 움츠러들며 로라가 고개를 저었다. "그게 아니라, 나는 혼자 있고 싶어요…… 생각을 하고 싶어서. 저녁에 와요. 그럼 다시 예전의 나로 돌아와 있을 거예요. 근데 지금 난…… 말을 할 수 없어요."

로라를 그에게로 몰아갔던 충동은 이제 완전히 사라졌다. 식어 버린 호기심으로 그녀는 자문했다. '드디어 내가 고대하던 화해가 이루어졌는데, 행복을 되찾을 것으로 기대했었는데, 어째서 나는 여기 이렇게 우울하기만 할까? 켐퍼가 이렇게 감격한 적이 없었는데, 이렇게 완전히 연인으로 행동한 적이 없었는데.' 하지만 어떤 부분에서는 그녀가 바랐던 더 깊은 재회와 전연 달랐다. 그의 품에 안겨 있는 동안에도 로라는 친근하면서 미묘한 비현실적 감정을 느꼈다. 그의 손이 닿는 부분은 어떤 완벽한 내부 공간에 의해 분리된 느낌이었다. 비록 그녀는 모든 것을 가진 것처럼 보였지만 그가 줄 수 있는 에너지보다 훨씬 더 많은 것을 원했었다. 그것을 깨달으며 그녀는 혼자 분노하고 고통스러워했다. '내가 그리워했던 것은 영혼의 세심한 연민일까? 이 연민이 없이는, 인간 열정이란 하나같이 꽃 한 번 핀 적 없는 한낱 시들은 껍데기에 불과한데.'

'그저 사랑의 몸짓에 영원히 만족해야만 할까?' 로라는 생각했다. '그의 영혼에는 결코 닿지 못하는 걸까? 내가 찾을 수만 있다면 분명 어딘가 있을 텐데. 단지 내가 그 길을 모르기에 그의 영혼은 결국 나를 회피한 걸까?'

로라는 불멸의 사랑 영혼에 대한 그리움에 압도되었다. 그것은 잠재울 수 없는 갈증 같았다. 그녀에게 모든 외적 표현은, 모든 포옹이나 말들은, 단지 생명이 없는 세속적인 것일 뿐이었다. 진정 영혼의 숨결이 들어가 그것들을 하찮은 사건에서 영원한 상징으로 끌어올리지 않는다면.

그러다 문득, 로라는 그의 방에 불쑥 찾아간 것이 부끄러워졌다. 감정에 북받쳐 한 치의 망설임도 없이 취한 행보를 되새겨 보자니 뺨이 달아올랐다. 지금 이런 식으로 자존심을 낮추는 것보다 차라리 영원히 그를 잃어버리는 게 더 낫지 않을까. 그를 만나기 전 그녀에게 자존심은 아무런 의미가 없었다. 만약 그의 애정이 다시 떠났다고 느낀다면, 로라는 이번 같은 굴욕으로, 아니 훨씬 더 심한 굴욕으로라도 달려갔을 것이다.

'하지만 내가 잘못했어. 그의 눈에 나는 영원히 보잘것없는 사람이 되어 버렸어.' 로라는 생각했다. '그는 다시 예전처럼 나를 존경하지 않을 거야. 그의 존경을 잃어버렸으니 나는 힘을 잃은 거지. 그가 진정으로 나에게 충성하게 할 힘을 잃었어.'

로라가 이렇게 토로할 때 그녀 안에서는 영적 전쟁이 일어났다. 영혼이 하나가 아니라 여러 개라고 생각되었다. 선한 천사와 악한 천사의 무리들이 쉼 없이 서로 싸워 댔다. 곧 두 천사 무리 중 한쪽이 이길 것이고, 그러면 분명 그녀는 승리하는 쪽에 설 것이다. 이번 생애뿐 아니라 수천 생애를 위해, 그리고 그녀 자신이 선택한 코스를 따라 끊임없이 계속되는 진화를 위해. 로라는 오래된 책에서 읽었던 한 구절이 떠올랐다. 그 작가는 신을 '영혼의 처소'라고 불렀다. 그렇다면 그녀는 신과 같은 영혼의 처소를 공포와 문란의 혼돈으로 채운 걸까.

"왜 이런 일이 일어난 거지?" 로라는 실의에 빠져 물었다. "내가 어떻게 처음 그와 사랑에 빠지게 되었지? 왜 오늘 그 앞에서 스스로 굴욕을 당했을까?" 하지만 한갓 충동처럼 보이는 그녀의 동기는 알 수 없는 어둑한 곳에 여전히 숨어 있었다. 한 가지 분명한 것은, 그녀는 자신이 갖지 못한 행복을 위해 무진장 안간힘을 썼다는 것이다. 행복을 향한 이 갈망이 지금 앙갚음을 원하는 분노의 형태로 돌아온 걸까?

로라는 5번가 모퉁이 인도에 서서 마차를 기다리다가 윌버포스 씨를 만났다. 그는 방금 그녀의 집에 들렀었다고 했다.

"당신을 못 만나서 무척 서운했소." 그가 덧붙였다. "당신과 이야기를 나누고 싶은 시집을 한 권 가져왔거든. 천재성 있는 젊은 아일랜드인 작품이지."

"네, 네." 로라는 건성으로 대답했다. 그녀는 자기가 무슨 말을 하는지 몰랐다. 돌연 문학이 세상에서 가장 재미없는 분야인 것처럼 느껴졌다. 윌버포스로부터 도망가고 싶었다. 그는 그녀가 더 이상 읽지 않는 책들과 끊임없이 연관성을 찾으며 그녀를 피곤하게 할 것이다.

"저는 거티에게 가는 길이에요. 오후에 가겠다고 약속을 했거든요." 로라가 서둘러 구실을 둘러댔다. 한때 그녀는 이 차분한 얼굴을 보며 책에 대해 끝없이 대화를 나누었었다. 이 멋없는 늙은 남자와 즐거운 시간을 보냈다는 게 기가 찰 정도였다. 서두르다 나중에 후회할 수도 있는 무례한 행동을 하게 될까 봐 로라는 마차가 다가오는 것을 알리며 손을 내밀었다.

"내일 오세요, 내가 집에 있을 때." 로라가 말했다. 다음 날 오후는 켐퍼와 보내기로 한 것이 생각났지만, 그래도 로라는 거리낌 없이 거짓 제안을 했다.

이윽고 로라는 마차에 앉아 어떤 강압적인 분위기에서 탈출한 것처럼 길게 한숨을 내쉬었다. 덜컹거리는 마차는 안도감을 주었다. 머릿속에서 끊임없이 싸우는 시끌벅적하던 반대편 천사들은 한동안 조용해졌다.

69번가 거티의 집에는 로라가 보고 싶던 친구뿐 아니라 딱히 만나고 싶지 않았던 페리도 있었다. 처음에는 거티가 혼자가 아니라는 생각에 화가 날 지경이었다. 하지만 로라의 차가운 표정에서 낌새를 챈 거티는 즉시 장난스럽게 항변을 터트렸다.

"페리를 없애 버리려고 나도 많이 애썼어." 거티가 말했다. "근데 어쩌면 네가 더 잘할지도 모르겠다."

"지독한 감기에 걸렸어요." 페리가 답했다. 그는 난롯가 깔개 위 푹신한 의자에 앉아 작은 놋쇠 부지깽이로 장작불을 들쑤시고 있었다. "가슴이 막혀 답답해. 의사가 그러는데, 조심하지 않으면 기관지염이나 폐렴, 아니면 비슷한 유의 다른 뭔가가 될 거래요."

잘생긴 그의 얼굴이 평소와 달리 창백한 것을 보니, 솔직히 그 자신도 얼떨떨한 듯했다. 페리는 자신이 처한 위험을 강조하는 듯 큰 갈색 알약이 가득 찬 유리병을 내밀어 보였다.

"페리는 마지막으로 아팠던 때를 기억한대." 거티가 심각하게 말했다. "두 살 때 후두염에 걸렸었대. 그때 그랬듯이, 그들이 가슴에다 붕대를 감을까 걱정이라나."

페리는 연녹색 쿠션에 기대며 안락의자에 축 늘어져 있었다. 로라는 그가 기막히게 켐퍼와 닮았음을 새삼 의식했다. 야수처럼 각이 진 아래턱과 턱 끝. 로라가 불쾌함을 느낀 것은 터무니없는 일이었다. 하지만 그 모습은 그녀의 피를 끓게 하고 얼굴을 불그스름하게 달궜다.

"당신이 아프다니, 오늘은 거티를 데려가지 않을게요." 로라가 벌떡 일어서며 말했다.

"어, 나 때문이라면 가지 마요." 핼쑥한 얼굴에 다정한 미소를 지으며 페리가 말했다. "조금이라도 활력 있는 친구가 난 필요하니까." 그때 하인이 차와 토스트를 가지고 들어왔다. 페리는 힘겨운 자세로 앉아 그 쟁반을 무릎에 받았다. "한두 시간마다 겨우겨우 조금씩 영양분을 섭취하고 있어요." 토스트를 잘게 부수며 그가 구시렁댔다.

"그를 즐겁게 해 주려다 머리가 빠개질 판이야." 페리를 덤덤히 바라보며 거티가 말했다. "근데 폐렴에 걸릴까 봐 마음을 놓을 수가 없나 봐. 나한테 건강협회 보고서를 찾아서 치사율까지 확인해 보래. 내가 전화했으면 켐퍼가 왔을까? 아니면 대신 애덤스를 불러야 하나? 나는 심지어 클럽 명단을 보고 전체한테 초대장을 보낼 생각도 했었다고."

"오, 내가 켐퍼를 보낼게." 로라가 대답했다. "어제 돌아왔잖아. 알지?"

"5시에 의원에 갔을 때, 그가 오는 것을 봤어." 거티가 말했다. 거티가 우연히 한 말에 로라는 다시 음울해졌다. 그 말이 그녀의 입술에 달라붙었을 뿐 아니라 머프를 들고 있는 손까지 몸 전체가 무감각해지는 것 같았다. 로라는 참을 수 없는 의심에 사로잡혔다. 그들은 앨타 마담이 돌아온 것을 알고 있고, 말은 하지 않지만 암묵적으로 켐퍼를 비난하고 있으며, 그녀가 속아서 이 상황을 받아들이고 있기 때문에 불쌍하게 여길 것이다. 이 의심이 그저 말도 안 되는 상상일 뿐이라 판단했지만, 그럼에도 로라는 여전히 그 생각을 몰아낼 수는 없었다. 더 몸부림치면 칠수록, 이성까지는 아니더라도 상상 속에 더욱 강하게 자리 잡았다. 끈질긴 고뇌를 물리치려고 안간힘 쓰며 로라는 다른 것들에 대해 두서없이 빨리 떠들기 시작했다. 발랄하게 말을 하면서 얼굴에 환한 옛 열정이 되돌아왔다.

로라가 들떠 한창 시끄럽게 떠들고 있는데, 마침 애덤스가 페리의 안부를 물으러 들렀다. 그가 들어오자 평정에 가까운 잠잠함이 로라에게 몰려왔다. 몇 분 후 그녀는 떠나려고 일어섰다. 그리고 잠시 후, 로라는 애덤스와 함께 69번가를 따라 파크 방향으로 걷고 있었다. 난생처음 로라는 어쩌면 욕망을 충족할 때가 아니라 포기할 때 행복의 비밀이 나타날 거라는 아련한 영감을 받았다.

"조금 전에 켐퍼를 봤어요." 애덤스가 말했다. 그들은 5번길을 건너 반대편 인도로 갔다. 길은 살풍경한 11월 나무들 아래로 벽을 따라 뻗어 있었다. "바클레이가 참여한 어떤 채광 계획에 푹 빠져 있는 것 같더군요. 그렇게 열광하는 모습은 본 적이 없었어요."

"그가요?" 로라는 무심히 물었다. 켐퍼가 자기와 화해를 하고 너무 쉽게 채광 사업으로 가 버렸다니, 로라는 짜증이 날 지경이었다. 그가 앨타 마담과 사라졌다는 소식을 들은 전날 저녁 이후 로라는 은연중에 태도에 변화가 있었다. 오랫동안 감정의 지배를 받았던 중요한 기능이 전에는 켐퍼에 대한 이상적 이미지로 차 있던 자리를 차지해 버린 듯했다. 그러나 이 이지적 자각은 그녀의 사랑에 아무 영향을 끼치지 못했다. 그녀의 사랑은 변함이 없었다. 날카로운 통찰력은 결과적으로 감정의 끈을 느슨하게 하지 않으면서 그녀의 행복을 파괴했다.

로라는 애덤스와 함께 가냘픈 햇빛 속을 걷다 그를 얼핏 보았다. 그도 그녀를 보며 웃었다. 그 미소에 로라는 자신의 마음을 짓누르고 있는 고민을 털어놓고 싶은 충동을 느꼈다. 하지만 이런 것들을 누군가에게 밝히는 것은 당치 않은 일이라 깨닫고, 화제를 바꾸어 트렌트의 연극에 관해 사소한 질문을 했다.

“내 생각에 트렌트는 반드시 성공할 겁니다.” 애덤스가 답했다. “하지만 지금은 다른 것에 홀려 있죠. 그는 야망만큼이나 깊이 사랑에 빠져 있어요.”

“그래서 그가 여자를 찾았나요?” 힘없이 로라가 물었다. 트렌트가 마침내 행복하다니 그녀는 기뻤다. 하지만 자신의 사랑과는 다른 이 사랑에 억지로 관심이 가지는 않았다.

“음, 그는 멀리 갈 필요가 없었어요.” 애덤스가 웃으며 대꾸했다. “그녀가 같은 아파트에 살고 있었거든요. 우리 중 어떤 이들은,” 그가 얼핏 서글프게 끝을 맺었다. “훨씬 멀리 가도 별 성공을 거두지 못하는데.”

“마치 퍼즐 같아요.” 로라는 켐퍼를 생각하며 말했다. “어떤 사람은 현관 계단에서 자기가 원하는 것을 발견하는데, 또 어떤 이들은 평생 내내 찾아야 하니까요.”

애덤스가 다정하게 미소 지었다. 다정함은 그가 가진 장점의 하나였다. “그러나 당신은 보다 쉬운 운명을 가졌죠.” 그가 말했다.

“쉬운 운명이라고요? 난 잘 모르겠는데요.” 로라가 답했다. 그녀의 음성에서 아픔의 선율이 묻어났다. 그 선율이 애덤스의 가슴을 파고들었다. “저는 가끔, 인생의 최상의 것은 죽을 때까지 계속 갈망하는 것이라는 생각이 들어요."

"최상의 것이 아니에요…… 최상이 아니죠." 다소 엉뚱한 유머로 애덤스가 대꾸했다. "나도 남들이 하는 만큼 갈망해 보았어요. 나는 내가 아는 것을 말합니다. 결국에는 모든 것이 잘 될 겁니다. 하지만 계속되는 동안에는 꽤나 고된 경험이죠. 결국 우리는 영원 속에 사는 것이 아니라 현재를 사니까요."

로라는 그를 응시하던 시선을 돌렸다가 그 말에 다시 눈을 들어 그의 얼굴을 보았다.

"당신이 그렇게 원했던 것이 무엇인지 궁금하네요." 로라가 말했다. 그러고는 문득 그가 어떤 의지력을 가졌고, 그 의지력에 저항하는 것은 무의미하고 심지어 멍청해 보일 거라는 느낌을 받았다. 페리의 호전적인 덩치나 켐퍼의 충동적 에고이즘은 지금 옆에 있는 남자를 지배하는 기운에 비하면 힘이 아니라 폭력이었다. 그는 이 기운을 어디서 찾은 걸까? 어떤 기적으로 그것을 소유하게 된 걸까? 로라는 궁금했다.

"내가 말해도 당신은 잘 이해하지 못할 거예요." 애덤스가 답했다. "나도 달을 보며 울어야 할 만큼 울었노라고 고백하죠. 그것으로 충분하지 않나요?"

"그 달이 당신 손으로 떨어졌다면 그게 녹색 치즈라는 걸 당신도 알았을 거예요. 녹색 치즈로 만든 달." 로라가 대답했다.

애덤스가 그녀를 얼핏 보았다. 그의 익살에는 그녀가 이해할 수 없는 과거가 담겨 있음을 애덤스는 눈빛으로 말하고 있었다.

"어, 그러니까, 내가 달을 위험에 빠뜨렸겠죠!" 애덤스가 가볍게 대꾸했다.

10장

길의 끝

로라는 12월 19일에 결혼하기로 결정했다. 로자 고모는 3주 전부터 초대장은 말할 것도 없이 모든 혼숫감을 집에 모았다. 로라는 처음에는 옷에 뜨거운 관심을 보였으나 마지막 두 주 동안은 대놓고 그 화제를 회피하며 신경 쓰지 않았다. 팔팔한 노부인은 억지로 드레스메이커와 모자 디자이너를 상대로 호응받지 못하는 호소를 펼쳐야만 했다.

"내가 있어 이런 일을 처리하니 그나마 다행이구나." 하루는 로자 고모가 말했다. "그렇지 않았으면 초라하게 옷을 입고 웨딩마치를 했을 게야. 행복한 결혼은 아니겠지." 달관한 듯 비꼬며 그녀는 말을 맺었다. "혼숫감을 제대로 고르지 않으면 그렇게 되는 거란다."

"사랑이 옷에 따라 달라진다면 그 결혼은 하고 싶지 않아요." 불편한 목소리로 로라가 답했다.

로자 고모는 희끗희끗한 인조 곱슬머리를 흔들었다. 그것을 고정시키고 있던 작은 철사 머리핀들이 빠져 나와 무릎으로 떨어졌다.

"보다 구하기 힘든 무언가에 의지하는 게 나을 게다." 로자 고모가 논리적으로 대꾸했다. 그녀는 로라를 갖고 싶은 여자로 끌어올리기 위한 최후의 노력으로 여러 상자를 가져와 옛 보석 목걸이들을 펼쳤다.

당시 로라는 느른하게 관심을 보이지 않았다. 하지만 이틀 후에는 로자 고모의 세속적 물질주의를 무색케 하는 기분이 되어 돌아왔다.

"고모가 맞아요." 로라가 말했다. "내가 옷에 너무 관심이 없었나 봐요. 결국 옷이야말로 인생에서 가장 중요한 거니까요."

"더 늦기 전에 네가 정신을 차린 것을 보니 신의 은혜로구나." 조카가 단숨에 뛰어든 사치스러움에도 살아 있는 신실함으로, 노부인이 말했다. 로라는 커다란 하얀 상자의 내용물을 우두커니 바라보다가 실망한 듯 고개를 돌렸다. 그리고 숨을 내쉬며 검은담비 코트를 달라고 했다.

"어제 보니 켐퍼는 검은담비 코트 입은 여자를 좋아하던데요." 로라가 덤덤히 말했다. 로자 고모에게는 그 말이 엄숙하게 들릴 정도였다.

하지만 로라가 세상의 허무한 것들에 그렇게 반응하는 것은 오래가지 않았다. 전에 그것들을 경멸했던 때만큼이나 쉽게 변했다. 검은담비 코트를 손에 넣었을 즈음, 그녀는 그것을 원했던 것을 이미 후회하고 있었다. 그것을 고른 후, 켐퍼가 무심결에 흰담비 외투에 관심을 보였다는 얘기를 들었다. 그녀의 의욕은 물거품이 되었다. 가슴이 아팠다. 그래도 로라는 로자 고모가 보는 앞에서 코트를 입어 보았다. 그때 거티가 들어와 전할 소식이 있다고 했다. 거티는 너무 감탄해 몸이 굳어져 버린 듯한 자세로 방 중앙에 멈춰 섰다.

"어머나, 정말 화려한데. 비극의 여주인공을 해도 되겠어. 음, 넌 행복한 여자여야만 해."

"옷이 나를 행복하게 만들 수 있다면, 그렇지 않을까." 로라가 대꾸했다. "로자 고모가 고생 많이 하셨지. 호레이스 고모부의 돈도 그랬고."

"내가 편한 것보다 너를 더 사랑하기 때문이지. 네 고모부는 자기 고아원보다 너를 더 사랑한단다." 로자 고모가 답했다.

로라는 긴 거울 앞에 서서 인상을 찌푸리며 검은담비 코트를 보았다. 거티의 말처럼 코트는 비극의 여주인공 같은 분위기를 풍겼다. 이마 주변에 살짝 웨이브가 들어간 검은 머리, 초롱초롱한 눈, 섬세한 시인의 매력이 깃든 그녀의 모습은 값비싼 모피와 대조를 이루었다. 거티는 이것이 스타일에서 나온 것이라기보다는 개성에서 나온 것이라고 느꼈다.

'그는 이 옷을 입은 나를 좋아할 거야.' 로라는 생각했다. 그러다 역시 잘 어울리는 흰담비 외투가 기억났다. 오페라에서 다른 여자가 그것을 입고 있는 것을 켐퍼가 본다면 지난날 감탄했던 것처럼 또 감탄할까, 로라는 궁금해졌다.

'만약 그런다면 난 이것들을 후회하겠지. 이게 훨씬 더 비싸도 말이야.' 로라는 판단했다. '어쩌면 그가 우연히 한 말로 내 모든 즐거움이 박살날 수도 있을 거야.' 로라는 옷이 초래한 이 잔학한 행위를 단번에 이해했다. 한 여자가 더 좋은 드레스를 입은 다른 여자에게 품을 수 있는 질투, 사치, 뜨거운 경쟁, 반감. '그러나 내가 인생의 모든 것을 그것에 건다면, 나보다 더 부유하고, 더 옷을 잘 입고, 더 아름다운 사람은 항상 있을 것이다. 오늘은 나의 개성이 이길지라도, 내일이면 나의 빛을 완전히 초라하게 만드는 여자를 만나게 되겠지. 그리고 그것에는 탈출구가 없다. 피할 수도 없고, 반드시 일어난다.' 로라는 역겨움의 전율이 몸을 관통하는 것을 느꼈다. 그녀 앞의 거울이 검은담비 코트를 입은 모습뿐 아니라 마치 그녀의 모든 미래를 드러내는 듯했다. 그녀의 인생이 빤히 보이는 듯했다. 그녀는 운명으로부터 움츠러들었다. 그럼에도 그것을 그대로 따라가야만 한다는 걸 알았다. 지난날 누렸던 영혼의 자유가 그리웠다. 로라는 자신의 신경질이 던진 올가미에서 어찌할 도리 없이 몸부림치고 있었다.

'내가 줄곧 경멸했던 이 전투에 참여하는 게 가능할까?' 로라는 자신에게 물었다. '자아에 대항하는 자아의 갈등 속으로, 무상함에 대항하는 무상함의 갈등 속으로? 나도 거티처럼 내가 무익하다고 믿는 열정을 살리려고 어리석게 몸부림치며 다른 여자들을 두려워하고 증오하게 될까? 결국에는 거티를 향한 나의 사랑에도 공포와 의심이 깃들까?' 그러나 마지막에 든 생각은 너무 끔찍해서 선뜻 그것을 대면할 용기가 나질 않았다. 그래서 지금은 그것을 단호히 옆으로 밀쳐 두었다. 양심이 묻는 모든 불편한 질문은 아무렇게나 제쳐 두는 것을 그녀는 배웠다.

"이 모든 일 때문에 네가 정신이 없다고 들었어." 거티가 말했다. "켐퍼한테 전화를 받지 않았다면 들르지 않았을 거야. 물론 그야 끝도 없는 광산 회의 때문에 바빴지. 페리도 참여하는 거 있잖아. 마침내 그 덕분에 페리는 마음이 편해져서 폐가 나아졌대."

"나는 오후에 켐퍼가 오는 줄 알았는데." 약간 상심하며 로라가 말했다.

거티는, 창가에 앉아 실크 스타킹을 세고 있는 로자 고모를 흘긋 보며 웃었다. 그러고는 머프에 얼굴을 묻고 몸을 들썩이며 거침없이 재밌어했다.

"어, 어이구, 넌 감정을 숨길 줄도 모르니, 어떤 아내가 될는지!" 거티가 한탄했다. "어쨌든 켐퍼가 차를 마시게 너를 데리고 오래. 그의 집으로. 그 시몬즈 초상화가 와서 우리한테 보여 주고 싶다나. 그 지겨운 회의가 끝나는 대로 달려오겠대. 우리끼리 하는 말인데, 그는 결혼만큼이나 광산에 빠져 있는 것 같아."

로라의 얼굴에는 실망에 뒤이어 성급한 열정이 나타났다. 잠시 후 그녀는 거티와 함께 차를 타고 거리를 지나고 있었다. 지난 두 주간의 불확실성은 비로소 그녀가 바라던 완벽한 안정감으로 바뀌었다. 거티의 마차에 앉은 로라는 따스하게 심장이 두근거렸다. 자신은 충만하기에 이 친구 인생의 공허함을 가엽게 여기며 얕잡아 볼 수 있다고 느꼈다. 이 생각에 그녀의 가슴은 연민으로 가득 찼다. 흘러넘치는 연민으로 로라는 옆에 앉은 화려한 친구를 돌아보며 미소를 지었다.

"네가 시 외곽에 산다니 생각할수록 기분이 좋은데." 모피 옷 아래로 로라의 손을 꼭 잡으며 거티가 말했다. "네가 돌아오면 우리 매일 같이 만나자. 네가 도착하면 거기 집에서 너를 기다릴게. 꽃으로 가득 채우고, 만찬을 준비시키고."

"그걸 전부 하려고는 하지 마. 난 그렇게 못할 거야." 로라가 대답했다. 곧이어 가구와 살림에 대한 흥미로운 대화가 이어졌다. 이 대화는 지난 몇 주간 겪었던 고통스런 의심, 모든 절망의 기억을 마음에서 몰아냈다. 그렇다, 모든 게 잘될 것이다. 그녀가 상상했던 것에도 불구하고 모든 것은 잘되어야만 한다. 일단 결혼을 하면 이 어리석은 예감은 저절로 사라지리라. 결혼식과 동시에 그녀는 구름 한 점 없는 행복으로 들어갈 것이다. 애디론댁에서 찾을 것으로 확신했던 행복. 이 새로운 희망은 다른 모든 생각을 당장 쫓아내 버렸다. 상상 속에 나타났던 모든 환상에 매달리듯 로라는 그것에 절실히 매달렸다.

그들이 방에 도착했을 때 켐퍼는 아직 돌아오지 않았었다. 거티는 책상과 벽로 선반의 사진들을 하나씩 살펴보며 혼자 즐거운 시간을 보냈다. 로라는 초상화 앞으로 의자를 끌어당겼다. 대담한 화법을 적용한 반신 초상화였다. 예술가는 프랑스 화가였다. 그가 즐겨 사용하는 스타일의 어떤 과도함으로 인해 갑자기 유명세를 탄 신인 화가였다. 그의 작품은 켐퍼의 환상을 반영했다. 문화나 경험의 일상적 수준에서부터 주목할 만한 기이함으로 탈선한 인생에서 혹은 그런 예술에서 그는 모든 것을 취했다.

“여기엔 괴이한 무언가가 있어…… 난 싫은데.” 로라는 그림을 보자마자 말했다. “어, 그를 거반 짐승처럼 보이게 하잖아. 여기엔 내가 절대 익숙해질 수 없는 속성이 있어.”

로라는 그림을 좀 더 자세히 보았다. 화가가 훌륭한 기교로 켐퍼에게서 포착해 캔버스에 옮긴 특징은 페리와 닮아 있었다. 먼젓번에 그 닮음을 알아챘을 때도 로라는 기분이 좋지 않았다. 분명 닮은 점이 있었다. 이 외국인 화가도 켐퍼의 얼굴에서 그 미묘한 특징을 잡아냈다. 그리고 화가가 초상화에 담은 그 특징을 곰곰이 곱씹어 보니, 켐퍼와 유사하게 그리려고 했다기보다는 한 인물의 경이로운, 거의 불길한, 스케치로서 작품을 만들었음을 알게 되었다. 화가가 보이려고 했던 것은 연인의 얼굴이 아니라 속성이었다. …… 사실, 그것은 그녀의 연인이 아니었다. 로라는 연이어 속으로 말했다. 앨타 마담의 연인.

"난 이 그림에 익숙해질 수 없겠어. 절대 좋아하지 않을 거야." 로라가 재차 말했다. 마치 초상화를 보는 것에 짜증이 난 것처럼 일어나 중앙 테이블의 책들을 슬쩍 보았다. 켐퍼가 한가할 때 보던 유행 소설들이었다. 그녀의 눈동자가 방향을 잃고 책 제목들 위를 방황했다. 그러다가 윌킨스의 목소리에 눈길을 돌렸다. 죄송스러운 듯 진중하게 낮춘 목소리였다. 곧바로 여자의 누그러진 소프라노 소리가 들렸다. 여자는 승강기를 나가서 복도를 건너가겠다고 고집을 피우는 듯했다. 윌킨스의 대화는 거티의 귀에도 들렸다. 거티도 호기심 어린 시선으로 문을 보고 앉았다. 이내 문이 열리고 넉넉한 풍채의 앨타 마담이 입장했다. 앨타 마담은 그들을 보고 조금도 놀라는 기색이 없었다. 인상적으로 무대에 등장한 것처럼 문간에 자세를 잡고 서서, 말하자면 그녀의 절묘한 재능이 주는 탁월한 평판으로 그 상황을 내려보는 듯했다. 예술은 그녀를 여성의 윤리성 아래 놓았고 동시에 모든 우발적 당혹스러움 위에 올려놓았다. 그녀는 문 입구에서 미소 지으며 잠깐 멈칫거렸다. 먼저 와서 조용히 기다리고 있던 두 여자보다 주변 환경에 더 익숙해 보였다. 마치 자기 집인 양. 흰담비, 타조 깃털, 미소, 향기 파우더.

앨타 마담은 점잖게, 미심쩍이 흘긋 한 번 둘러본 후 애무하는 듯한 시선으로 로라에게 말을 건넸다. 로라는 한 존재의 화려함에 자신이 위축된다기보다는 어떤 능청스런 모습에 질식당하는 듯한 느낌이었다.

"당신을 만나게 되다니 아주 운이 좋군요. 내가 이런 기회를 놓칠 수는 없죠." 앨타 마담이 말했다. 그녀는 가까이 다가오며 크고 부드러운 손을 내밀었다. "켐퍼 씨는 나에게 좋은 친구지요. 내가 얼마나 많이 그를 생각하는지 당신에게 말할 기회를 갖다니 대단히 기쁘군요. 어떤 면에서는 그가 정말 큰 도움이 되었어요. 그런 일에 대해서는 그가 천재성이 있다고 생각하지 않나요?"

잠시 로라는 그녀를 바라보았다. 상대방의 등장보다는 자신의 내적 평정에 로라는 놀랐다. 몇 주간 로라는 앨타 마담을 증오한다고 속으로 되뇌어 왔었다. 하지만 얼굴을 마주 대하고 손에 보드라운 악력을 느끼며 깨달았다, 그녀가 증오한 것은 자신과 똑같이 살과 피를 지닌 여자가 아니라 한갓 지푸라기로 만든 존재였음을. 켐퍼가, 그가 가진 모든 세상 지식에도 불구하고, 더욱 친밀한 관계에서 놓치고 있는 것이 무엇인지 로라는 첫눈에 직감했다. 이 여자의 영혼은 예술, 탐욕, 육욕의 불에서 사그라지지 않고 여전히 이리저리 날뛰고 있었다. 자신의 연인과 이 프리마 돈나 사이에서, 적어도 지금 이 순간 로라는 완전히 고립되어 판단을 할 수 없을 정도로 굳어 있었다. 마음 속 램프에서 흘러나오는 듯한 강렬한 불빛 가운데서 로라는 생각했다. 이런 연민의 태도를 유지할 수만 있다면 앨타 마담이나 그녀 같은 부류가 공격해 와도 상처받지 않을 행복에 닿을 것이다. 그럼에도 이렇게 전망하는 것은 별 의미가 없다고 느꼈다. 자신이 거기 서 있는 동안 불이 나갔고 다시는 비추지 않으리란 것을 알았기 때문이다.

"나는 그쪽 면에 대해선 잘 몰라요." 로라가 웃으며 대답했다. "그에게 내가 생각하지 못했던 재능이 있다니 좋군요."

"오, 감히 말하건대, 다른 재능도 있죠." 앨타 마담이 반박하듯 말했다. "하지만 오늘은 이 일 때문에 왔어요." 그녀가 이어 말했다. "그가 집에 없으니, 당신이 괜찮다면 책상에 메모를 남기겠어요. 오늘 저녁 난 시카고로 출발해요. 한 달간 고생하겠죠. 먹고살려고 방방곡곡으로 돌아다니는 것이 무슨 뜻인지 안다면," 그녀가 유쾌하게 매듭지었다. "날품팔이한테 동정을 아껴서는 안 되죠."

앨타 마담은 거티에게 사과의 미소를 지으며 켐퍼의 책상으로 가로질러 갔다. 짧은 메모를 쓰고 태연히 봉투에 넣어 봉입

했다. 봉투 접착 부분을 입술로 촉촉하게 하면서 흰담비 목도리 위 얼굴을 돌려 로라를 흘긋 보았다.

"당신을 만났으니 내가 완전히 허탕 친 건 아니라고 그에게 전해 주면 좋겠어요." 지나치게 다정함을 보이며 앨타 마담이 말했다.

"기다렸다가 직접 말하지 그러세요?" 로라가 제안했다. 태도는 매우 차분한데 왜 이리 가슴이 쿵쾅거리는지 로라는 알 수 없었다. "몇 분 후면 차를 마시러 올 거예요. 그러면 제가 그처럼 듣기 좋은 메시지를 전하지 않아도 되겠죠."

"오호, 그렇지만 당신이 그래 주었으면 좋겠어요. 난 당신이 꼭 그러길 원해요." 상대가 고집을 피웠다. 그녀가 일어나면서 레이스 베일과 타조 깃털이 떨렸다. 매혹적인 흥분이 일었다. "그에게 생기 넘치는 축하를 보냅니다. 근데 당신을 통해서 보내면 그가 무척 좋아할 거예요."

앨타 마담이 나가고 조용히 문이 닫혔다. 거티는 창가로 가 탁 소리가 나게 창을 열었다. 용기가 없던지 아니면 말할 기회가 없어 그녀가 표현하지 못한 감정이 드러났다.

"저 여자는 향수 냄새가 싫어." 짐짓 콧구멍을 틀어막는 체하며 거티가 말했다. "아무튼 고상한 냄새는 뜻하는 바가 있지."

"왜, 난 감미롭던데." 마치 의외라는 듯 로라가 대꾸했다. "어디서 구했는지 물어보고 싶었어."

"음, 네가 그러지 않아 다행이다." 거티가 한탄했다. 그리고 쓸쓸히 말을 맺었다. "내가 가장 기분이 나쁜 건, 무대에 선 그녀를 위해 내가 쓸데없이 꽃다발을 허비했다는 거야. 완전 밉살스런 인간한테 말이야."

"굉장히 예쁜데." 로라가 말했다. 목소리에는 묘한 거리감이 있었다. 꿈을 꾸듯 멍한 정신 상태에서 말하는 것 같았다. "굉장히 예뻐." 경멸스럽게 부정하는 거티의 표정에 반항하며 로라가 강조했다.

"어, 너무 잘생겨서 얼굴을 확 긁어 버리고 싶을 정도지." 거티는 자신이 받은 인상을 바꾸지 않겠다고 배짱을 부리듯 대꾸했다.

로라는 친구에게서 돌아서 책상으로 갔다. 자신의 의지와 상관없이 하얀 압지 위에 놓인, 봉입된 큰 편지 봉투로 끌려가는 듯했다. 손으로 굵게 쓴 주소는 끝으로 가면서 날아갔다. 로라의 눈에는 멋있어 보였다. 로라는 잠시 뚫어지게 보다가 그것을 들고 거티가 서 있는 벽로 옆으로 왔다.

"맞아, 그녀는 정말 예뻐." 로라가 되풀이했다. 말투가 너무 무심했던지라 로라가 몸을 숙여 타고 있는 장작 위에 편지를 놓아 버리자, 거티는 흠칫 놀랐다. 로라는 무릎을 꿇고 앉아 그 종이에 불이 붙어 불꽃 속에서 벌게지다가 재로 변하고 결국 연기와 함께 사라지는 것을 보았다. 그러고는 그녀의 눈에 아직 보이는 그 글의 어떤 흔적을 깨끗이 소멸시키려는 것처럼 앞으로 몸을 숙여 장작을 함께 모았다.

"로라!" 거티는 날카롭게 소리치며 한 걸음 다가왔다. 하지만 로라가 일어나 막상 그녀를 대면하자, 다시 뒤로 물러섰다.

"그 사람한테 말하고 싶으면," 로라가 차갑게 말했다. "그가 오면 그렇게 해. 난 전혀 개의치 않으니까."

"말하라고?" 거티가 소리쳤다. 그녀의 음성은 절제할 수 없이 떨렸다. "하지만, 오! 로라, 왜 그랬어?"

거티는 혼자 나가서 울고 싶었다. 하지만 그게 로라를 위해서인지, 그녀 자신이 염려하는 실망 때문인지 말할 수 없었다. 거티는 로라가 한 일로 인해 인생관이 완전히 바뀌었다. 더 이상 누구도 믿을 수 없을 것 같았다. 지금까지 살았던 것처럼 계속 사는 것은 불가능해 보였다.

"모르겠어." 로라는 자신과는 연관된 일이 아닌 것처럼 어렴풋이 의아해하며 대답했다. "내가 왜 그랬는지 모르겠어." 이 말들이 흩어졌다. 그녀의 생각이 거티의 질문에 빨려 들어가는 것 같았다.

켐퍼의 발소리가 들리기도 전에 거티는 그가 불현듯 돌변해 돌아오리라는 것을 알았다. 로라가 불현듯 돌변해 말하는 것처럼. "도대체 왜 남자들은 차를 마시는 게 얼마나 중요한 건지 모르지!" 거티가 투덜거렸다. 그리고 웃음을 터트리며 재빨리 문으로 갔다. "우리가 문간에서 굶어 죽고 있어도 오빠는 신경도 쓰지 않겠지." 그녀는 비난조의 쾌활함으로 마무리 지었다.

"어, 네가 주문하지 그랬어." 켐퍼가 말했다. "진짜 미안해. 멍청하게 기다리고 있었나 보네."

켐퍼는 헐떡거리며 들어왔다. 웃고는 있었지만 미안해하며 방을 가로질러 가, 벨을 눌러 윌킨스를 불렀다. 그러고는 먼저 거티에게 손을 내밀고, 그리고 똑같이 힘찬 악력으로 로라의 손을 잡았다. 그의 얼굴은 아직 선명히 불그스름했다. 그는 불 앞에 서서 몸을 녹였다. 눈동자가 생생하게 이글거렸다.

"여기 오래 있었어?" 켐퍼가 물었다. 시계를 보며 살짝 인상을 썼다. "어이쿠, 약속 시간보다 30분은 훌쩍 넘었네. 나한테 욕지거리를 퍼부으면서, 뭐하고 있었어?"

"먼저 초상화를 봤어요. 진짜 별로던데요. 그러고는 우스꽝스런 당신 책들 제목을 모두 읽었고." 로라가 답했다. 시치미를 떼는 모습이 너무 자연스러워 거티는 그녀의 진솔함에 대한 유감과 훌륭한 연기에 대한 감탄으로 생각이 갈렸다.

"음, 먹고사는 일에 왈가왈부할 수는 없지. 자동차도 마찬가지고." 켐퍼가 슬쩍 변명을 했다. "그것에 참여하길 잘했어. 애디론댁 가는 기차에서 바클레이를 만난 게 이런 결과를 가져온 거야. 그렇지 않았다면 그는 너무 신중해서 나에게 조언을 주지 않았을 거야." 켐퍼는 의자에 기대며 초상화를 힐끔 보았다.

그가 광산에 관심을 보인 것과 같은 열의로 질문을 했다. "그래, 이 프랑스 친구를 체크해 보는 시간을 가졌다고. 어떻게 생각해?"

"당신이 아니에요. 그림을 믿지 못하겠어요." 로라가 맹랑하게 대답했다. "그가 옳다면, 나는 속아서 엉뚱한 남자와 결혼하는 거예요."

"오, 그는 당연히 스타일을 추구하지." 한 눈을 감고 뒤로 물러나 그림을 관찰하며 켐퍼가 소견을 밝혔다. "프랑스 사람이 대부분 그렇지 뭐."

로라의 얼굴이 붉어졌다. 외적으로 상기된 색이 아니라 내부에서 발산하는 빛이었다. 표정과 음성은 물론이고, 연약하면서도 에너지가 넘치는 우아한 모습 전체에서 선명하게 드러나고 있었다. 빛을 발하는 눈과 표현이 풍부한 작은 손의 부산한 움직임에는 부자연스러운, 안절부절못하는 무언가가 있었다. 거티에게 그녀는 한 마리의 아름다운 들새 같았다. 사냥꾼의 올무에서 벗어나려고 무작정 날개를 퍼덕거리는 들새.

"예술가들이 그저 조잡함에 강하듯 그 스타일이라는 게 가식에 가깝지 않나요?" 로라가 진지하게 물었다. 로라는 이렇게 말하면서 이 말이 무슨 뜻이고, 모든 낱말 중에서 자신은 어째서 이 말을 선택해야만 했는지 궁금해졌다. "우리가 살면서 필요한 건," 똑같이 흥분해 힘주며 로라가 덧붙였다. "결국 진실 아닐까요?" 돌연 다른 사람이 했던 말을 자신이 되풀이하고 있음을 그녀는 깨달았다. 그게 어떤 상황이었고 누가 이 말을 했는지 기억하려고 애쓰면서.

로라는 켐퍼를 물끄러미 보면서 자신에게 묻고 있었다. 참고 살 만한 삶을 위해 매일매일 서로에게 거짓말을 해야만 할까? 그녀가 없애 버린 편지는 이 거짓말의 반쪽이었다. 그녀가 한 반쪽. 켐퍼의 몫은 앨타에 대한 옛 사랑에 있는 듯했다. 하지만 놀랍게도 이렇게 생각하며 로라는 전혀 괴롭지가 않았다. 가슴에 동요가 일지 않았다. 자신을 향한 켐퍼와 그의 사랑이 이제 완전히 새롭고 다른 측면에서 보였기 때문이다. 이 거짓말로 인해 그녀 안에 그가 일으킨 감정조차 하잘것없는 것이 되었다. 그녀의 눈에는 그렇게 보였다.

제4부

화해

1장
비밀의 방

한밤에 불현듯 눈을 뜬 로라는 왜 편지를 태웠는지 자신에게 물었다. 어둠 속에 누워 있으니 뜻밖의 빛이 그녀의 생각을 다시 밝히는 듯했다. 앨타의 손을 잡으며 그 편지를 보았을 때처럼 모든 게 분명해졌다. 그 순간 로라는, 탐욕과 육욕의 짐을 지고 있던 여자를 향한 자잘한 개인감정 이상을 보았다. 편지를 태울 수 있었기에 증오로부터 해방되고 안정을 찾을 수 있었던 것이다. 영혼을 분별하는 것은 육체에 대한 관용뿐 아니라 연민도 느끼는 것이었다. 돌아보니, 그 찰나에 로라는 그녀 혼자가 되는 것을 멈추고 신성한 지혜를—난데없이 가슴속에 빛나던 불빛이 보여 준 지혜를—얻었다. 그런데도 다음 순간 로라는 승리감에 젖어 그 편지를 태워 버렸다!

그녀 안의 빛이 이제 약해졌다. 눈을 크게 뜨고 거기에 누워 있자니 주변에 어둠만 보였다. 자신의 동기는 아직도 명확해 보이지 않았다. 그 생각이 튀어 오르던 것을 떠올리려 하니, 압지 위에 있던 그 하얀 편지 봉투를 보며 느꼈던 몸의 고통, 가슴의 고통만이 기억날 뿐이었다.

"그전에는 한 번도 거짓말한 적이 없었는데." 로라가 말했다. "사소한 거짓 행동도 할 수 없었는데. 진실함에 자부심을 가졌었지. 어떤 여자들이 미모에 자부심을 갖는 것처럼…… 하지만 난 이 일을 거리낌 없이 해냈어. 내가 왜 그랬을까, 그땐 무슨 생각을 했을까, 그러고 나서 후회했던가, 아, 이젠 모르겠다."

좀처럼 실패하지 않을 각오로 로라는 마음에서 그 기억을 지우려고 했다. 창백한 어둠이 깔린 창에서 얼굴을 돌리고 다시 눈을 감았다. 소리 없이 숨을 쉬며 누워 있었다. '왜 나는 걱정하는 걸까…… 모든 게 잘될 거야…… 내가 참으면 모든 게 잘 풀릴 거야.' 로라는 이렇게 생각하며 억지로 잠을 청했다.

그러나 눈을 감자 이내 그날 오후 켐퍼의 방이 다시 되살아났다. 심장이 마구 쿵쾅거려 이불 아래서 나직한 소리가 들렸다. "거티는 왜 그렇게 나를 보았지?" 로라가 물었다. "정말 그녀가 걱정하며 나를 본 걸까, 아니면 그저 내 상상일까?" 흥분된 생각은 거티에서 켐퍼로 날아갔다. 켐퍼는 그녀에게 번득이는 눈빛을 던졌다. 그 눈빛에서, 그리고 그가 들어오자마자 쏟아 낸 사과에서, 로라는 냉소와 의심을 읽었다. "아래에서 앨타를 만났을까? 그는 줄곧 알고 있었을까? 나의 거짓을 대면하고 꾸짖기 위해 거티가 나가길 기다리고 있었던 걸까? 하지만 그건 아주 사소한 일이었어." 침대 옆의 어떤 존재에게 자신을 변호하듯 로라는 소리 내어 논쟁을 했다. "너무 사소한 일이라 기억이 흐릿하다." 이런 말을 하면서 자기가 꾸며 낸 핑계가 연인보다는 자기 자신의 영혼을 위한 것이라는 걸 깨달았다. 켐퍼가 의심하고 안 하고는 그녀에게 중요한 차이를 만들지 못했다. 여하튼 여기에는 부정이 있었다. "입 밖에 내지 않은 거짓은 우리 사이에 그대로 존재한다. 그가 그 거짓을 안다 한들 그걸 지울 수도 없고, 일어난 사실을 취소할 수도 없다. 내가 편지를 태웠으니 앞으로 같은 충동에 이끌리어 더 큰 일을 저질러도 죄책감을 느끼지 않을까? 내가 그를 믿지 못하고 나 자신도 믿지 못한다면 우리가 함께 나누는 미래에는 비통함만 있지 않을까? 지금 그를 포기해야 할까? 내가 포기할 수 있을까?" 로라는 자신을 이렇게 다그쳤다. 문득 어떤 생동감에 차 있는 찰나에 켐퍼의 눈에 어린 표정이 떠올랐다. 그 표정이 주는 매력은 의미가 없는 것이었지만 수많은 이유보다 더욱 강하게 그녀를 붙잡았다. '그의 얼굴, 그 표정을 잊을 수 있다면, 그를 잊을 수 있을 텐데.' 로라는 생각했다. '하지만 애써 잊으려 해도 책상에 놓여 있던 그 편지를 잊는 것 이상은 할 수 없다.'

의식을 닫으려고 새롭게 시도하며 로라는 다시 눈을 감았다. 잠을 자겠다고 마음을 먹자 주변의 어둠이 점점 살아나는 듯했다. 로라는 무서움에 전율을 느끼며 벌떡 일어나 침대 옆 테이블의 양초에 불을 붙였다.

“아침에 그에게 말을 해야겠다.” 로라는 소리 내어 탄식했다. “모든 것을 말해야겠어. 나를 보고 화를 낸다면 그를 떠나 다시는 보지 않을 것이다.” 지금은 매우 쉬운 일처럼 보였다. 내일 무슨 일이 일어나든지 그녀에게는 별 차이가 없을 것 같았다. “될 대로 되라지. 내가 그걸 바꿀 수는 없으니까. 결혼을 하든 그를 포기하든, 어느 쪽이든 난 비참할 거야.” 그러다가 로라는 기억했다. 이보다 더 큰 죄를 용서하더라도 켐퍼는 언제나 당당한 태도로 그녀를 잘못된 곳에 빠뜨릴 것이다, 절망적으로. ‘심지어 앨타 마담을 만난 후에도 나를 용서한 건 그였어.’ 감정을 약하게 하지 않고 행복을 파괴하는 묘한 맑은 정신으로 로라는 생각했다. ‘그가 평생 얼마나 심하게 나쁜 짓을 하든지 간에 스스로 변명하고 용서를 구할 사람은 항상 나일 것이다. 결국에는 무슨 짓을 해도 징계받지 않는 사람의 뻔뻔함이 필요한 건가?’

로라는 너울거리는 촛불 빛에 거울에 비친 자기 얼굴을 보았다. 그것은 마치 웅덩이의 흐릿한 표면에 어린 듯이 보였다. 꽃병으로부터 그림자가 졌다. 그 얼굴 위로 가을 잎들의 그림자가 왔다 갔다 했다. 흐늘거리는 형상은 물에 잠긴 얼굴을, 자기 얼굴을 닮았다. 로라는 두려움에 움츠리며 일어나 빛이 벽과 바닥을 비추도록 초를 손에 들었다.

"그래, 결정했어. 내일 그에게 말하자." 마치 자신의 미래를 운명의 권능이나 신이나 외부에 존재하는 무언가에 내맡기는 듯 로라는 말했다. "일어날 일이라면 일어나겠지. 난 그것을 바꿀 수 없어." 잠시 이 운명론에 로라는 약간의 안도감을 느꼈다. 촛불을 불어서 끄고, 얼굴을 벽 쪽으로 향한 채 그녀는 비로소 뒤숭숭한 잠에 들었다. 하지만 잠에서도 난처한 질문들은 넘쳐 났다. 똑같이 꿰찌르는 맑은 정신으로 로라는 계속 자신을 추궁했다. 깨어 있을 때 자신을 고통스럽게 했던 그 정신 그대로였다.

이윽고 로라는 생생한 꿈속으로 들어갔다. 로라는 손을 데며 불 속에서 그 편지를 꺼내 켐퍼에게로 가져갔다. 그는 웃으며 데인 곳에 입 맞추고, 편지를 다시 불꽃 속으로 던져 버렸다. '이런 일은 결코 일어나지 않았어. 그저 당신이 상상한 거야.' 그가 말했다. '당신은 앨타를 꿈에서 본 거야. 지금은 당신과 나를 보고 있군. 위를 봐, 막 당신이 일어나려던 참이니까.' 그 말에 로라는 올려다보았다. 돌연 그의 얼굴이 변하고 애덤스가 나타났다. 애덤스는 그녀의 손을 잡고 있었다.

오랫동안 가지고 있던 애덤스에 대한 기억보다 더 또렷한 기억으로 로라는 꿈에서 깨어났다. 그 오후에 그들이 함께 5번길을 걸었을 때 로라는 충동적으로 속마음을 털어놓고 싶었는데, 그 충동이 다시금 일었다. 새벽이 깨어나고 있었다. 로라는 어서 날이 밝기를 성마르게 기다리며 난데없이 떠오른 묘수에 이렇게 다짐했다. 이 묘수에는 일반적인 논리가 적용되지 않은 듯했다. 아침이 오면 켐퍼를 보기 전에 먼저 사무실로 애덤스를 찾아갈 것이다. 그러다가 지난 몇 달 동안 애덤스와의 사이에 움튼 거리감이 생각났다. 전날 저녁 이후 거리감은 여전히 건너갈 수 없을 정도로 깊어진 것 같았다. 하지만 그를 방문하면 켐퍼에게 고백하는 것을 오후까지 미룰 수 있었다. 그것은 좋은 핑곗거리가 되었다. 로라는 그 핑곗거리를 꼭꼭 움켜쥐었다. 안젤라 고모와 형식적인 아침 식사를 마치고 곧바로 모자와 외투를 챙겼다.

맑고 깨끗한 아침이었다. 로라는 아침 햇살을 받으며 거리를 걸었다. 지금은 오래전 일이 되어 버린 그날이 생각났다. 그날 이 시간 즈음에 로라는 사무실로 향하는 애덤스를 만났다. 그땐 외투의 해진 부분 때문에 그가 가여워 보였다. 로라는 그 일을 회상하며 웃음 지었다. 그러나 지금은 그가 가엽지 않았다. 어쩌면 거티, 로라 자신, 페리, 그리고 켐퍼조차도 연민의 대상이 될 수 있을 것이다. 그러나 애덤스는 아니었다. 로라는 자신감을 과시했지만, 그럼에도 불구하고 결국에는 사랑받고 싶었다. 그녀가 한때 경멸했던 그 연약함 때문이었다. 애덤스는 이 연약함을 이해하고 감싸 주겠지만, 켐퍼에게서는 멸시만을 불러일으킬 것이다. 로라는 멸시받을까 근심하고 두려워하기 시작했다. 로라는 가슴이 아니라 머리로 이렇게 느꼈다. '애덤스는 켐퍼보다 강한 남자다, 또한 그의 폭넓은 공감대는 그가 더 큰 사람임을 증명한다. 결국 그 둘의 차이는 한낱 선함의 차이였던가.' 로라는 역시 가슴이 아니라 머리로 따져 물었다. '선함이 있는 곳이 아니라면 완벽한 사랑은 들어갈 수 없는 걸까, 영혼 속 완벽한 사랑으로 인도하는 길을 밝히는 선함이 아니라면, 정말 그럴까?'

거리를 걸으며 로라는 두 남자에 대한 비현실적 비교로 머리가 복잡했다. 하지만 이윽고 애덤스의 사무실에 닿았을 때, 그리고 책상 옆에 서서 그의 따스한 악력을 손에 느낄 때, 별안간 이 방문이 쓸데없는 짓이라는 생각이 들었다. 병적이고 터무니없는 소리가 아니고는 그에게 딱히 할 말이 없었다.

"그래 다행이네요. 내가 당신을 위해 할 수 있는 게 있다니!" 진심의 미소를 지으며 애덤스가 큰 소리로 말했다. "내가 외투를 입을 테니 잠깐만 기다려요. 그러고는 무슨 일인지 봅시다."

"아니, 아니에요." 로라는 두려움을 느끼며 반대했다. 그녀 자신도 설명할 수 없는 두려움이었다. "나랑 나갈 필요 없어요. 당신이 할 수 있는 일이 없어요. 나도 어쩔 수 없어 그냥 왔어요." 로라가 미소 지으며 덧붙였다. "잠깐만 있다가 그냥 갈게요."

"어, 난 당신이 필요할 때면 언제라도 괜찮아요. 그게 브루클린 다리를 뒤엎는 일이라 해도 당신이 원하면 당장 착수하죠."

"그리 심각한 일은 아니에요. 내가 정말이지 끝내고 싶은 일이 있는 게 아니에요." 로라가 명랑하게 대답했다. 그러나 그녀의 눈에 담긴 고통이 그의 가슴을 파고들었다. "난 그저, 당신을 확인하고 싶었어요. 확인…… 그러니까…… 당신이 정말 여기 있는지."

"오, 나는 여기 있어요!" 애덤스가 힘주어 답했다. 로라는 잠시 가만히 그를 보았다. 흥분된 그녀의 눈동자는 점점 암울한 빛을 띠었다.

"내가 종종 무슨 생각을 하는지 아세요?" 피식 서글픈 웃음을 터트리며 로라가 물었다. "천국에서 추락한 천사를 생각해요. 다시 돌아갈 수도 없고, 그렇다고 세상과 어울릴 수도 없는."

로라는 책상에 손을 놓았다. 그녀가 말을 하는데 그가 앞으로 몸을 숙이며 한순간 그 손을 만졌다. 가벼운 몸짓이었지만 그것에는 특이한 힘의 연민이 있었다. 애덤스가 그녀를 보았다. 그녀는 더 이상 말할 필요를 느끼지 못했다. 그녀가 말하려고 하는 것뿐만 아니라 가슴에 숨은 모든 것까지 그는 이해했다.

"난 당신에게 설교할 수 없어요, 로라." 애덤스가 말했다. "그렇지만…… 그렇지만…… 허, 내 마음조차 표현할 수 없군요." 그가 덧붙였다. "그럴 수 있으면 좋으련만!"

"나를 돕지 못할 거예요." 로라가 대답했다. "비록 세상과 어울리진 못해도, 난 그러고 싶어요…… 오, 내가 얼마나 그러고 싶은지!"

"하지만 당신은 그럴 수 없어요. 당신은 아니에요." 애덤스는 말했다. "당신에게는 고통을 받으면 더욱 강해지는 특별한 기질이 있어요…… 종국에는 단지 영혼 혹은 진흙으로만 만들어진다면 얼마나 더 쉬울까…… 그건 조합이니까, 아픔을 주는 순수성이 아니라."

"당신은 그게 뭔지 아나요?" 로라가 물었다. "당신이 오르고 싶을 때 세상이 당신을 잡아당긴 적이 있나요?"

애덤스의 미소가 희미해졌다. 그는 다시 그녀를 애잔하게 보았다. 그녀의 겉모양도, 내면의 영혼도 있는 그대로 받아들이고 있었다. "나는 인생에서 중요하게 생각하는 게 별로 없어요, 로라." 애덤스가 말했다. "하지만 당신은 대단히 큰 부분을 차지하죠. 이 순간 당신이 원한다면 난 두 가지 선택을 할 준비가 되어 있어요. 당신의 미래가 안정되도록—아마 그렇게 되겠지만—옆에 서 있을 준비가 되어 있고, 아니면 당신이 말하면 모든 것을 듣고 내가 나 스스로를 판단하듯 당신을 대신해 판단할 준비도 되어 있어요. 아니 잠깐, 지금 답하지는 말아요." 그가 덧붙였다. "그걸 가져가서 기억하든지 잊어버리든지 당신이 편할 대로 해요."

로라는 그를 보며 눈물을 글썽였지만 곧바로 경박한 웃음을 터트리며 고개를 돌렸다.

"왜 그래요, 내가 너무 불행한 사람처럼 들리잖아요!" 로라가 탄식했다. "하지만 당신이 그렇게 믿는 건 아니죠, 그렇죠?"

"당신이 입증하면 기꺼이 그 반대라 믿겠어요."

"하지만 내가 입증하지 않았나요? 내가 매일 살면서 입증하지 않았나요?"

"이 순간 당신은, 당신이 특별히 비참하다고 내보이고 있어요."

"그렇지 않아요. 그렇지 않아요." 로라가 분개하며 반박했다. 어두운 이마의 인상이 찌푸려졌다. "당신은 그런 식으로 나를 생각할 권리가 없어요. 그건 사실이 아니에요."

"난 내 마음대로 생각할 권리가 있어요." 애덤스가 차분히 고쳐 말했다. "이렇게 말하는 게 당신에게 유감이지만. 어, 당신이 전적으로 행복하다고 어필하니, 나는 그것을 듣게 되어 정말 기쁘다고 할 수밖에 없군요."

"난 행복해요." 로라가 강하게 주장했다.

조금 후, 로라는 거리에 혼자 있었다. 거짓이 진실보다 더 친숙해졌다고 혼잣말했다. 되돌아보자니 애덤스와 이야기한 것은 실수였다. 근심의 무게는 가벼워지지 않았다. 오히려 무거워졌다. 그래서 이내 그녀는 애덤스나 그를 방문하려고 했던 이유에 대해 더는 생각하지 않기로 결심했다. 자신을 잊기 위해!

맞다. 결국에는 거티가 옳았다. 모든 사회, 모든 직업, 모든 오락의 목표라는 것이, 인간 본성에 내린 사라지지 않는 어떤 저주에서 벗어나려다 실패한 수많은 시도였을 것이다. 거티는 하찮은 일을 추구하고 끝없이 새롱거리며, 즉 의미 없는 일들을 하며, 그 저주를 회피했다. 켐퍼는 감각의 외부 세계에 푹 빠져 살면서 그것을 피했다. 애덤스도 그것을 피했다. 돌연 그 이름에 로라는 흠칫했다. 난데없이 눈앞에 불빛이 번득이는 것처럼 그녀는 생각을 멈추었다. 마침내 행복에 대한 설명이 여기 있었다. 하지만 그것은 마음에 풀 수 없는 수수께끼로 나타났다. 애덤스는 인간 본성을 회피한 것이 아니라 통달했음을 로라는 깨달았다. 씁쓰레한 독은 사라졌지만 아직 그 효력은 대단했다. 그의 중용은 불처럼 타오르는 경험의 호수를 지나 매력으로 녹아들었다. 그 매력은 외모의 상서로운 우아함이라기보다는 특색 있는 통찰력의 결과였다. 다른 사람들의 삶에 숨겨진 방을 들여다볼 수 있을 때까지 그는 눈을 뜨고 있었다. 그렇게 눈을 뜨고 있게 한 건 바로 그 자신의 삶이었을까?

로라는 그래머시 파크에서 로자 고모를 만났다. 고모는 마차에서 로라를 기다리고 있었다. 로라는 아침나절에 모자를 구하러 가자는 노부인의 초대에 기꺼이 따랐다. 모자를 찾는 일은 다른 어떤 일보다도 생각을 멈추는 데 도움이 될 것 같았다. 로라는 흥미진진하여 당장 모자를 찾는 것에 몸을 던졌다. 더욱 명백한 몸의 강요에 순응하며 적어도 당분간 영혼의 지독한 허기를 잠재울 수 있을 것이다.

점심에는 거티가 눈부신 프렌치 드레스를 입고 나타났다. 그날 아침에 막 도착한 드레스라고 했다. 그들은 평소처럼 가볍게 인사를 나누고 베일에 대해 신나게 떠들었다. 거티는, 로라가 자기 얼굴에 가장 잘 어울리는 어떤 특정한 문양을 절대 사지 않는다고 주장했다. "너는 너무 크고 동떨어진 걸 써." 로라의 테이블에 쌓인 더미에서 검정 그물 베일을 집으며 거티가 우겼다. "못생긴 코를 가진 나도 이런 것은 참을 수가 없어."

로라의 시선은 거티에게 고정되어 있었다. 몹시 강렬한 눈빛이었다. 그렇게 뚫어지게 응시하면서도 거티가 하는 말은 한마디도 듣지 못했다.

"그래, 맞아, 네가 맞아." 로라가 말했다. 로라는 베일을 생각하는 대신 거티가 앨타 마담에 대한 자신의 질투와 자신이 태워 버린 편지를 정말 잊었을까 궁금해하고 있었다.

'오후에는 그에게 말해야겠다. 그럼 모든 게 편해지겠지.' 로라는 생각했다. 시시한 수다를 짧게 마치고 거티는 약속이 생각나 급하게 떠났고, 로라에게 그 상황은 다시 완벽하게 매끄러워졌다. 켐퍼의 이름이 들리자 로라는 각오를 하고 그를 만나러 방을 가로질러 갔다. 어떻게 표현할지 여전히 고심하고 있었다. "지금 그에게 말할 것이다. 그러면 모든 게 편해질 거야.” 로라는 재차 말했다.

하지만 그녀가 입술을 열었을 때 그 고백은 말이 되어 나오지 않았다. 대신 이렇게 말했다.

“어제가 지나고 백 년은 된 것 같아요. 그동안 난 쇼핑 말고는 한 일이 없으니.”

켐퍼가 웃으며 그녀의 손을 잡았다. 첫눈에 그가 장난스런 기분이란 걸 알 수 있었다.

“나는 굴뚝새를 잡았다고 생각했는데,” 그가 대답했다. “실은 파라다이스의 새를 잡았나 보군.”

“그건 당신이 자연사를 몰라서 그래요. 당신을 속인 건 내가 아니죠.” 로라가 유쾌하게 반박했다. “당신을 위해 내가 날개를 편 것은 아니니까. 날개가 찬란하지 않을 거라고 상상했나요?”

로라의 목소리에는 안도의 음색이 깃들었다. 그가 진중하기를 거부한다면 내일까지는 말할 필요가 없으리라.

2장

로라, 굴욕의 골짜기에 접어들다

두 주가 지난 후에도 로라는 변함없이 켐퍼의 태도가 '진중'하지 못해 자기가 태워 버린 편지를 언급하지 못하고 있다고 믿었다. 애덤스를 만난 아침 이후로는 삶을 실제로 살지 않고 그저 스쳐 지나가는 느낌이었다. 사흘 후면 결혼식이지만, 로라는 사랑의 시작 단계에서 자신이 처한 상황을 제대로 이해하지 못하고 있었다. 결국 곤경은 대면하는 것보다 무시하는 게 훨씬 쉬웠다. 삶에 대한 거티의 경박한 태도를 어쩔 수 없이 그녀도 따라가는 듯했다. 그건, 현실을 피하기 위해—한 존재에게 큰 진실이 들어갈 수 있는 공간이 남지 않도록 작은 거짓들로 채우기 위해—로라가 찾은, 곧바로 적용할 수 있는 유일한 해결책이었다.

애덤스는 다시 만나지 않았다. 그가 한 번 찾아왔지만, 로라는 불안한 마음에 위축되어 그를 거절하고 문간에서 돌아섰다. 켐퍼의 방에서의 그 오후 이후 로라는 거티도 피하고 싶었다.

하지만 거티는 최고의 기분으로, 그녀가 무심히 '가장 최근 선물'이라고 말하는 것을 '까발리려고' 매일 차를 타고 내려왔다.

"네가 유럽에 간다니 나는 진심으로 기뻐." 거티가 말했다. "돌아올 때는 네 얼굴에서 초조한 표정이 사라져서 왔으면 좋겠다. 그런 게 없었는데, 난 그게 싫더라."

거티의 말에 로라는 거울을 보며 경계의 눈빛을 던졌다. 그러고는 웃으며 고개를 돌렸다. 그 웃음에는 씁쓰레한 선율이 있었다.

"대화하려고 애쓰다 그렇게까지 된 거야." 로라가 대답했다. "8개월간 켐퍼랑 약혼해 있었잖아. 우리는 공통 화제를 탈탈 털어 얘기를 나누었어. 남자와 사랑에 빠져 있으면서 이야기할 거리를 찾으려고 머리를 쥐어짜는 게 어떤 건지 아니?" 그녀가 유쾌하게 말을 맺었다.

"그러니까 너는 애덤스랑 결혼했어야 해. 내가 그렇게 제안했었잖아." 거티가 반박했다. "그랬다면 얘깃거리가 끊임없이 흘러나왔겠지, 세상이 끝날 때까지 말이야. 그것도 나쁘지 않았을 거야." 그녀가 신중하게 덧붙였다. "그러니까 결혼의 진짜 문제는 권태거든."

"근데 말이야, 사랑에 빠진 두 사람이 서로를 지루해할 수 있을까?" 로라가 화를 내듯 물었다.

그 가능성이라는 게 그때는 우스워 보일 정도였다. 하지만 마음 깊숙한 곳에서는 유럽에서의 두 달에 대한 생각을 마주해야 했다. 앞일에 대한 걱정이 없지 않았다. 그들이 사랑에 몰입된 것 말고는 둘 사이에 공통 관심사가 별로 없음을 로라는 이제 처음으로 인정해야만 했다. 유럽을 보는 관점도 그들 사이에 내뻗은 내면세계의 공간에 의해 나뉘었을 것이다. 하지만 로라는 우월한 감성을 가졌다. 그래서 그들이 함께 나눈 감정을 키울 수 있는 큰 가슴을 갖기 위해 머리가 부서져라 몸부림쳤다. 이 감성이 머뭇거릴 때면 둘의 생각은 극단으로 내달렸다. 로라는 거티를 보다가 의자와 테이블로 눈길을 돌렸다. 그 위에 놓인 새틴 상자들, 여기저기에 흩뿌려진 결혼 선물들을 보았다. 자신이 내딛은 발걸음은 되돌릴 수 없고, 사흘 후에는 켐퍼의 아내가 될 것이며, 이제는 달아날 수 없다는 사실에 난데없이 구역질나는 공포가 가슴에 일었다. 그러자 예전에 그랬듯이 운명론을 필사적으로 움켜잡으며 그것에서 위안을 찾았다.

"인내하기만 한다면 모든 게 괜찮을 것이다, 결혼식이 끝나면 모든 것이 자리를 잡고 전적으로 수월해질 것이다." 로라는 중얼거렸다.

거티가 보석상에서 온 상자를 열고 있을 때 켐퍼가 들어왔다. 켐퍼는 사방팔방으로 흩뿌려진 상자들을 흘긋 보고 당혹감의 휘파람을 휘익 불었다.

"제기랄, 당신이 사업을 시작한 줄 알겠어!" 켐퍼가 탄식했다.

"오, 이 모든 게 얼마나 재밌는지 오빠는 상상도 못할 거야." 거티가 응수했다. 그녀는 무릎을 꿇고 있다 일어나며 스커트를 털었다.

로라는 켐퍼의 얼굴에 시선을 두었다. 거티의 말에 켐퍼는 판에 박힌 미소를 지었지만 그 밑으로는 짜증이 흘렀다. 분명 그를 불편하게 하는 무슨 일이 있었다. 로라는 친구가 떠나기를 반쯤은 근심하며 또 반쯤은 살짝 초조하게 바라며 기다렸다.

"오빠는 페리보다 더 우아하게 결혼식을 거행할 거야." 거티가 장난스럽게 놀리며 꽃병에서 하얀 장미꽃 봉오리를 꺾어 켐퍼의 코트에 달아 주었다. "단언컨대 페리가 판을 완전히 깨 버렸다고 말할 수 있지. 그는 어찌할 줄을 몰랐으니까. 나는 그가 그렇게 유머 감각이 꽝인지, 식장에서 보기 전에는 몰랐어요."

"음, 그건 농담 같지가 않은데." 켐퍼가 투덜댔다.

로라는 켐퍼를 보면서 문득 그가 이전에도 이런 일을 겪었다는 것을 기억했다. 그때는 다른 여자였다. 그 생각이 가슴에 비수처럼 꽂혔다. 심지어 지금도, 한때 그의 아내였던 그 여자가 세상 어디엔가 살아 숨 쉬고 있었다. 오늘 로라 자신처럼, 비슷하게 사랑받고, 비슷하게 그와 가까웠던 여자. 로라는 그 생각에 넌더리가 났다. 되돌릴 수 없는 발걸음에 대한 눈먼 공포가 다시 몰려왔다.

잠시 후 거티가 떠났다. 켐퍼는 방을 위아래로 두 번 걷고는 멈춰 서서 은빛 커피세트를 유심히 보았다. 로라는 그가 집중하는 것을 보자니, 어쩌면 벽난로도 저렇게 주시할 수 있을 것이라는 생각이 들었다. 그의 생각은 시선과 반대 방향에 몰려 있었다. 이윽고 그는 돌아서서, 집어 들었던 설탕 그릇을 내려놓고 곧바로 벽로 선반 쪽으로 갔다. 그러고는 애덤스의 사진을 내렸다.

"요즘 애덤스는 별로 안 보지?" 켐퍼가 미심쩍이 물었다.

"별로." 로라도 벽로 선반 쪽으로 갔다. 그러고는 그가 들고 있는 사진을 무심히 흘긋 보았다. "다신 안 볼 거예요."

"무슨 말이야? 왜?"

"아, 몰라요…… 어쨌든 결혼하면 친구들 만나기가 어려우니까. 나에게 세상 소식을 전하는 것은," 그녀는 흔연히 말을 이었다. "어느 정도 당신 자리가 책임져야 할 부분이니까."

켐퍼의 시선은 그녀의 얼굴에 강렬하게 고정되어 있었다. 그럼에도 그녀가 하는 말을 건성으로 듣는 게 분명했다. 그녀가 말할 때 그는 외투 주머니 속에서 손가락을 꼼지락거렸다. 마치 그 안에 놓아 둔 편지를 확인하려는 듯이.

"그런데 말이야, 로라, 오늘 묘한 일이 있었어." 켐퍼가 인상을 찌푸리며 말했다.

로라는 약간 놀라며 올려다보았다.

"묘한 일이라고요?"

"앨타 마담한테서 편지를 받았어. 내가 가지고 있는 그녀 주식을 왜 팔지 않았느냐고 묻더군. 내가 팔지 않아서 손해를 많이 봤거든. 미친 듯이 성질을 내더라고."

로라는 시선을 내리지 않았다. 그가 말을 마치자 그녀는 그의 얼굴을 보며 미소 지었다.

"당신이 팔지 않았다고요?" 로라가 물었다.

"나는 그 편지를 받은 적이 없거든…… 이상한 건, 당신이 거티와 함께 있던 날, 그녀가 그 일로 나를 보러 왔었대. 근데 당신을 만나고 그걸 전달해 달라고 당신에게 주었다는데……."

켐퍼는 말을 멈추었다. 반쯤 화가 나고 반쯤 난처한 표정으로 서서 기다리고 있었다. 로라가 여전히 말이 없자 그는 테이블의 빨간 가죽 상자를 들었다가 다시 내려놓고, 그녀가 서 있는 곳으로 다가섰다.

"모두 거짓말이야, 로라?" 켐퍼는 답을 요구했다.

로라는 양 옆에 마치 죽은 것처럼 매달린 맥 빠진 손으로 거기에 서서 그 밤에 혼자 궁리했던 변명을 떠올렸다. '너무 작은 일이라 기억이 나질 않네요.'가 그 어둠 속에서 그녀가 자신에게 했던 말이었다. 하지만 지금 밝은 대낮에 그와 마주하니 이 말을 생각할 겨를이 없었다. 입술을 열고 말을 꺼낼 수도 없었다.

"아니, 거짓말이 아니에요. 사실이에요." 로라가 답했다.

"사실이라고?" 켐퍼가 경악하며 재차 물었다. 말이 계속되면서 그것은 분노로 바뀌었다. "내 방에서 당신이 정말로 그녀를 만났다는 거야?"

"그래요. 방에서 그녀를 만났어요!" 쓰디쓴 진실의 승리감에 젖어 로라는 대답하며 안도하는 듯했다.

"그리고 당신은 나에게 말하지 않았다고?"

로라가 고개를 끄덕였다. "당신에겐 아무 말도 하지 않았죠."

"하지만 그 편지는? 편지는 어떻게 했어?"

로라는 그로부터 한 걸음 물러났다. 어물쩍 넘어갈 의도로 그런 게 아니었다. 그녀가 마주한 그의 표정을 더 잘 보고 싶었다. 그가 처음 질문을 던진 이후로 그녀의 눈동자는 흔들리지 않았다. 하지만 그녀는 불안하게 손으로 은빛 노끈을 꼬았다 풀었다 하고 있었다. 옆 테이블 보석 상자에 있던 줄이었다.

"내가 왜 그 편지를 받지 못한 거지, 로라?" 켐퍼가 다시 물었다.

"왜냐하면, 내가 태워 버렸기 때문이에요." 로라가 천천히 대답했다. "당신이 오기 전에 그 방에서 불에 태웠어요. 내가 그걸 태웠다고요." 세 번째 말하면서 그녀는 좀 더 또렷하게 들리도록 목소리를 높였다.

켐퍼의 얼굴이 검붉게 물들었다. 음침한 안색이 잔혹해 보일 정도였다.

"도대체 왜 그런 거야?" 그가 따져 물었다. 그녀가 일찍이 상상 속에서 보았던 것처럼 그의 눈에는 경멸이 어렸다. "아마, 추측컨대, 질투로 그런 거겠지?" 그가 덧붙였다. "멋진 결혼의 시작이군."

"왜 그랬는지 나도 모르겠어요." 로라가 대꾸했다. 소리에 느낌이 없을 정도로 절제된 음성이었다. "그때도 몰랐고, 지금도 모르겠어요. 그래요, 어쩌면 질투도 다른 이유만큼이나 한몫했을 거예요."

"이런 게 내가 앞으로 기대해야 할 일인가?" 나무 조각상에게나 던질 듯한 비웃음을 날리며 켐퍼가 물었다. "정말 환장하겠군!" 그가 울부짖었다. 이 합당한 분노는 자신의 불륜에 대한 모든 기억을 마음에서 싹 쓸어 가 버렸다. "당신은 눈앞에 없으면 믿을 수 없는 남자랑 결혼할 작정이야?"

켐퍼는 자기가 힘주어 쏟아 낸 이 말을 깊이 의식하고 있었다. 정의의 폭력으로 그는 자기 견해에 확신을 가졌다. "진짜 나에 대한 신뢰가 조금도 없는 거야?" 그가 따져 물었다.

잠시 그 질문은 로라의 머릿속을 꽉 채웠다.

"그래요, 지금은 신뢰가 있는 것 같지 않아요." 로라가 답했다. "신뢰가 있다고 스스로 믿으려고 애썼어요. 매일매일 살아가면서 나는 양심에게 거짓말을 했죠. 하지만 그날 밤 이후, 당신을 정말로 신뢰했던 적이 없는 것 같아요."

"그래도 나랑 결혼할 생각이야?" 켐퍼가 물었다. 목소리에 찬 경멸에 그녀는 쓰라렸다. 실제로 일격을 당한 것 같았다. 그는 매서운 눈초리로 그녀를 쏘아 보았다. 아직 눈빛이 그녀에게 머물러 있을 때, 로라는 그가 여태껏 그녀를 한 번도 제대로 본 적이 없음을 깨달았다. 그는 외부에 드러난 모습, 가식의 몸짓 이상을 꿰뚫어 본 적이 없었다.

"아니, 아니에요!" 악몽의 공포에서 깨어난 듯 돌연 로라가 소리쳤다. 로라는 그의 눈에 비친 자신을 보았다. 비루한, 녹초가 된, 여자 같지 않은 여자. 그 순간 로라는 자기 개성에서 비롯된 공포에 휩싸였다. 그건 어떤 면에서 볼 때 그녀에게 공포를 드러낸 남자에게서 느끼는 공포의 일부였다.

켐퍼는 당혹감에 한 걸음 물러섰다. 이제 그는 콧수염을 초조하게 잡아당기며 서 있었다. 페리를 닮은 몸짓이었다. 그의 어떤 말보다도 이 몸짓에 로라는 충격을 받아 지각이 예민해졌다. 지각이 너무 생생하게 날카로워져 부자연스러워 보이기까지 했다. 마치 약에 취해 무감각해진 그녀의 영혼이 해방을 위한 마지막 전투에 임하는 것 같았다.

"아니, 아니, 불가능해요!" 로라가 되풀이했다.

"이 결정을 하기에는 너무 늦은 거 아닌가?" 켐퍼가 피식 웃으며 물었다.

하지만 로라는 그의 비아냥거림에 개의치 않았다. 그의 눈에 나타난 표정만 보았기 때문이다. 그 눈은 활활 타오르는 경멸로 그녀의 기만을 보고 있었다. 로라는 그를 싫어하는 만큼 자기 자신 또한 싫었다.

"미안해요, 하지만…… 하지만, 난 못하겠어요." 로라가 더듬거렸다. 자신의 말에 힘이 없음을 느꼈다. 그래서 어떤 이유라도, 아무리 하찮은 핑계라도 닥치는 대로 찾아보았다. 그렇게 버둥거리면서 로라는 무작정 방 주위를 두리번거렸다. 흩어져 있는 결혼 선물들, 낙담하면서도 화가 난 그의 모습, 거티가 그의 외투에 말쑥하게 핀으로 꽂아 준, 시들어 가는 하얀 장미꽃 봉오리. 이윽고 그녀는 더 이상 할 수 있는 말이 없음을 깨달았다. 그래서, 분개한 당혹감에 콧수염을 잡아당기는 그를 보며, 무작정 은빛 노끈을 꼬며 서 있었다.

"난 도무지 당신이 왜 그렇게 터무니없는 질투를 하는지 모르겠어, 로라." 켐퍼는 순간 소리를 버럭 지르고, 형식적 관례에서 야만적 분노의 충동으로 되돌아갔다.

"모른다고 말했잖아요." 로라가 흥분하며 대답했다. "내가 말했잖아……."

"물론 이번에는 그냥 지나갈 생각이야." 귀족다운 그의 면모에 그녀가 사근사근히 회답하기를 기대하며 그가 계속했다. "투덜대 봐야 소용이 없으니, 그냥 잊는 게 낫지. 하지만 제발 질투 많은 아내는 되지 말아 줘. 이 하늘 아래 그것처럼 남자를 돌게 만드는 건 없으니까."

캠퍼는 그녀를 바라보았다. 그녀의 태도에는 도망갈 자세를 잡은 야생 동물 같은, 이해하기 어려운 어떤 우아함이 있었다. 홀연히 그것이 눈에 들어왔다. 한편 로라는, 열정의 불꽃이 그의 눈에 튀어 오르며 이내 얼굴이 변하는 것을 보았다.

"달링이 되어 줘. 우리 모두 잊어버립시다!" 캠퍼가 선포했다.

그가 한 걸음 앞으로 나아왔다. 하지만 그녀는 벽에 웅크리는 것처럼 움츠러들었다. 그가 다가오는 것을 막으려는 듯 손을 내밀었다.

"만지지 말아요!" 로라가 말했다. 작은 소리였지만 그녀에게는 그 말이 허공에 울리는 비명처럼 들렸다. 자기가 영혼의 자유를 위해 싸우고 있다는 생각이 두뇌를 관통해 내달렸다. 그 순간 그의 손이 닿았다면 로라는 창밖으로 몸을 내던졌을 것이다.

"당신을 만지려는 게 아니야." 곧바로 진정하며 캠퍼가 대꾸했다. "정신 차리고 이성적이 될 수는 없어?"

"괜찮다면, 당신이 가면 좋겠어요." 그를 보고 웃음 지으며 로라가 말했다. 그녀는 조각상처럼 웃고 있었다.

"지금 내가 가면 이성을 되찾겠다고 약속할 거야?" 짜증스럽게 캠퍼가 물었다. 그는 아량을 베풀겠다고 마음을 먹었지만 로라는 그의 관대함을 그리 달갑지 않은 태도로 거부하고 있었다.

"나는 이성적이에요." 그녀가 대꾸했다. "몇 달 만에 처음으로 난 이성적이에요."

“음, 당신은 그걸 멋들어지게 보여 주는군.” 그가 응수했다. 그는 갑자기 울분이 몰려왔다. 절제하고 있었지만 터져 버릴까 두려웠다. 그래서 문으로 향했다. “제발, 이제 최선을 다해 봅시다.” 그가 힘겹게 덧붙였다.

긴장한 탓에 그는 테이블에 걸려 비틀거리다 커피세트를 담고 있는 빨간 가죽 상자를 넘어뜨렸다.

“미안.” 그가 말했다. 몸을 구부려 은 식기를 집어서 케이스에 넣고, 현관으로 걸어가 문을 닫고 나갔다.

3장
위대한 도시가 위대한 고독이 되다

켐퍼가 나가고 로라는 그가 떠난 곳에 그대로 서 있었다. 날카롭게 현관문이 닫히는 소리에 안도의 한숨을 내쉬었다. 마치 그녀가 견뎌 온 고문이 잠시 멈춘 것처럼. 그러고는 첫 행동으로, 혼란스런 생각을 정리할 요량으로 방을 쭉 훑어보았다. 늘어선 결혼 선물들이 눈에 들어왔다. 로라는 극도의 공포를 느끼며 얼굴 표정이 다시 변했다. 켐퍼가 다가올 때 그녀를 벽에 웅크리게 했던 그 공포였다. 로라는 여전히, 그의 눈에서 타오르던 경멸의 빛, 그 빛에 드러난 자기 자신을 보았다. 지금 드는 생각은 그 표정이 보이지 않는 곳으로 도망가는 거였다. 정글 속 야생 동물의 본능 같은 탈출 본능으로 로라는 흔들렸다. 머리부터 발끝까지 바들거리며 서 있었다. 어디로 갈지, 탈출을 한들 무슨 소용이 있을지 몰랐지만, 그녀는 침실로 들어가 허둥허둥 산책 복장을 갖춰 입기 시작했다. 베일을 질근 묶고, 옷장에서 조그만 검정 백을 꺼냈다. 그때 귓가에 울리는 어떤 낯선 음성처럼 자신의 목소리가 들렸다. 조금 전에 켐퍼에게 했던 말을 되풀이하고 있었다. "아니, 아니, 난 할 수 없어요. 불가능해요!" 로라는 이 말을 여러 번 반복해 말했다. 이 말은 가슴에 단념의 용기를 불어넣어 주었다. 그녀 앞에 놓인 단계로 나아가기 위해서는 이 용기가 필요했다. 로라는 문을 닫고 나가 거리로 내려갔다. 여전히 반쯤 큰 소리로 되뇌고 있었다. "아니, 아니, 불가능해요."

어스름은 이미 내려앉아 있었다. 그녀 앞 어둑어둑한 도시의 불빛들은 어렴풋이 빛났다. 지붕 꼭대기 위로는 마차부자리*가 동쪽으로 더 높이 달려가고 있었다. 얼굴에 찬 공기가 닿자 로라는 힘이 솟는 기분이었다. 그녀를 감도는 바람 때문인 듯싶었다. 로라는 하염없이 거리를 걸었다. 끝까지 걸어도 여전히 어디인지 알지 못했다. 생각이 그것을 억누르던 제약에서 탈출해 머릿속에서 난리법석을 일으키고 있었다.

"그는 왜 나를 그렇게 보았을까?" 로라는 혼자 물었다. "나는 그 표정 때문에 멀어졌어. 그건 그와 나 자신을 증오하게 만들었지." 그녀가 사랑하는, 그의 다른 표정을 떠올리려 해 보았다. 하지만 성난 표정만 떠올랐다. 그녀가 고백했을 때 그가 지었던 성난 표정.

---

* 마부 모양의 별자리

이제 생각해 보니 오직 죽음만이 자기를 결혼에서 해방시킬 수 있을 것 같았다. 가능한 죽음의 여러 방식이 외부 압력과 더불어 그녀에게 밀려왔다. 거리에서 뭉그러질 수 있을까? 강이 나올 때까지 걸을까? 하지만 다른 접근 방식이 보였다. 너무 무시무시한 방식이라 끝을 보기 위해 그 방법을 선택할 만한 용기를 불러 모을 수 없었다. '그렇지만 난 결코 다시 돌아가지 않을 거야.' 로라는 생각했다. '그는 나를 사랑하지 않아. 그 자신이 스캔들에서 벗어나고 싶을 뿐이지. 나를 사랑했다면 그런 식으로 나를 쳐다볼 수는 없어. 내가 그를 사랑한 건 3주 전이야.' 이제 사랑은 끝이 났다. 로라는 그 기억을 참을 수가 없었다. 하지만 사랑이 있던 자리가 너무 크게 공허해 죽음만이 유일한 출구 같았다. "그를 증오하면서도 그가 없이 사는 건 불가능해 보인다." 로라가 말했다.

하지만 다음 순간 그의 얼굴을 떠올리려 하자 오직 페리와 공교로이 닮은 면만 생각났다. 난롯가 깔판 위에 서서 화난 당혹감에 콧수염을 잡아당기던 그의 모습이 보였다. 그가 했던 말이나 목소리의 어조, 그녀 자신의 감정은 기억에서 흐려졌다. 마치 두터운 어둠이 그것들을 쓸어버린 것 같았다. 그 깊숙한 번민의 시간에서 건질 수 있는 것이라고는 의미 없는 몸짓과 그의 외투에 달린 하얀 장미꽃 봉오리뿐이었다. 로라가 경험한 것은 그녀 내면의 것이, 그녀 자신이, 죽어 가는 고통이었다. 지금은 열정과 생生이 날아가 버린, 텅 빈 형체만 남았다. "나는 겨우겨우 기억하는 것뿐인데, 어떻게 이게 큰 차이를 만들 수 있을까?" 로라는 물었다. 그 순간 한 존재에게 무슨 일이 일어나든 아무런 의미가 없는 것처럼 보였다. 큰일이든 작은 일이든 차이가 없었다. 그리고 감정의 기억은 몸짓의 기억보다 더 빨리 흐릿해졌다.

로라는 모퉁이에 잠깐 멈춰 섰다. 전등 불빛 아래로 움직이는 얼굴들을 유심히 관찰했다. 그러고는 이내 궁금해졌다. 이 무리의 남자, 여자 들은 사랑하면서 증오하고 있을까, 아니면 사랑과 증오로부터 탈출하려고 할까? 빨간 넥타이를 맨 뚱뚱한 남자, 자줏빛 코트를 입은 예쁜 여자, 무거운 꾸러미를 나르는 핼쑥한 소녀, 짐짓 흡족한 듯 걸어가는 어깨가 굽은 회사원. 지나가는 한 사람 한 사람을 로라는 보았다. 일부는 그녀 내면의 빛에서 또 일부는 외부 눈부신 불빛에서 나오는 괴기한 선명함 속에 그들의 숨은 생각들까지 보았다. '빨간 넥타이 남자는 돈을 벌어서 기분이 좋고, 예쁜 여자는 사랑을 받아서 행복하다. 하지만 핼쑥한 소녀와 어깨가 굽은 회사원은 불쌍하구나. 그들에게는 사랑도 없고 돈도 없다. 그것들이 얼마나 가치 없는 것인지 그들은 깨닫지 못했지.'

로라는 한동안 그들을 보았다. 밖으로 보이는 그들의 삶에 흥분하여 로라는 자신의 불행을 잊을 뻔했다. 그러다 갑자기 피곤이 몰려왔다. 로라는 돌아서서 이미 어둠이 짙게 깔린 거리로 들어섰다. 팔짱을 끼고 걷는 한 쌍의 연인이 다가왔다. 하지만 로라는 그 모습에 짜증이 나, 다음 모퉁이에서 다시 방향을 틀었다. 집에 가야 할지 말아야 할지 그녀는 자신에게 물었다. 돌아가서 거티가 설득하는 것을 듣고, 로자 고모에게 야단맞으며, 켐퍼가 흡족해하는 꼴을 보느니, 차라리 이 길거리에서 죽는 게 나을 것이다. 어둠 속을 빠르게 걸으며 마치 눈으로는 뒤를 돌아보는 것처럼 로라는 과거를 또렷이 보았다. 가파르게 위로 향하는 영혼의 길이 시야에 들어왔다. 그리고 그날이 생각났다. 그땐 신의 손 안에 그녀의 운명이 설계된 듯 보였다. "이게 신이 의도한 것일까?" 그녀가 따져 물었다. 질문에 대한 답은 없었다. 그래서 그녀는 다시 묻고, 더 격렬하게 또 물었다. "아니, 어쩌면, 결국 신은 없는지도 몰라."

로라의 입술에서 흐느낌이 터져 나왔다. 지나가던 경찰은 그녀에게 흘긋 의문의 시선을 던지더니 이내 경의를 표하고 가던 길을 갔다. 거리에서 놀던 한 아이는 달려와 돈을 구걸했다. 로라는 웃으며 백을 열어 은빛 동전을 하나 주었다.

"감사합니다." 아이는 인사를 하고 다시 그림자 속으로 뛰어갔다. 그녀의 눈은 아이를 따라갔다. 아이는 서둘러 길을 건넜다. 그러고는 반대편 인도에서 숯불에 밤을 굽는 이탈리아인에게 손바닥을 펼쳤다.

어둠이 더 무겁게 내려앉았다. 로라는 어딘지도 모른 채 거리를 빠르게 걸었다. 신경과민으로 불끈했던 기운은 떠나고, 그녀는 기진맥진해 곧 부들거리기 시작했다. 마지막으로 다시 한번 자신에게 물었다. '집에 가서 로자 고모와 거티를 마주하고, 사흘 후에는 켐퍼와 결혼하는 게 가능할까?' 로라는 이 상황에 환상적인 유머가 떠올라 입가에 웃음이 어렸다. 탈출의 절망에 부딪혔을 때면 결혼에 대한 논쟁은 하얀 새틴 상자의 웨딩드레스와 은제품 케이스 형태로 다가왔다. 오후 내내 로자 고모는 빈방에서 식탁보를 씌운 테이블에 있던 이 은제품을 정리했다. 로라는 그것을 알고 있었다. 노부인의 생기 넘치는 동작, 각 선물의 가치를 가늠하는 세심한 눈빛, 중요도에 따라 모둠 지으며 짓는 인정의 표정이나 경멸의 표정을 똑똑히 볼 수 있었다. 그리고, 켐퍼가 떠올랐다. 그 선물들을 어떻게 해야 할지 난감해하는 모습, 그것들을 돌려줄 생각에 낙담하고, 사회 통념에 따라 '활자화되는 것'을 걱정하는 모양새. 그 그림을 떠올리자니 로라는 입가에 웃음이 미친 듯이 퍼졌다. 이 모든 게 얼마나 추잡한 일인가! 은제품의 전시, 로자 고모의 꾸짖는 듯한 익살스런 가면, 콧수염을 당기며 난롯가 깔개에 서 있는 켐퍼, 이 모든 것이 뒤섞여 그녀 앞에 놓인 거리 위에, 침침한 불빛의 거리 위에 소용돌이쳤다. 무릎이 후들거렸다. 이 무력함이 계속되자, 돌아가 몸을 따뜻하게 하고 자신에게 강요된 것에 굴복하는 편이 좋을 듯싶었다. 무력함에 빠진 그녀의 육체는 항복했었을 것이다. 하지만 몸의 충동이, 자포자기한 뒤에도 육체보다 강력한 무언가가, 그녀가 오랫동안 거부했던 그 영혼이, 싸움을 계속했다.

홀연히 불빛이 눈앞에서 뿌예졌다. 고개를 들어 보니 그곳은 선착장이었다. 근처 공장에서 나온 사람들이 막 출발하려는 배의 열린 문으로 바삐 승선하고 있었다. 로라는 안으로 들어가 표를 사고, 트랩으로 돌진하는 사람들을 따라갔다. 어디로 가는지 전혀 알지 못했다. 몇 분 후 배가 건너편으로 다다랐을 때 그녀는 다시 무리와 함께 나갔다. 그러고는 확 트인 시골처럼 보이는 곳으로 방향을 틀었다. 지평선의 더 넓은 공간으로 생각이 내달리는 것처럼 로라는 더욱 빠르게 걸었다.

처음에는 횡렬로 늘어선 거리들이 나타났다. 주택들 사이로 군데군데 상점이 있고, 공장을 나온 노동자 무리들은 인도에서 빈둥거리고 있었다. 빨간 드레스를 입은 곱사등 여자애는 로라 앞의 도로를 가로질러 뛰어가, 핑크 캔디, 하얀 캔디가 전시된 윈도 앞에 서서 감탄을 쏟아 냈다. 다른 아이가 그 아이 옆에 붙었다. 둘은 유리창 뒤에 배열된 근사한 작은 종이 상자, 진한 색상의 사탕들에 대해 떠벌렸다. 로라는 걸음을 멈추고 숨을 헐떡이며 그 아이들을 보았다. 이 상황의 하찮은 것들은 하나같이, 크든 작든, 다른 모든 일과 동등한 가치를 갖는 듯했다. 인생의 높은 가치에 대한 인식은 그녀가 경험한 사건들로 인해 몹시 뒤틀어졌다. 덕분에 자신이 불행하게 행복을 뒤쫓는 것이 곱사등 아이가 사탕을 고르는 것보다 더 중요해 보이지 않았다. 로라는 진정 자신의 감정에 더 이상 신경 쓰지 않았다. 하지만 그 불구 아이에게 아련히 호기심이 일었다. 외투를 두른 듯한 신체 모양 때문에 아이의 인생은 완전히 일그러졌을까? 이 생각이 들자 로라는 아이의 옆에, 몸의 불구이든 운명의 불구이든 그것으로 학대받고 비참해진 모든 사람들 옆에, 서 있고 싶었다.

아직 마음에 가여움이 있을 때 로라는 켐퍼를 처음 만났던 날을 떠올리려 했다. 그러나 그가 말하면서 분노로 벌겋게 달아오른 것, 햇빛을 받아 관자놀이에 회색 머리카락이 드러난 것만 생각이 났다. 외모는 그녀의 사랑에 별 의미가 없었지만 지금 그에 대한 기억이 연상시키는 것은 그것뿐이었다. 삶과 색깔로 기억을 만드는 열정이 사라진 후에도 시각적 기억은 그대로 남아 있었다.

로라는 아이에게서 관심을 떼고 다시 발걸음을 옮겼다. 얼마 후 이곳저곳 흩어진 집들을 지나 훤히 트인 길로 나왔다. 별빛 아래 삭막하고 하얗게 보이는 길이었다. 로라는 머리 위를 보며 계속 걸었다. 고독한 하늘에서 내려온 완전무결의 고요함으로 물끄러미 창공을 바라보았다. 이윽고 거리의 먼지

속에서 들쑥날쑥한 지평선 위 멀리 은은히 반짝이는 플레이아데스 별들을 응시했다. 발이 아팠다. 불현듯 별들 사이 빈 공간으로 머리가 핑 도는 것 같았다. 거기에 서서 로라는 자신과 하늘 사이를 가로막는 것은 오직 자기 몸뿐이라고 느꼈다. 그걸 제쳐 두고는, 여기든 저기든 그녀는 자신의 영혼과 신을 되찾지 못할지도 모른다.

로라는 다시 움직였다. 이번에는 팔과 다리가 더 이상 힘을 쓰지 못했다. 걸음걸음마다 분투하며 도로의 모퉁이까지 갔다. 의식에는 쉬고 싶은 욕망만 남았다. 로라는 육체 고통에 힘겨워하며 주변을 둘러보았다. 길가에서 떨어진 나무들 사이로 집 한 채가 보였다. 희끄무레하게 칠을 한 대문을 지나 작은 길을 따라 올라갔다. 문에 노크를 하고, 바들거리며 현관 앞에 서 있었다.

4장
진정한 사랑은 진정한 섬김이다

로라가 결혼하기로 했던 날 저녁, 애덤스는 평소처럼 서재로 가 책상 위 초록 램프를 켰다. 하지만 마음은 로라가 묘연히 사라진 것에 대한 생각으로 가득 차 심란했다. 그렇게 보이지 않으려고 애쓰는 게 너무 힘들었다. 로라의 파혼과 도피의 소식을 접하고, 애덤스는 그녀를 찾는 데 사흘을 보냈다. 성과는 없었다. 그래도 희망을 놓지 않았다. 밤에는 억지로라도 긴장을 풀어야 했지만, 괴로운 상상은 이어졌다. 얼마나 외로울까. 그녀는 너무나 멀리 있으면서도 실제로는 무척 가까이에 있었다. 거티에게서 그녀가 사라졌다는 소식을 들은 순간부터 그녀와의 관계에 있어서 애매함은 완전히 사라졌다. 그녀가 사무실에 들렀던 것을 생각하며 애덤스는 자신을 나무랐다. 그때 직접 결정하지 못했기 때문이다. 외적인 면에서 볼 때 그에게는 별로 영향을 미치지 않을 결정이었는데.

오늘 밤은 그 외적인 면마저도 아무 의미가 없었다. 그 마지막 날, 애덤스는 인습의 얇은 표면 밑을 꿰뚫어 보았다. 그녀가 감히 말할 수 없었던, 고통스런 가슴속 씁쓰레한 환멸의 스토리를 그는 모두 읽었다. 상상 속의 로라는 켐퍼의 모습 위에 이상적인 연인을 창조했다. 그것을 깨달았을 때 로라는 거짓으로부터 돌아선 게 아니라 진실로부터 돌아선 것이었다. '내가 사랑한 건 그가 아니었지만, 그래도 그를 사랑할 거예요!' 로라는 오랜 허위의식에 종속되어 가슴으로 소리쳤다. 잘못된 이상일지라도 그것에 충실한 것은 약점이 아니라 미덕이라는 여자들의 신념. 하지만 결국 로라는 높은 품성과 낮은 품성 사이에서 최종 선택한 것으로부터 도망갔다. 자기 영혼은 앞에 놓인 진실의 길로 분명히 나아가고 있는데, 어떻게 그녀는 거짓으로 살 수 있었을까?

애덤스는 의자에서 일어나 몇 분간 방을 위아래로 빠르게 걸었다. 오늘은 그녀가 얼마나 멀리, 아니 얼마나 가까이에 있을까? 고난 속에서 그녀는 그를 기억할까? 가장 끔찍한 시간에 신은 그녀에게 모습을 드러낼까? 끝에 가서는 그녀가 구원받을 것이라고 그는 굳게 믿었다. 그래서 질문을 하면서도 마음속으로는, 그녀는 마지막 날에 '인내를 통해 구원받는 영혼들' 중 하나일 거라고 생각했다. 책상 위 그녀 사진에 눈길이 갔다. 그러고는 코니의 사진으로 시선을 돌렸다. 코니의 사진은 신혼 때 놓아두었던 곳에 그대로 있었다. 코니, 그리고 그녀와 함께 보낸 삶은 반쯤 잊힌 꿈 같았다. 하지만 되돌아보건대, 결혼의 냉혹한 실패 속에서 정말 자신이 힘을 얻지 못했는지, 코니에 대한 이해가 자라지 않았는지 명확히 말할 수는 없었다. 기억이 그 마지막 오후에 이르자 모든 것이 부드러워졌다. 그들이 코니의 머리를 옛날 아이들처럼 앞머리를 뒤로 넘겨 곧게 빗질을 해 주었다. 그러자 그녀의 얼굴에서 부끄러운 경험의 당혹스러움이 사라졌다. 그 순간, 임종 전 마지막 시간에 한 영혼이 거듭났음을 그는 알았다. 신성한 빛의 한 줄기 광선이 두터운 어둠을 물리치고, 그녀의 눈먼 눈이 영원히 닫히기 전에 1분 동안 열렸다. 그 1분이, 그가 겪었던 심장의 떨림과 머릿속에서 전투를 벌여 얻은 힘겨운 소망의 값어치를 충분히 하지 않았던가? 인생의 조화를 단지 한 번 얼핏 보았지만, 그녀 영혼은 눈 깜빡할 찰나에 성숙에 이르지 않았던가? 그건 신이 애덤스의 동정심을 통해 그리고 코니의 마음에 깨어난 감사를 통해 영향을 미쳤기 때문이었다. 애덤스는 자신이 깨달은 깊은 통찰력으로 탐욕의 비극을 되돌아보았다. 그 영혼은 육체를 통해 교화하려고 올라선 가파르고 험한 길을 분별할 수 있었다. 그리고 여기 이 일이 그런 거라면, 이런 추함 속에 아름다움을 찾을 수 있었다면, 이것은 인간 노력 전반에 폭넓게, 똑같이 걸쳐 있는 게 아닐까? 남자의 눈을 뜨게 하라, 그러면 깊은 굴욕 속에서도 영혼의 내면을 보고 신을 발견하리라.

자기 삶이 이것을 몸소 증명하지 않았던가?

그리고 로라는? 애덤스는 가슴이 애정으로 넘쳤다. 자기 운명이 그녀의 운명과 하나라는 대담한, 신비에 가까운 확신을 느꼈다. 이 확신이 커 가는 가운데, 믿음에 대한 가련하고 비겁한 부정不正처럼 돌연 근심이 나타났다. 그리고 그녀가 평정을 되찾는 길을 평탄하게 하기 위해 그의 의도를 내보여야만 한다는 필연성에 휩싸였다.

방이 따뜻해졌다. 애덤스는 창문을 열고 서서, 지붕 꼭대기 너머 도시 위에서 흐릿하게 비추는 별들을 보았다. 거리의 소음은 그의 귀에서 점점 희미해져 갔다. 거기에 서서 별들을 응시하며 화해의 기쁨에 젖어 이렇게 말할 수 있었다. 별들이 끝까지 찬연하게 움직이는 법칙은 그의 인생과 로라의 인생을 지배하는 법칙이다. 이제 그는 불멸에 대한 믿음보다는 감각이 있었다. 정통 지식에 가까운 감각이었다. 아무튼 사는 동안, 그 주어진 시간 안에서만 사는 것이 아니라 영원 속에서 살았다. 평온을 얻는 문제라면, 그것은 영혼 안에 삼라만상이 살아 있음을 확실히 믿는 것에 달려 있었다. 오늘이나 내일, 지금이나 영원 속에, 신이 어디에 있든지 그곳에는 항상 죽지 않는 생명이 있음을 그는 보았다.

애덤스는 방으로 돌아서며 로라가 그리워 다시 사진을 보았다. 아직 단념이라는 생각에서 풀려나지 못한 그리움. 지금껏 그녀 없이 지낼 만큼 그는 강했다. 지금 그것을 되새기면서도, 기회를 갖지 못한 사랑에 대한 보상 심리로 더욱 폭넓게 동정하고 있음을 그는 또다시 인정했다. 1년 전 그가 자신에게 말했던 행복은 소유나 사건의 경로와는 무관했다. 다만 오늘 밤에는 깊은 순정으로 그녀를 생각하며 가슴을 조였다. 그 순정으로 인해, 실제로 이 방에, 그의 앞에 그녀가 나타날 것 같았다. 그녀를 향한 사랑은, 일부는 신을 향한 사랑이고, 또 일부는 슬픔, 씁쓸한 인내, 포기, 그리고 좌절의 고뇌와 깨달음에서 솟아난 연민이었다. 슬픔, 그는 아직 그것을 느낄 수 있었다. 어쩌면 인간의 가장 심오한 비탄은 내일 그의 몫이 될 것이다. 하지만 그의 영혼에 이 약해지지 않는 빛이 지속되는 한, 그는 결국 그 빛을 극복해야만 하는 운명이었다. 이 인식만으로도 그는 기어이 고통을 지나 기쁨과 자유가 있는 영혼의 열린 공간에 도달했다.

종소리에 흠칫 놀라 애덤스는 망연자실에서 깨어났다. 무슨 일인가 궁금한 마음에 서둘러 문으로 갔다. 한 남자아이가 조그맣게 접힌 종이를 내밀었다. 종이를 펼치는 그의 손이 떨렸다. 그는 글을 읽기도 전에 로라에게서 요청이 왔음을 알았다.

"친구가 필요해요. 나를 도와주실래요?"가 그녀가 쓴 전부였다.

애덤스는 남자아이에게 들어오라고 손짓을 했다. 아이는 미심쩍이 서서 애덤스가 외투 입는 것을 쳐다보았다.

"나랑 같이 갈래?" 애덤스가 물었다.

목에 두른 자줏빛 손수건을 당기며 소년이 고개를 끄덕였다. 그는 발육이 부진하고 빈혈이 있는 듯한 생김새였지만 명랑한 떠돌이같이 추레한 외투를 입고 있었다. 입 안 가득 껌을 씹다가 말을 할 때면 볼 쪽으로 밀었다.

"여기서 머니?" 애덤스는 약간의 정보라도 얻고 싶은, 지푸라기 잡는 심정으로 물었다.

소년은 중요한 사람처럼 보였다. 거의 신비롭기까지 했다.

"네." 그가 답하고 이내 덧붙였다. "그분은 선착장 건너편에 있어요."

"그 숙녀 말이니?" 애덤스가 문을 열었다. 인도로 급히 내려가 모퉁이에 서 있는 택시를 불렀다.

"그분은 사흘을 거기에 있었고, 너무 피곤해서 움직일 수가 없대요." 애덤스를 따라 택시에 오르며 소년이 답했다. "멋진 숙녀분이시죠." 그가 한 눈을 깜빡이며 평했다.

"음. 이제 괜찮을 거다. 내가 너에게 빚을 졌구나." 애덤스가 말했다. 그러나 더 이상 그는 묻지 않았다. 그들이 배에 올라 나란히 앉고 나서야, 그는 다시 로라의 도피에 대한 비근한 사실을 캐물었다.

시내를 관통하고 시골 길을 따라 걸으며 애덤스는 로라가 심신이 지친 상태로 소년의 집에 왔다는 걸 알게 되었다. 그래서 그날 밤 그들은 그녀를 거두어야만 했다. 다음 날 소년의 어머니는 로라의 모습과 그녀가 제시한 돈에 마음이 끌렸다. 로라가 며칠 더 머물고 싶다고 하자 그 연상의 여자는 기꺼이 허락했다. 애덤스는 지난 이야기를 어렵사리 캐물어 듣고 안쓰러운 마음이 앞섰다. 그래서 몇 마일을 더 가서 길 끝에 있는 오두막에 닿을 때까지 말이 없었다. 오두막은 길가에서 떨어진 나무들 사이로 보였다. 휑뎅그렁한 가지들 사이로 불이 켜진 창이 하나 있었다. 내부가 훤히 보이는 곳에 선 애덤스는 음울한 한 형상을 보았다. 가슴이 쿵쾅거렸다.

소년이 대문을 뒤로 밀었다. 애덤스는 좁다란 길을 따라 안으로 들어갔다. 집으로 들어가, 그가 보았던, 로라가 서 있던 방의 문을 열었다. 로라는 거기 램프 빛 속에 움직임 없이 가만히 있었다. 그가 그녀를 향해 서자, 그녀는 눈을 들어 무언의 저항으로 그를 노려보았다. 절망의 외적 표현이었다.

"당신이 나한테 공평했다고 생각해요, 로라?" 부드럽지 않고 근엄하며 꾸짖는 듯한 얼굴로 애덤스가 물었다.

로라는 눈길을 내리지 않고 그를 보며 머리를 흔들었다.

"어쩔 수 없어서 당신을 오라고 한 거예요. 난 갈 곳이 없어요." 그녀가 말했다.

"당신은 나한테 공평했다고 생각해요?" 애덤스가 다시 물었다.

"당신요? 오늘이 오기까지 당신을 생각해 보지 않았어요." 로라가 대답했다. "어디론가 가야겠기에 이곳으로 온 거예요……

어디든 상관없었죠. 너무 피곤해서 더 이상 걸을 수가 없었어요. 이분들이 나를 잘 대해 주셨어요."

"우리가 사흘 동안 당신을 찾아 헤매게 내버려 두고." 절제된 음성이었다. 하지만 애덤스는, 물결 모양으로 풀어진 머리카락 사이의 비쩍 마른 얼굴을 물끄러미 보면서 애절한 비통함 속에 마음이 풀어졌다. 로라의 몸에는 피가 한 방울도 남아 있지 않은 듯이 보였다. 너무 창백해 빛이 그녀의 일그러진 형체를 통과해 비출 것 같았다.

"그래요, 사람들이 나를 찾아 다녔군요?" 로라가 말했다. 그렇지만 그리 관심이 있어 보이지는 않았다.

"뭘 기대했어요?" 애덤스가 되물었다.

"하지만 저는 발견되고 싶지 않았어요…… 차라리 행방불명인 게 좋았어요." 로라가 답했다. 그녀는 그로부터 움츠리며 창가로 가 섰다. 알 수 없는 충동에 이끌리어 그들 사이에 그 방의 공간을 놓는 것처럼 그녀는 유리창에 몸을 기댔다. "지금도 돌아가지 않을 거예요…… 돌아가지 않아요." 그녀가 고집스럽게 말했다.

애덤스는 방 안으로 들어서고, 문을 닫았다. 뒤로 문에 기대어 서서 미소를 지으며 그녀를 보았다. 보일 듯 말 듯한 차분한 미소였다.

"내가 돌아가자고 말하는 건 아니잖아요?" 애덤스가 대꾸했다. "이곳이 좋으면, 누가 뭐래도 머물 수 있을 거예요." 투박하게 가구를 갖춘 작은 방을 슬쩍 둘러보았다. 크레용으로 그린 싸구려 인물 그림들이 걸려 있었다. "그렇지만 이런 환경에 적응하기가 쉽지 않을 거 같군요." 살짝 장난스럽게 그가 말했다.

로라가 머리를 흔들었다. "다른 사람들이 그렇듯, 나도 괜찮아요."

"그리고 여기 사는 사람들은요? 이 사람들은 어떻게 하죠?"

"나는 이 사람들이 좋아요. 땅에 무척 가까운 사람들이죠." 로라가 대답했다. "이들은 다른 사람을 괴롭히는 문화나 개인성, 관습의 겉치레가 없어요…… 정말 어떤 유의 겉치레도 없죠."

"음, 매우 흥미롭군요." 애덤스가 웃으며 평했다. "하지만 상식적인 예의 차원에서 나에게 한마디 정도는 보낼 수 있지 않았을까요?"

"한순간도 당신을 생각한 적이 없었어요." 로라가 대답했다.

"당신은 평생 내 생각을 해 보지 않았다……." 그가 반박했다. "근데 당신이 켐퍼를 생각하느니 나를 생각하는 게 나을 거라고 내가 말할 때…… 신은 알겠죠, 나는 가식적으로 허풍 떨지 않아요."

더 심약한 남자라면 그 이름 부르는 것을 주저했을 것이다. 하지만 그녀를 구하기 위해서는 부드럽게 다가가서는 안 된다는 것을 그는 단번에 깨달았다. 말이 흩어진 후 그는 입술을 꼭

다물었다. 메스를 든 의사처럼.

"그에 관해서는 말하지 말아요." 로라가 예민하게 소리쳤다. "난 잊어버렸어요!"

되돌아온 고통 속에 그녀의 눈이 그에게 매달렸다. 단지 이 고통을 통해서 그는 생에 대한 그녀의 의식을 불러오고 싶었다.

"이렇게 잊어서는 안 돼요." 애덤스가 대답했다. "당신은 겁쟁이가 아니에요. 하지만 비겁한 방식을 택했죠. 가슴으로 진실을 인정할 만큼 강해지지 않고서는 망각이란 없어요. '끝장이 나는 실수라는 건 없어요. 당신을 파괴할 만큼 강력한 잘못은 존재하지 않죠.'"

"하지만 내 가슴에는 진실이 없어요." 은연중에 힘을 얻어 그녀가 대꾸했다. "모두 거짓이에요. 나는 전부 거짓이에요. 이제 신경 쓰지 않으니, 상관없어요. 관 두껑을 닫아야 사람이 죽는다고 생각하곤 했는데, 이제는 알아요. 움직이고 돌아다니고, 심지어는 웃고 다른 사람들처럼 행동해도 죽어 있을 수 있다는 것을. 그중에도 이미 죽어 있는 사람이 있겠죠. 그리고 나는 서서히 죽지 않았어요." 사사로운 감정이 섞이지 않은 막연한 관심으로 그녀가 말을 이었다. 그 초연함이 그에게는 마치 정신착란처럼 느껴졌다. "나는 1년에 걸쳐 죽은 게 아니에요. 한순간에 죽었죠. 한 순간에는 당신이 지금 살아 있는 것처럼 생생하게 살다가, 다음 순간에는 이미 수 세기 전에 묻힌 것처럼 나는 죽었어요."

"누구 때문에 그런 건가요?" 입술이 하얘지며 애덤스가 물었다.

"오, 그 사람 때문이 아니에요…… 이게 운명이죠." 로라가 차분히 계속했다. "그는 어쩔 수 없었어요. 나도 마찬가지고…… 누구도 어찌할 수 없어요. 이해하겠어요?" 맑은 정신을 되찾으려는 것처럼 그녀가 물었다. 하지만 그 정신은 늘 멍한 의식 뒤에 숨어 있는 듯했다. "우리는 모두 철사에 매달린 인형 같죠. 가장 센 철사는 우리가 가야 할 방향으로 우리를 끌고. 내가 전에는 이걸 몰랐다는 게 의아해요. 지금은 너무나 자명해 보이니까. 영혼도, 포부도, 선악에 대한 동기도 없어요. 스스로 움직이는 체하면서도 어차피 우리는 매달린 줄에 따라 움직이니까."

"그래요, 하지만 지금은 줄에 매달린 내 차례예요." 애덤스가 미소 지으며 대꾸했다.

그 말에 로라는 다소 심하게 흐느꼈다. 눈물이 흐르지는 않았다. 눈물의 연약함은 없었다. "누구도 무언가로 비난받을 필요는 없어요." 로라가 되풀이했다. 그녀는 여전히 켐퍼를 공정하게 대하려고 막연히 애쓰고 있었다.

그녀의 얼굴이나 음성 이상으로, 그녀의 이성은 애처롭게 탐색하고 있었고, 이에 애덤스는 뜨거운 연민이 일었다. 그녀를 보면서 그녀의 냉담에도 불구하고 품에 안고 싶은 충동이 일었지만, 저항했다.

“로라, 당신은 무엇 때문에 이렇게 고통받고 있나요?” 그가 물었다.

하지만 그의 말은 그녀에게 아무런 인상을 주지 못했다. 그녀를 싸고 있는 죽음의 겉껍질을 뚫을 수 없기 때문이었다.

“당신은, 수치심을 느끼는 게 어떤 건지 아세요?” 문득 로라가 물었다. “한 번 떨고 지나가는 것이 아니라 당신이 사는 매 순간 안정된 상태에서 수치심을 느끼는 것이? 몸의 모든 감각이 수치라는 이 하나의 감정으로 합쳐지는 게 어떤 건지 알아요? 마음과 가슴과 영혼뿐 아니라 눈과 손과 발이 창피한 거? 난 이것만 아니라면 모든 것을 참았을 거예요.” 유리창에 더욱 가까이 기대며 로라가 말을 맺었다.

애덤스는 분노에 가까운 탄식을 터트렸다. 그러고는 마치 강압적으로 그녀의 이성을 되찾아 오려는 것처럼 그녀가 서 있는 곳으로 다가가 어깨 위에 손을 얹었다. 하지만 그 움켜쥔 손은 닿자마자 힘을 잃고 점점 유연해졌다. 그녀에게서 상처받은 아이가 그저 본능적으로 울부짖는 것 같은 고뇌를 보았기 때문이다. 어깨를 잡았던 손이 팔을 타고 내려가 그녀의 손을 잡았다. 그러고는 허리를 굽혀 그 손에 입을 맞추었다. 그의 손 안에 그녀의 손이 잠잠해질 때까지.

“로라, 내 사랑을 믿어요?” 애덤스가 물었다.

“예, 당신을 믿어요.” 로라가 답했다. “하지만 사랑은 아니에요…… 그건 우리를 움직이게 하는 하나의 줄일 뿐이에요.”

“나에 관해서는 당신이 좋을 대로 믿어요, 당신이 믿기만 한다면…… 그게 내가 부탁하는 바이니까.” 애덤스는 그녀의 손을 놓아 주고 얼굴을 유심히 보았다. “내가 돌아올 때까지 여기서 기다리겠다고 약속해 줘요.”

“난 갈 데가 없어요. 여기 있을게요.” 로라가 대답했다.

안쓰러운 아이 같은 두려움으로 그녀의 시선이 애덤스를 따라갔다. 애덤스는 방을 가로질러 가, 그녀를 혼자 두고 나갔다.

5장
로라와 거티

'그녀에게 필요한 사랑과 에너지를 내가 가졌을까?' 잠시 후 애덤스는 별들 아래를 걸어 돌아가며 자문했다. 그는 나서기 바로 전에 로라를 다시 한번 보았다. 병약하고 절망적인 모습이었다. 핏기가 전혀 없어 빛이 얼굴을 통과해 비추는 것 같았다. 애덤스는 로라가 잃어버린 찬연한 미소를 기억했다. 그 영예로운 여성성은 이제 수치심에 흐릿해졌다. 희열에 찬 어떤 확신이 그의 머릿속에 흘러넘쳤다. 그녀를 향한 열정이 똑같이 강한 기운을 지닌 어떤 감정에 의해 홀연히 강렬해짐을 느꼈다. 그건 무슨 일이 있어도 그녀를 보호하겠다는, 오래전 가슴속에 싹튼 감정이었다.

방에 들어갔을 때 로라는 그를 보고 움츠러들었었다. 그 순간 이후, 애덤스는 자신에게 주어진 사명이나 회복 능력에 대해 한순간도 의심하지 않았다. 이제 이해했다. 그의 모든 경험은 그가 예견하지 못한 이 시간으로 그를 이끌어 왔다. 그가 한

때 얻으려고 버둥거렸던 세상의 성공은 마침내, 단지 좌절이 있는 곳에 그가 희망을 가져다 줄 수 있음을 뜻했다. 코니조차도—그녀의 사랑, 비극적인 과거, 마지막엔 비루하게 그에게 의지한 것도—인간적 계시의 측면에서 이해가 되었다. 코니를 더 깊이 이해하게 되면서 애덤스는 인내에 확신을 갖게 되었다. 그 인내만으로도 로라가 잃어버린 행복을 다시 찾아 줄 수 있을 것이다.

그의 앞에 뻗은 길은 더 이상 아득하지 않았다. 주변에 깔린 어둠과는 달리 그 길에는 어렴풋이 빛이 있었다. 미래에만이 아니라 그가 지나온 사막 지역에도 꽃이 피었다. 비로소 그에게 모습을 드러낸 아름다움은 형태나 생명이 있는 모든 것에—하늘에서처럼 땅에도, 영혼에서처럼 육체에도—있는 아름다움이었다. 창조에는 땅과 육체는 없고 오직 하늘과 영혼만 있었던가? 애덤스는 알았다. 완벽한 계획이란 궁극적으로 일부가 아니라 전체를 위한 것이리는 것을.

선착장을 건너 택시를 잡아타고 거티의 집으로 향했다. 그가 보낸 메시지를 보고 거티는 즉각 내려왔다. 검정과 은색이 어우러진 드레스 차림에 흥분하고 산만한 모습이었다.

"로라 소식 있어요?" 거티가 헐떡이며 물었다. "페리가 나를 저녁에 끌고 가겠다고 해서. 그녀가 아프면, 안 가도 돼요……아니, 가지 않을래요."

"가지 말아요." 애덤스가 대답했다. "아프지는 않아요. 차라리 아프다면 좋겠어요. 나랑 같이 가서 로라를 데려올까요?"

거티는 질문에 대답하지 않은 채 방에서 뛰어나가더니 금세 돌아왔다. 롱코트에 모자를 썼다. 검으면서 은빛 나는 드레스는 롱코트에 가렸다.

"마차가 기다리고 있어요." 거티가 말했다. "우리가 그걸 타죠. 페리는 택시를 타고 만찬에 가라고 하고."

"근데 말이야, 거티…… 이런 젠장…… 그 사람들한테 뭐라 하지?" 애덤스와 악수를 하며 페리가 짜증난 듯 물었다. "평생 변명을 해 본 적이 없어서, 당신도 알잖아."

페리는 눈을 빠르게 껌벅거렸다. 그리고 의자에 털썩 앉아 투덜댔다. 그 순간 거티가 너무 아름다웠기 때문이다. 애덤스나 페리가 전에 본 적이 없는 아름다움이었다. 신비한 아이처럼 거티의 모습이 부드러워졌다. 움츠렸던 꽃망울이 햇빛에 활짝 피는 것처럼 그녀의 영혼이 얼굴에 피는 것을 그들은 보았다.

"당신이 알아서 해요, 달링." 거티가 점잖게 답했다. 거티는 애덤스의 팔에 손을 얹고 계단을 내려가 문 앞의 마차에 탔다. 마차가 멀어지자, 그녀는 다정한 미소를 얼핏 지으며 애덤스를 올려다보았다.

"로라에게는 당신이 있어 정말 다행이에요." 거티가 말했다.

"아니, 당신이 있어서 더 많이 다행이죠."

“이 모든 게 당신이 한 일이잖아요. 나에게 용기를 가지라고 했죠. 그래서 난 용기를 가졌어요. 나한테 비겁하라고 했으면 아마 그랬을 거예요.”

“음, 당신은 그녀를 구원할 수 있을 거예요.” 애덤스가 조용히 대꾸했다.

“로라에게 그게 필요한가요? 그게 뭐죠? 무슨 뜻인가요?”

“아마 오늘 밤에 알게 될 겁니다. 나는 절대 알 수 없을 거예요. 하지만 그게 뭐가 중요하겠어요?”

“오늘 켐퍼를 만났어요.” 거티가 말했다. “그는 그 일에 대해서 끔찍하게, 아주 끔찍하게,” 거티는 말을 찾아 멈칫거렸다. “난리를 쳤어요. 맹세컨대 결단코 자기 잘못이 아니라고 말예요. 자기 잘못이었다면 스스로 목숨을 끊었을 거라고.”

“그랬을까요?” 애덤스가 무심히 되물었다.

“토요일에 유럽행 배에 오른대요. 로라를 찾았다는 소식을 그가 들으면…….”

애덤스는 분노의 탄식을 꽉 물어 삼켰다.

“도대체 그는 이 일과 무슨 관계가 있죠?” 애덤스가 물었다.

“관계가 많다고 사람들은 생각할 거예요. 참, 로라는 만났어요? 어때요?”

“잘 대해 주세요.” 애덤스가 답했다. “그녀는 힘든 지점에 있어요. 엄청난 사랑이 필요할 겁니다.”

"우리가 그런 사랑을 줄 수 있을까요, 당신과 내가?"

"내 사랑은 이미 그녀에게 주었어요. 도움이 될지는 모르지만."

"로라가 켐퍼를 알기 전부터 주었나요?"

"훨씬 오래전에…… 켐퍼나 당신이나 내가 태어나기도 전에."

"로라가 그걸 아나요?"

"몰라요. 하지만 그렇다고 뭐가 달라지겠어요."

거티의 눈은 하늘거리는 빛에 아련히 보이는 별들처럼 아득한 인상을 주었다.

"그런 사랑을 받는 건 어떤 기분일지 궁금하네요." 살짝 부러운 듯 거티가 말했다.

"당신은 그것에 전혀 관심이 없었을 거예요." 찰나의 통찰력으로 애덤스가 답했다. "그런 식으로 당신을 사랑할 남자라면, 당신은 사랑할 수 없었을 테니까."

"나는 산속에서 신을 숭배할 운명이라는 말인가요?" 거티가 물었다.

"어, 그러니까, 그게 정말 신이라면 그럴지도 모르죠!" 애덤스가 웃으며 반박했다.

하지만 거티는 그의 말에 신경 쓰지 않고 추운 것처럼 코트를 여미며 그저 말없이 앉아 있었다. 마차는 선착장에 닿았고, 그들은 건너갈 채비를 했다.

"로라는 이 길을 전부 혼자 간 건가요, 그것도 밤에?" 거티가 물었다.

"어떻게, 왜 그랬는지, 우리가 완전히 이해하기는 어려울 거예요." 애덤스가 답했다. "로라도 자신이 어디로 가는지 몰랐을 것 같아요."

"멀리에서 보면 무의미해 보이는데. 실상, 이건 대담한 탈출이었겠죠?"

"맞아요. 이 일에는 용기가 필요했다고 생각해요." 애덤스가 차분히 대답했다.

거티는 시선을 돌렸다. 탁 트인 시골길을 달려가면서 컴컴한 들판과 별들을 보았다. 마차가 설 때까지 아무도 다시 말을 하지 않았다. 마부가 내려와 방향을 물었다. 이윽고 작은 대문 앞에 마차가 섰다. 애덤스는 거티가 내리는 것을 도왔고, 작은 길을 따라 집으로 안내했다.

"로라는 저 안에 있어요." 닫혀 있는 문을 가리키며 애덤스가 말했다. "그녀를 보면 이해할 거예요."

"당신도 들어갈 거죠?" 거티가 멈칫거리며 물었다.

애덤스는 머리를 저었다. "가슴이 너무 아파서……. 로라가 원하는 사람은 여자예요."

애덤스는 문을 열고 거티를 안으로 부드럽게 밀었다. 그러고는 문을 닫았다.

처음 거티는 연기가 나는 램프 빛에 겨우 어렴풋이 볼 수 있었다. 서둘러 앞으로 나아가자, 로라가 누워 있던 소파에서 일어났다. 그리고 거티를 보기 위해 한 걸음 다가왔다.

“왜 왔어? 너를 원하지 않았는데…… 난 아무도 원하지 않았어.” 로라가 말했다.

로라의 단단한 어투 앞에 거티는 살짝 움츠러들며 가만히 서 있었다. 자신의 화려함이 당혹스러웠고, 친구를 위한 마음에 가슴이 조였다. 위안의 말을 생각해 보았지만 그저 흩어진 텅 빈 어구만 떠오를 뿐이었다. ‘지금 로라에게 말이 무슨 의미가 있을까? 많고 많은 말들 중 어떤 말을 그녀에게 할 수 있을까?’

거티는 무작정 빛을 찾아 더듬는 것처럼 잠시 머뭇거렸다. 반항하고 싶은 마음이 살짝 있었지만 그럼에도 팔을 벌려 로라를 안았다.

“사랑하고 사랑하고 사랑하는 친구야!” 거티는 되풀이해 말했다. 비로소 그녀는 할 수 있는 말을 찾았다.

거티는 여자이고 또 씁쓰레한 우월감이 있었다. 그래서 사랑의 지혜는 힘겨운 삶의 고뇌를 통해 얻어지는 지혜라는 것을 알았다. 철학이나 종교는 지금 아무 소용이 없었다. 이윽고 가슴이 눈물로 뜨거워졌다. 로라가 머리를 들자, 두 여인은 친밀한 교감으로 아무 말 없이 입을 맞추었다.

6장
회복

그 미묘한 영적 죽음—비록 몸은 살아 있지만 그래도 그건 죽음이었다—을 통해 로라는 자신이 지나온 사건들과의 연관성을 하나씩 잘라 냈다. 3개월이 지나고 다시 되돌아보았을 때, 그 사건들은 역사적 사건처럼 확연히 분리되어 멀리 서 있었다. 그녀는 죽었다. 뿐만 아니라 주변의 모든 세상이 그녀에게는 기이한 비현실로 보였다. 얇은 막이 그것을 가리고 있는 것처럼. 애덤스와 거티조차 한갓 숨 쉬는 존재로만 보일 때도 있었다. 그래서 파크로 돌아가는 것은 끝까지 거절했다. 거티의 집에 도착했던 날 밤 로라는 예전 삶과 실제 접촉하는 것으로부터 슬그머니 도망쳤다. 몸은 호흡하고 움직였지만, 영혼은 생기가 없었다. 심지어 감정조차도 그랬다. 감정은 그녀가 하는 말과 동행하지 않았다.

로라는 고모를 만나기를 거부했지만, 처음으로 똑바로 앉을 수 있게 된 날에는 페인 고모부를 불렀다. 고모부는 감정에 북받쳐 그녀의 이마에 입 맞추었고, 로라는 그저 유연하게 응했다.

"아이고, 아이야, 내가 뭐라 했니?" 페인 씨가 차분히 물었다.

"그래서 고모부가 보고 싶었어요." 로라가 말했다. "진정 이해할 수 있는 사람은 고모부뿐인 것 같아서요."

"그렇겠지, 애야."

"고모부도 아름다운 꿈이 있었잖아요. 근데 잘못된 꿈이었죠?"

"꿈이 잘못된 게 아니란다." 페인 씨가 대답했다. "이 세상 것은 환상을 키우지 않아. 싹이 날 때 시들어 버리든지 아니면 통째로 뒤틀려 버리지."

"그래서 결국 추악한 현실만 남는 건가요?"

"현실만 있지. 근데 익숙해지면 꼭 추악한 것은 아니란다. 얘야, 너도 곧 괜찮다는 걸 알게 될 게다."

"아니, 아니에요." 로라가 말했다. "나는 항상 예쁜 거짓말을 하면서 살았어요. 이젠 알겠어요…… 내가 늘 상상했던 것의 출구를 찾아야만 했어요. 그게 얼마나 허식적인지 상관없었어요. 내가 쓴 시는 결코 그 이상은 아니었죠. 전부 남의 글에서 가져온 것뿐이었어요. 살면서 느끼고 싶었던 것들에 대한 흉내였어요. 결코 진심을 담은 문장 하나 쓰지 못했어요."

페인 씨는 로라의 손을 꼭 잡았다. 이것은, 어찌 되었건 간에 그가 변함없이 그녀를 사랑하고 있음을 보여 주는 그의 방식이었다. 이때 로라의 얼굴에 뜻밖의 병약함이 퍼졌다. 페인 씨는 로라를 거티의 손에 맡기고 조용히 밖으로 나갔다. 그들은 각기 다른 길을 통해 결국 인생의 같은 지점에 도달했다. 로라는 손상된 젊음으로, 페인 씨는 아름다운 노년과 좌절된 희망으로.

그해 초에 거티는 로라와 함께 남부로 갔다. 하지만 온화한 공기든, 차가운 공기든 로라에게는 별반 차이가 없었다. 어느 것도 느낄 수 없다고 로라는 말했다. 슬픔의 폭발도 없었다. 거티의 품에 안겨 울음을 터트렸던 날 밤 이후로 로라는 한 방울의 눈물도 흘리지 않았다. 거티가 켐퍼에 대해 들은 것을 얼핏 흘렸을 때, 로라는 낯선 사람의 이름을 듣는 것마냥 공손한 태도로 들었다. 거티가 시키는 대로 로라는 오고 갔고, 인정하고 부정했다. 예전에 가졌던 충동적 기운은 거의 남아 있지 않았다. 로라는 자기가 '돌이 되었다'고 주장했는데, 거티는 간혹 정말 그런가 하는 의구심이 들었다. 로라의 얼굴은 얼어 있었다. 그렇지 않을 때면 조각상의 무정한 미소를 지었다. 행동과 목소리에는 폭석 늙은 늙은이의 냉담한 무언가가 있었다. 더 이상 젊음은 없었다. 중년도 아니었다. 감정뿐 아니라 생의 나이에 있어서도 너무 오래 산 것 같았다.

그들은 4월이 되어서야 다시 돌아왔다. 돌아온 다음 날 아침, 거티는 풀이 죽어 애덤스 사무실을 찾았다.

"로라랑은 아무것도 할 수 없어요. 로라는 돌이 되어 버렸어요.” 거티가 말했다.

“오, 다시 기운을 차릴 거예요.” 애덤스가 답했다. “어디에 있죠?”

“그래머시 파크에 있어요. 로라는 어디에 있든, 로자 고모를 보든 안 보든, 아무런 차이가 없어요. 심지어는 몇 시간씩 앉아서 퍼시벌 삼촌이 플루트 연주하는 것을 들어요.”

“그녀에게는 죽을 맛이었겠는데요.” 애덤스가 무겁게 대답했다. “우리가 할 수 있는 일이 없을까요?”

“없어요. 난 다 해 보았어요. 로라는 완전 돌이 되었어요.”

“음, 그녀가 돌아오게 합시다.” 애덤스가 기운차게 말했다. 하지만 오후에 로라를 만났을 때 얼굴에 굳어 있는 다정함을 보고 그는 엉겁결에 시선을 피했다. 로라는 즐겁게 보이려고 노력하고 있었다. 하지만 그것은 눈사람에 비춘 인위적인 빛을 연상케 할 뿐이었다.

“당신이 남부에서 기운을 되찾았으면 하고 기도했어요.” 애덤스가 말했다. 불현듯 모든 대화들이 이 지상에서 가장 무관한 것들처럼 보였다.

“하지만 나는 튼튼해요.” 로라가 대답했다. “결코 하루도 아프지 않을 거예요.”

“당신에게는 여전히 내가 좋아하지 않는 무언가가 있어요.” 애덤스가 솔직히 말했다.

"당신은, 죽은 사람이 돌아다니는 것에 익숙하지 않다는 걸 알아요." 로라는 웃으며 고개를 끄덕였다. "하지만 익숙해지면, 무척 편해요."

이에 애덤스는 더욱 정감 있는 목소리를 냈었을 것이다. 하지만 그가 처음으로 얼핏 진솔함을 보이자 로라는 거티에게서 배운 냉소적인 장난말로 그것을 회피했다. 애덤스는 이제 그녀의 의도를—그녀에게 어떤 의도가 있다면—분명히 보았다. 그녀는 자신의 지각을 눈앞에 보이는 인생의 표면에 한정하려 했다. 자신이 떠나온 시골의 활력으로, 명랑한 거티와 화창한 날씨의 생기로 그녀는 말했다. 그는 더 진중한 질문으로 이 거침없는 말들의 밑을 파고들려고 했지만, 그저 허울 좋은 상냥한 태도에 다시 저항을 받았다. 몇 마디 평범한 대화를 나누고 그는 최근 몇 달 사이 가장 절망적인 느낌으로 그녀를 떠났다.

시간은 흘렀다. 애넘스는 로라가 인간사에 약간이라도 진지한 관심을 갖도록 애를 썼으나 효과는 없었다. 살아 있으면서도 대리석 상과 이렇게 비슷한 인간이 있을 수 있을까, 그는 아연해했다. 하루하루가 흘러가면서 그는 결국 좌절된 노력에 굴복하고 말았다. 그녀가 대답할 때 짓는 보일 듯 말 듯한 냉소는 어떤 뜨거운 눈물의 통곡보다 슬퍼 보였다. 지금의 로라보다는 그 마지막 오후의 코니가 더 인간적이고 친밀했을 것이다.

봄 내내 애덤스는 거의 매일 로라를 만났다. 6월에는 로라를 거티와 함께 기차에 태워 애디론댁으로 보내고, 마치 얼음 손에 잡힌 것처럼 가슴에 응어리를 안고 돌아왔다. 그는 그녀에게 최선을 다했지만, 껍질처럼 그녀를 감싸고 있는 부자연스러운 다정함의 밑을 말이나 표정으로 파고들지 못했다. 그러다가 가슴이 단단해졌다. 그리고 켐퍼를 저주했다. 그가 죽여 버린 것에 대해, 그를 저주했다.

로라는 숲으로, 초록빛 금빛 나뭇잎 아래로 다시 갔다. 지난 여름과의 연관성은 이상하게도 그녀를 괴롭히지 않았다. 눈에 익은 길과 산들을 보며, 왜 그럴까 그녀는 자문했다. 1년 전이나 한 생애 전이나 지금 그녀에게는 하나같이 똑같았다. 더없이 행복했던 사랑의 시간에 켐퍼와 함께 걸었던 오솔길을 따라 산책하며 고통받지 않는 것이 유감스러울 정도였다. 심장은 망가진 이후로 두근거리는 힘조차 잃어버렸다. 도시에서는 그녀가 주택과 거리의 일부가 되어 버린 것 같았다. 그것들이 삶의 여정에 완벽하게 무관심하듯 그녀도 그랬다. 하지만 여기서는 자연의 심장에 자신의 심장을 맞대며 숲속 다른 생물들과 더불어 고동치고 싶었을 것이다. 하루하루가 지나면서, 지난 몇 달 동안 처음으로 그녀는 새들의 노래나 산에 지는 해거름, 현관 계단 옆에 새로이 솟아나는 꽃에 관심을 갖기 시작했다. 절체절명의 절망에서 매번 감정이 튀어 오를 때마다 심장을 통해

서라기보다는 마음의 눈을 통해서 그녀는 비로소 생과 연결되었다. 거티나 애덤스를 통해서는 교훈을 얻지 못했지만, 주변의 초록빛 자연에서 나는 풍경과 소리를 통해 아름다움에 이르는 깨달음을 얻었다.

어느 오후 거티는 로라를 남겨 두고 떠났다. 마차가 멀어져 가자, 로라는 집 밖으로 나와 햇살을 받으며 숲의 가장자리 길가에 앉았다. 그녀 뒤 숲은 고요했다. 앞쪽으로는 창백한 하늘에 흐릿한 자줏빛 언덕들이 솟아 있고, 그 위로는 하얀 구름이 새들처럼 항해했다. 잠시 시선이 가는 대로 멍한 눈으로 그 풍경을 물끄러미 바라보았다. 하지만 산이나 하늘에서는 아무런 감흥도 일지 않았다. 이윽고 푸근한 땅에 팔을 기대며, 발 옆 모래에 피어난 작은 파랑색 꽃을 보았다. 그녀의 그림자가 옆의 길 위로 늘어졌다. 딱히 의식하지 않는다면 그녀 자신과 그 그림자는 별 차이가 없어 보였다. 그 그림자와 그 꽃이 그러하듯. 심지어 그녀의 사랑도, 그리고 각성도, 그림자 위로 부는 바람이나 꽃에 떨어지는 이슬 혹은 폭풍우보다 더 큰 결과를 가져오지 못할 것이다.

시간이 흘렀다.

로라는 햇빛 가득한 파란 꽃잎을 계속 그대로 바라보았다. 비몽사몽 중에 마음의 눈이 특이하게 깊어지는 것을 점점 느꼈다. 그러더니 그 꽃의 외형뿐 아니라 실체, 영혼까지 눈에 보였다. 그리고 꽃의 실체는 돌연 그녀 가슴속의 죽은 영혼과 만났다. 로라는 다시 그 기운을, 몸 구석구석에 흐르는 생명을 느꼈다. 그 순간, 신성한 부활의 기적으로 옛 삶을 그만두고 새 삶을 얻었다. 그녀가 가졌던 것보다 더 크고 더 충만한 삶이었다. 자신의 내면뿐 아니라 하늘에서, 인격에서, 새들의 노래 속에서, 새 삶을 살기 시작했다. 이 회복된 삶의 황홀함 속에 자기 영혼이 신과 별들과 한 몸이 되는 듯했다. 또, 그 거리의 꽃과 신의 아이와도 한 몸이 되었다. 각기 다른 대상에서 튀어 오른 사랑이 다시 가슴에 흘러넘쳤다. 그리고 그것이 세상의 경계에 닿는 것을 느꼈다.

애덤스가 로라를 다시 만났을 때는 가을이었다. 그는 그녀의 손을 잡으며 바로 변화를 감지했다. 그녀는 외형뿐 아니라 내면의 지성도 되살아나 있었다. 과거의 고뇌를 상기시키는 것들은 모두 더 깊은 진솔함이 되어 얼굴과 머리에 나타났다. 날개처럼 웨이브가 있는 검은 머리는 은빛 파우더로 가볍게 터치를 했다. 그 가려진 기쁨이, 평화를 찾은 영혼의 표현이, 얼굴에 광채를 내며 빛났다. 광채가 밝다기보다는, 그녀가 잃어버렸던 반짝이는 기운보다 더 아름답다고 해야 하리라. 그 경험의 그림자로 생긴 감미롭고 품위 있는—그런 경험이 없이는 외적 아름다움은 언제나 무의미하고 공허한 모양으로만 보였다—여성으로서의 삶과 열정은 그대로였다. 그 순간, 그의 믿음은 영원히 정당화되었다. 그리고 그는 그녀 안의 고결한 영혼을 보았다. 환멸의 비극을 거치며 그 비극의 씁쓸함 없이 그 세력을 없애버린 영혼.

"일을 하고 싶어요. 돕고 싶어요." 처음 숨을 내쉬며 로라가 간절히 말했다. 애덤스는 경이로워하며 다정하게 들었다. 로라는 가난한 사람들을 돕겠다는 정교한 계획을 설명했다. "가난한 사람들이 부자보다 도움이 더 필요해서 그런 건 아니에요." 그녀가 덧붙였다. "내가 손을 뻗을 수 있는 사람들이 가난한 사람들이죠."

애덤스는 고개를 끄덕였다. 그리고 그녀가 생동감 있게 손을 움직이는 것을 보며 미소 지었다. 시 쓰기, 사랑 찾기, 그리고 마침내 소외된 사람들 돕기, 그녀가 지나온 생각이나 감정의 각 단계는 단지 표현을 찾기 위한 영혼의 노력으로 보였다. 이 지상에서 영원한 것을 찾는 열정적 탐색에서 그녀는 자기 안에 있는 것들을 현실에서 밖으로 보이는 형태로만 찾고 있지 않았던가?

"기꺼이 내가 도울게요." 애덤스가 진지하게 대답했다. 하지만 그 진지함을 유지하기는 쉽지 않았다. 그때부터는 로라가 이 재활 운동에 정신을 쏟고 있기 때문이었다. 이윽고 그녀의 모든 존재 양식은 새 관심사를 중심으로 형성되었다. 이에 대해 애덤스는 그녀를 따라가며 그녀의 기질이 다시 떠오르길 초조하게 기다렸다. 그녀를 돌아오게 할 기질의 작용. 계절이 변하고 지구에 봄이 다시 오듯, 분명히 그녀가 돌아올 것이라 그는 직감했다.

크리스마스이브에 로라는 이스트사이드에 거주하는 가난한 사람들을 위해 파티를 주관했다. 그곳을 나오며 로라는 애덤스에게 그래머시 파크 대신 거티의 집으로 데려다 달라고 부탁했다. 그들은 고가도로에서 시내를 관통하는 구역을 따라 걸었다. 그때 처음으로, 로라는 1년 전 그날 저녁 일을 언급했다. 가장 비참한 상황에 빠져 있던 그녀를 그가 만났던 날.

"그땐 내 인생이 끝났다고 생각했어요." 로라가 말했다. "하지만 지금은 그 옛 슬픔을 발밑에 놓았어요. 그 경험 덕분에 나는 높이 튀어 올랐구요. 이제 세상은 충만해요. 생생한 관심거리가 너무 많아 고르기가 힘들 정도죠. 하지만 나 자신 말고는 그 안의 어떤 것도 변한 건 없어요. 당신은, 갑자기 그 열쇠를 찾은 기분이 어떤지 알아요?"

"알아요." 애덤스가 답했다. "나도 찾았으니까. 그게 바로 사랑이죠."

"세상에 대한 사랑, 모든 인류를 위한 사랑." 로라가 고쳐 말했다. "그런 식으로 나를 보지 마세요. 나는 오늘 정말 행복해요. 하지만 이건 자유의 행복이에요."

잠시 애덤스는 말이 없었다. 이윽고 검은 모피 위로 하얗게 해쓱한 로라의 뺨에 눈길을 두었다. 그가 입을 열자 목소리는 진중했지만 눈가에는 미소가 어렸다. "그것에 대해 내가 종종 무슨 생각을 했는지 알아요, 로라? 줄곧, 처음부터 끝까지, 난 당신의 마음을 이해해 왔어요. 당신이 가진 모든 필사적 확신에 대해 나는 당신보다 더 잘 이해했죠."

"전혀 몰랐어요." 로라가 답했다. "지금도 마찬가지고요."

"그렇지만 나는 알아요. 난 그렇다고 믿어요." 애덤스가 말했다.

로라가 고개를 저었다 "그건 더 이상 미스터리가 아니에요. 오늘 그 안에는 오직 빛만 있죠."

"당신이 켐퍼를 사랑한다고는 한 번도 생각하지 않았어요." 애덤스가 계속했다. "당신이 꿈 위에 지은 것은 그의 모습을 띤 상상 이미지였죠. 내 마음에는…… 심지어 내가 당신 옆에 서 있을 때도…… 당신과 다른 볼일이 있어 내가 억지로 옆에 서 있을 때도, 나는 항상 굳게 믿었어요. 당신의 사랑은 결국 나에게 올 운명이라고."

"당신에게요? 오, 아니, 지금은 아니에요." 로라가 말했다.

"이렇게 말하는 게 무모할지도 모르겠어요." 애덤스가 말을 이었다. "나는 세상 사람들이 가치를 두는 것처럼 부자도 아니고 성공적이지도 않아요. 아마 몇 년이면 빚을 청산할 거예요. 내 이름이 풍기는 인상처럼 체육 감각이 뛰어난 것도 아니고. 내가 그리는 것은 활기찬 그림이 아니에요. 그렇지만 그것에 어려움이 있다면 나는 기꺼이 당신에게 와서 나누자고 요청할 거예요. 내가 당신을 얼마나 사랑했는지, 당신이 알지 모르겠어요, 로라."

"알고 있어요. 그때…… 그 밤 이후로."

"내가 할 수 있는 주장은," 애덤스가 웃으며 말했다. "불확실한 미래에도 불구하고 당신을 행복하게 해 줄 수 있는 남자는 나뿐이라는 거예요."

"한때는 그랬을 수도 있겠죠."

"한때 그랬다면, 지금은 왜 안 되죠? 어제 좋았던 것처럼 영원히 좋지 않을까요?"

"왜 그런지 알아요?" 불현듯 기운차게 그를 향해 돌며 로라가 되물었다. "당신은 내가 대담하다고 생각하지만 나는 두려워요. 비록 나 스스로는 인정하지 않더라도 내가 살아가는 매 순간, 나는 두려워요. 거리를 걸을 때면 기억이 되살아날까 무서워요."

"하지만 난 그렇지 않아요." 애덤스가 차분히 답했다. "당신은, 내가 차지한 것을 지킬 능력이 없다고 생각하나요?"

이 말에 로라의 볼이 붉어졌다. 그들이 거티 집 현관에 닿았을 때, 로라는 멈춰 섰다. 그가 손을 내밀었다. 로라는 그 위에 자신의 손을 놓았다.

"다른 것들처럼, 너무 늦었어요." 로라가 말했다.

애덤스는 머리를 흔들었다. 그러고는 손을 꽉 잡았다가 놓았다.

"나는 조금 더 기다릴 수 있어요." 돌아서기 전에 애덤스가 말했다.

로라가 집에 들어섰을 때도 그의 말은 그대로 머릿속에 남아 있었다. 2층 거티의 응접실로 서둘러 올라가며, 결국 어떤 우유부단한 조언을 들어야 만족할 수 있을까 생각했다. 문간을 지나 따스한 불빛에 이르니, 거티는 없었다. 대신 켐퍼가 난로 깔개 위에 서 있었다.

켐퍼는 로라를 알아보고 웃으며 다가와 손을 내밀었다.

"드디어 다시 만났군, 로라." 켐퍼는 당혹감 없이 말했다.

그의 목소리에 그녀 심장이 쿵 하고 한 번 높게 고동쳤다. 그리고 바로 이어서 큰 기쁨이 왔다. 그 기쁨은 당당하게 든 그녀의 머리와 반짝이는 눈에 드러났다. 그의 얼굴을 바라보며 그녀는 처음으로 꿈과 현실 사이에 놓인 거리를 가늠했다.

"사람들은 언제나 다시 만나죠." 로라가 말했다. "하지만 지금 거티를 기다린다면, 그녀는 보통 늦어요."

"여자들은 항상 그렇지." 켐퍼는 이국적으로 어깨를 들썩이며 장난스럽게 말했다.

켐퍼 바로 뒤에는 창이 있었다. 그는 거리를 흘긋 보았다. 변하지 않은 얼굴을 보며 느끼는 것처럼 로라는 어리둥절해하며 그를 보았다. 변심한 열정에 대한 합리적인 정당화. 1년 전에 절망적으로 가슴을 두근거리게 했던 그 힘은 오늘 어디로 간 걸까? 이 남자에게서 그녀가 매력을 느꼈던 것이 사실일까? 그저 굳어진 형태의 삶에 만족스러워하는, 이미 중년이 된 남자. 힘겨움이 어린 눈, 제멋대로 살면서 살이 붙은 힘겨움. 로라는 지금 그것을 볼 수 있었다. 과거 친숙한 미소, 기분 나쁜 냉소적 눈빛, 수동적인 첫 관심을 재빨리 감정적 호기심으로—세상일에 진저리가 나서 생긴 가장 강렬한 충동으로—바꾸는 것, 그녀가 기억하는 이 모든 인상은 페리의 거북한 매력만큼이나 감흥을 주지 않았다.

마침내 거티가 팔랑거리며 들어왔다. 로라는 벗어날 수 있었다. 두근거리는 마음으로 그 방, 그 집을 나왔다. 통쾌한 평온함과 묘하게 연결된 두근거림. 로라는 이 우연한 만남을 통해 켐퍼와 더불어 그녀 자신도 보았기 때문이다.

로라는 공원의 휑뎅그렁한 나무들 사이로 보이는, 하늘의 금빛 동그라미를 향해 천천히 걸었다. 그녀는 지성으로 깨닫는 것처럼 확실히 육체의 모든 조직으로 깨달았다. 비로소 외향적 삶의 핵심인 그 지식을 얻게 되었음을. 애덤스가 더 심원한 시각에서 삶이란 모두 신의 의식으로 진화하는 과정이라고 보았듯이, 이제 그녀도, 빛을 바라는 그저 흐릿한 직감으로, 감정이란 하나같이 사랑 자체의 의식을 따르는 맹목적인 분투일 뿐이다,라고 예견했다. 그녀의 모든 경험이 눈앞에서 번득였다. 생명력에로의 접근이나 혹은 비극적 죽음을 미리 보이는 이 기억의 민첩함 속에, 영혼 안에 구조물을 세우기 위해서는 환상과 각성이 모두 필요했다는 것을 이해했다. 로라는 열망을 통해 올라갔던 것처럼 분명 실수를 통해 올라갔다. 그녀가 겪은 모든 고통은 단지 육체와 영혼 사이의 베일을 찢는 것이었다.

로라는 길을 걸으며 고개를 들었다. 그녀 앞 앙상한 나무 아래 애덤스가 서 있었다. 그녀는 그 모습에 놀라지 않았다. 그의 얼굴을 보고 첫눈에 그녀는 깨달았다. 모든 설명, 모든 약속, 모든 자책이 그저 말다툼같이 시시하고 무익한 것들이 되는, 그렇게 심원한 하나의 의미로 채워진 순간들이 있다는 것을.

끝.

작품 해설

우리에게는, 숨을 들이마시며 존재하기 시작하면서부터 마지막 호흡을 내쉴 때까지 끊임없이 지속되는 삶의 테마가 하나 있다. 수많은 철학자와 사색가들이 이 화제를 논했고, 수많은 소설가와 시인과 극작가들이 이것을 소재 삼아 드라마를 풀어냈다. 우리는 이것을 질릴 듯이 말하고 듣고 느끼고 경험하지만, 절대 질리지 않고, 질릴 수도 없다. 이처럼 우리에게 착 달라붙어 떨어지지 않는 호흡과 같은, 만질 수 없지만 언제나 우리의 심장을 터치하는, 느낌, 감정, 이것이 사랑이다. 끌림이다.

소설 『끌림』은 미국 소설가 엘런 글래스고가 1906년에 발표한 로맨스이다. 원작의 이름은 *The Wheel of Life*로, 우리말로 하자면 '운명의 수레바퀴' 정도 되겠다. 원작명이 주는 진부함의 선입견을 탈피하고자 우리말로 옮기면서 제목을 '끌림'으로 바꾸었다. 실지로 이 소설은 끌림에 대한 이야기이다.

이 소설은 '끌림'이라는 키워드를 네 커플을 통해 각기 다양한 방식으로 풀어 나간다. 페리와 거티, 애덤스와 코니, 로라와 켐퍼, 그리고 로라와 애덤스.

페리와 거티는 결혼 생활의 무료함과 회의감에 빠져 있다. 페리는 끊임없이 바람을 피우고, 거티는 사치와 소비로 공허감을 채우려 한다. 거티는 남편에게 실망하고 분노를 느끼면서도 그것을 표출하지 않고 억누른다. 시쳇말로, '남자는 다 그래'라고 믿는다. 남편이 바람을 피우니 그녀도 애인을 만들 것이다. 이들은 이미 파산한 부부와 같다. 이 둘은 서로 연결점이 없는 것처럼 보이지만 그래도 이별을 고려하지는 않는다. 왜 그럴까? 무엇이 그들을 묶고 있는 걸까?

사랑과 결혼은 다르다. 사랑에는 온몸을 달구는 짜릿함이 있고, 사랑에 빠진 사람은 심장이 마구 뛰어 마비가 일어날 지경에 이른다. 사랑은 이상이고, 환상이며, 아름답다. 하지만 결혼은 현실이며, 인내가 필요하고, 때론 눈을 감아야만 한다. 배우자에 대한 열정이 식으면 부부는 일종의 계약 관계를 유지하는 채무자가 된다. 이런 결혼을 유지해야 할까? 페리와 거티는 현실적인 측면에서 보는 결혼의 실상과 의미를 생각해 보게 한다. 연애의 뜨거움이 식은 후 직면하게 되는 차가운 현실, 그게 결혼일지도 모른다.

애덤스는 에로스(이성)의 사랑을 뛰어넘는 사랑을 시도한다.

아내 코니는 마약에 빠져 있고, 다른 남자와 스스럼없이 데이트를 한다. 탈선은 거침이 없고, 타블로이드의 화제가 될 만큼 염문을 뿌리고 다닌다. 그녀의 인생은 과음, 히스테리, 발작, 불륜, 과소비, 마약으로 얽히고설켜 있다. 애덤스 또한 틀에 박힌 자신의 삶에 권태와 피로를 느낀다. 집과 사무실을 오가며 그저 글을 쓰고 편집을 하는 일은 한없이 지루하다. 그럼에도 '좋은 남편'으로서 타락한 아내를 이해하고 도우려 안간힘을 쓴다. 그러나 얼마 후에는 그것도 임계점에 이른다. 그럼에도 그는 코니를 버리지 않는다. 왜일까? 순진한 신앙 때문일까?

애덤스는 결혼의 고귀함이나 진지함 따위를 과장하지 않는다. 결혼을 의무로 보는 듯하다. 함께 살겠다는 공적 서약에 대한 이행. 그러면서도 한편으로는 싱글녀 로라에게 마음이 가는 것을 막을 수는 없다. 아내를 위한 희생적인 사랑은 그녀가 죽은 뒤, 아니 죽기 전부터, 로라에게 향한다. 아이러니가 아닐 수 없다.

사실 인간의 마음과 행동은 늘 아이러니하다. 이렇게 생각하면서 저렇게 행동하는 경우가 허다하다. 애덤스도 예외는 아니다. 충직한 남편으로서 변심한 아내에게 행동으로는 최선을 다하면서도, 마음은 더 청순한 여자에게 끌리기 때문이다. 이런 애덤스를 배신자라고 비난할 수도 있겠지만, 한편 그는 더러 이율배반적인 우리 자신의 자화상임을 부인할 수 없을 것이다.

문학 숙녀 로라는 자신과 다른 세상에 사는 남자에게 묘한 흥분을 느낀다. 감성의 여자는 육감의 남자에게 빠진다. 로라는 세속에서 벗어난 삶을 살며 시를 써 왔다. 연애를 한 적도 없다. 반면에 켐퍼는 이혼과 연애 경력이 화려한 중년 남자이다. 그는 로라와는 완전히 다른 형태의 삶을 살아온 사람이다. 영혼의 교감을 선망하는 아가씨와 섹스와 사랑을 동일시하는 아저씨. 사랑의 영원성을 믿는 순수함과 일시적 쾌락을 추구하는 욕망. 영혼과 육체.

로라는 자신에게 묻는다. "근데 내가 왜 켐퍼를 원하는 걸까, 이 바람에는 무엇이 있는 걸까? 어떤 가치가? …… 떨어져 있을 때는 그를 다시 만날 생각 말고는 어떤 생각도 할 수 없다. 하지만 일단 만나면 즐겁지는 않아. 그는 언제나 내가 바라는 그와는 약간 달라. 그를 볼 때 딱히 만족스러운 것도 없고. 하지만 그가 떠나면 그리움과 상상은 다시 시작되고, 나는 그에 관해 다른 이상을 만는다."(2권, 33쪽)

굿리즈goodreads에 서평을 올린 어느 독자는 로라가 켐퍼에게 관심을 갖는 것이 대단히 비현실적이라 지적했다. 그들의 성격과 배경이 너무나 상이하기 때문이다. 하지만 현실적으로 인간은 같음/비슷함에 끌리는 것보다 다름에 더 쉽게 끌린다. 내가 갖지 못한, 경험하지 못한 부분을 더 갈망하는 것이 인간의 본능이다. 세상에 가장 잘 알려진 러브 스토리 『로미오와 줄리

엣』만 보아도, 다름이 얼마나 큰 매력 포인트가 되는가는 너무나 자명하다. 바보 온달과 평강공주는 어떤가. 호텔신라의 이부진과 임우재는…… 물론 이들은 아쉽게도 결혼을 이어 가지 못했지만.

어쩌면 이 소설이 지향하는 바가, 유토피아적인 순수성, 순진성인지도 모른다. 애덤스는 로라를 생각하며 이렇게 자문한다. "그녀를 위해 전심으로 섬길 수 있다면 행복할 텐데, 그럴 기회가 조금이라도 있을까?"(2권, 65쪽) 그리고 로라를 위해 헌신적인 사랑을 한다. 그게 얼마나 오래 지속될 수 있는지는 또 다른 질문이 되겠지만, 그럼에도 궁극적으로는 그의 헌신이 강조되는 인상은 피할 수 없다.

이들 사이에는 끌림이 존재한다. 페리와 결혼한 거티는 켐퍼에게 눈웃음을 치고, 켐퍼는 거티에게 추파를 던진다. 켐퍼는 또한 로라에게 관심을 보이면서도 앨타와 잠자리를 같이한다. 코니의 남편인 애덤스는 로라에게 헌신적인 사랑을 주고 싶어 안달하고, 코니는 브래디와 바람을 피운다. 페리는 늘 여자들에게 찝쩍대고, 거티는 젊고 잘생긴 빌리 랜캐스터를 꼬실 계획이다. 세상물정 모르는 순진한 로라는 육감적인 켐퍼에 푹 빠진다.

이들이 서로에게 끌리는 이유가 무엇일까? 얼핏 보면 전혀 어울리지 않을 것 같은 사람들이 서로 관심을 갖게 되고 결혼을 하게 되는 이유가 무엇일까? 이들에게 결혼의 윤리란 어떤 의미일까?

그렇다고 이 소설이 이런 질문에 대한 명쾌한 답을 주는 것은 아니다. 소설은 소설일 뿐, 해설서나 정답지는 아니니까. 대신 인간의 심리 상태를 예리하게 묘사한다. 작가는 그 안에서의 갈등과 욕망, 절제와 만용, 본능과 이성 등을 글로 풀어낸다.

감성 소설 『끌림』은 또한 사회 비평 소설로도 읽힐 수 있다. 이 소설은 19세기를 지나 20세기에 접어드는, 세기 전환 시기의 뉴욕을 배경으로 한다. 당시 뉴욕은 소위 2차 산업 혁명이라는 격동기를 지나가고 있었다. 공장들이 들어서고, 산업화가 활발히 진행되었다. 1929년 대공황을 맞기까지 주식 시장은 서서히 달아오르며 현대식 자본주의 사회의 기틀을 형성하고 있었다. 자본가는 제대로 교육받지 못한 노동자를 착취하며 쉽게 부를 축적해 갔다. 노동은 천시되고 그 가치는 충분히 인정되지 못했다. 자본가와 노동자의 간극은 멀어지고, 빈부의 격차는 심화되었다.

이런 사회적 혼돈기에 로라와 켐퍼는 어쩌면 구세대와 신세대를 대표하는 인물로 볼 수 있을 것이다. 로라는 현대식 개발이 한창인 그래머시 파크에 살고 있다. 그래머시 파크는 맨해튼 다운타운 쪽에 위치해 있다. 19세기 말부터 이곳에서는 개발이 이루어지고 호텔이 들어서기 시작했다. 이 격변의 파크에서 로라는 "갈색 담쟁이로 뒤덮인 무덤같이 오래된 그 집"에 "묻혀 살면서 아무도 읽어 보지 못한 애매모호한 예쁜 글을" 쓴다.(1권, 11~12쪽, 11쪽) 세상에서 벌어지는 일에 무심하며, 유행을 좇지도 않는다. 이런 로라는 켐퍼를 만나며 변화를 시도한다. 켐퍼는 세상 이치에 밝은 사람이다. 자본주의를 이해하고, 영유하며, 그 사회 원리를 통해 이익을 추구한다. 주식을 통해 부를 축적하고, 유럽을 여행하며, 이국적 자동차에 관심이 많다. 보이지 않는 것(추상, 관념)보다 보이는 것(물질, 실체)을 더욱 중시한다. 영혼의 교감(아가페)보다는 육체의 쾌락(에로스)을 우선시한다. 이런 관점에서 볼 때, 이 둘의 교제는 다른 두 시대가 교감을 나누려는 시도로 해석될 수 있다.

자본의 소유에 따라 양분된 사회 구조는 다른 인물들을 통해서 묘사된다. 켐퍼와 더불어 페리, 거티, 앨타 마담은 모두 자본가의 표본이다. 그들은 집에 하인을 두고, 부요한 생활을 하며, 최신 패션을 좇으며, 상류 사교 모임을 추종한다. 그들의 삶은 빈곤층과 분리되어 있으며, 어떤 식으로든 노동자와 연관되지 않는다. 그들의 세계는 완전한 독립된 세계로 보인다. 하지만 다른 한편으로는, 이와는 다른 부류의 사람들이 군데군데 등장한다. 이를테면, 애덤스가 거리에서 만난 매춘부나 새끼 고양이를 팔던 가난한 여자, "철기로 얼룩진 기형적인 손"의 남자(2권,

78쪽) 등. 애덤스는, 장례 비용을 구할 때까지 죽지 말아 달라고 남편에게 애원했다던 여자를 보며, 부유한 무리의 고뇌가—그들의 결혼, 성, 애정 문제가—얼마나 사소한 일인지 새삼 절감한다. 자본주의는 돈이 없는 사람에게는 죽음마저도 쉬이 허용하지 않기 때문이다.

장례 비용을 구하지 못한 채 남편의 죽음을 맞이하는 여자를 통해 화자는 자본주의의 현실을 이렇게 묘사한다. "여기에는, 진정, 극한 고통의 야비함이 있었다. …… 이 여인은 죽음의 물질적 요구를 감당해야 하는 잔인한 책임감 때문에 근심의 유령에 에워싸여 있었다. 죽음은, 실로, 단지 하나의 사건, 사변의 한 조각일 뿐이었다. 장례 의례는 자연법칙의 자리와 중요성을 강탈했다."(2권, 76쪽)

시대의 변화와 분리된 사회는 길거리에서 교점을 찾는다. 거리에는 신문명의 자동차와 구시대의 마차가 함께 달린다. 등장인물들은 두 세계가 공존하는 거리를 따라 걸으며 주로 삶을 반추한다. 그 거리에서 그들의 부유한 친구들을 만나기도 하고, 또 동시에 그들과는 다른 세상에 사는 빈곤한 사람들을 만나기도 한다. 거리는 변화를 보여 주는 무대이자 만남의 장소인 셈이다. 그럼에도 불구하고, 부류가 다른 사람들이 거리에서 모두 모여 살지 못하는 것처럼, 거리가 그저 사람들을 분리하는 경계가 되는 것처럼, 계층 간의 차이를 극복하기는 어려워 보인다. 마치 로라와 켐퍼의 관계처럼.

엘런 앤더슨 골슨 글래스고Ellen Anderson Gholson Glasgow(1873~1945)는 국내에 소개되지 않은 작가라 해도 무방할 것이다. 글래스고는 약 서른 권에 이르는 책을 펴냈다. 스무 편이 넘는 소설과 몇 권의 단편 모음집, 시집, 자서전, 비평서 등을 출간했다. 엄청난 다작가인 셈이다. 그리고 생전의 마지막 소설인 *In This Our Life*(여기 우리의 생)라는 작품으로, 출간 다음 해인 1942년에 퓰리처상을 받았고 존 휴스턴에 의해 영화화되기도 했다. 수상 작가를 특별히 선호하는 국내 독자들에게 글래스고의 작품이 번역되어 소개되지 않은 게 신기할 정도이다.

글래스고는 미국 버지니아에서 태어났다. 어릴 때부터 심장이 좋지 않았던 그녀는 홈스쿨링으로 교육을 받았고, 문학과 철학, 사회학 등 다양한 분야의 책을 많이 읽었다. 자녀를 열 명이나 낳았던 어머니는 늘 신경쇠약으로 괴로워했는데, 글래스고 또한 살면서 같은 질환으로 힘들어 했다.

글래스고는 흔히 남부 작가로 알려져 있다. 그녀가 태어나고 자란 곳이 버지니아인지라, 그녀가 쓴 소설 대부분은 버지니아를 배경으로 한다. 처음 소설을 출간할 때는 자신의 이름을 숨기고 책을 냈으나, 오래되지 않아 그녀의 소설들은 베스트셀러가 되었다. 그녀는 1897년 *The Descendant*(후예)라는 소설을 시작으로 1941년에 마지막 소설을 출간할 때까지 꾸준히 작품 활동을 하였고, 그 후에는 자서전과 문학 평론집을 썼다. 그리고 1945년, 거대한 문학의 유산을 남기고 자택에서 눈을 감았다.

옮긴이는 글래스고의 많은 소설 중에서 『끌림』을 첫 번역 작품으로 선택했다. 어떤 심오한 철학이나 사상을 담론하는 무거운 작품보다 누구나 경험하고 가슴을 뛰게 하는 사랑 이야기가 좋았기 때문이다. 친근한 소재이기에 국내 독자들이 부담 없이 접근하리라 기대했고, 아울러 글래스고의 작품 세계를 소개하는 무난한 첫 소설이 되리라 예상했다.

본 번역에서는 가독성을 높이기 위해 등장인물의 이름을 가능한 한 단순화했다. 원문에서는 등장인물의 이름을 표기하는 데 있어서, 남자의 경우는 성을, 여자는 주로 이름을 사용했다. 가족이 등장하는 경우는 이름만 쓸 때도 있고, 성과 이름을 모두 쓴 경우도 있다. 길고 친숙하지 않은 영어 이름은 흔히 한국 독자의 가독성을 방해하는 요인이 된다. 그래서 본 책에서는 서두에 등장인물을 정리해 두고, 본문에는 성이든 이름이든 독자가 쉽게 읽을 수 있는 이름을 정해서 일관되게 썼다.

아울러 남성 인물과 여성 인물의 어투는 그들의 나이와 시대상을 반영해서 정했다. 영어에서는 높임말이 분명하지 않지만, 본 번역에서는 남자가 여자에게 반말을, 여자는 남자에게 높임

말을 쓰는 경우가 있다. 이렇게 옮긴 것은 먼저 남자와 여자의 나이 차를 고려한 것이다. 또한, 20세기 초 미국 문화를 고려하자면, 그 시대에 남성은 여성보다 사회적으로 우대를 받았으며 특권을 더 누렸다. 그래서 그런 시대상을 반영하는 의미에서 그렇게 어투를 정했다.

많은 고전 소설이 그렇듯, 빠른 스토리 전개를 원하는 현대 독자에게는 다소 지루할 수도 있을 것이다. 하지만 더디게 하는 독서의 매력 또한 강하다. 소설 『끌림』은 우리의 이야기이기 때문이다. 누구나 한번쯤 푹 빠져 버린 사랑의, 이별의 이야기.

엘런 글래스고 연보

1873년: 4월 22일, 미국 버지니아주 리치먼드 상류층 가정에서 출생. 홈스쿨링을 통해 철학, 사회학, 정치학 등을 공부하고, 유럽 문학과 영국 문학을 읽음.

1897년: 24세의 나이에 첫 소설 *The Descendant*(후예) 출간—무명으로 발표함.

1898년: *Phases of an Inferior Planet*(하급 행성의 단계) 출간—절망적인 결혼과 여자들의 우정을 묘사함. 이 소설 표지에 *The Descendant*의 작가가 자신이었음을 밝힘.

1900년: *The Voice of People*(사람들의 목소리) 출간—가난한 백인의 정치적 참여를 그림.

1902년: *The Battle Ground*(전쟁터) 출간—남북전쟁에 연관된 남부 사회를 묘사함. 출간 직후에 2만 부 이상 팔림.

1904년: *The Deliverance*(구원) 출간—사회적 계층 간의 갈등을 그림. 상업적으로 성공함.

1906년: 『끌림』(*The Wheel of Life*) 출간. 무난하게 팔림.

1908년: *The Ancient Law*(고대 계율) 출간.

1909년: *The Romance of a Plain Man*(평범한 남자의 로맨스) 출간. 여성 참정권 운동에 참여함.

1911년: *The Miller of Old Church*(옛 교회의 제분업자) 출간.

1913년: *Virginia*(버지니아) 출간—전통적인 남부 여성상에 도전함.

1916년: *Life and Gabriella*(삶과 가브리엘라) 출간—버림받은 여성의 자립 과정을 그림.

1917년: 변호사 헨리 앤더슨과 약혼함. 나중에 파혼함.

1919년: *The Builders*(건축가들) 출간.

1922년: *One Man in His Time*(당세의 한 남자) 출간.

1923년: 단편집 *The Shadowy Third and Other Stories*(그림자 같은 셋째와 다른 이야기들) 출간.

1925년: *Barren Ground*(황무지) 출간—정치에 참여하는 여성을 묘사함.

1926년: *The Romantic Comedians*(로맨틱한 코미디언) 출간.

1929년: *They Stooped to Folly*(그들은 우둔함에 몸을 낮추었다) 출간.

1932년: '남부 작가 컨퍼런스'를 주재함. 당대 작가로서 절정에 이름.

1932년: *The Sheltered Life*(보호받는 인생) 출간.

1935년: *Vein of Iron*(철의 정맥) 출간.

1941년: *In This Our Life*(여기 우리의 생) 출간—흑인에 대한 진보적인 성향을 나타냄.

1942년: *In This Our Life*로 퓰리처상 수상. 존 휴스턴 감독이 이 소설을 영화화함.

1943년: 비평서 *A Certain Measure: An Interpretation of Prose Fiction*(어떤 측정: 산문 소설의 해석) 출간.

1945년: 11월 21일, 수년간 심장병으로 고생하다 리치먼드 자택에서 타계. 글래스고의 문서들은 버지니아대학교에 보관됨.

1954년: 사후에 자서전 *The Woman Within*(그 안의 여자)이 출간됨.

엘런 글래스고(1873–1945)

1942년에 퓰리처상을 수상한 작가로 스무 편이 넘는 소설과 몇 권의 단편 모음집, 시집, 자서전, 비평서 등을 출간했다. 미국 버지니아에서 태어난 글래스고는 어릴 때부터 심장이 좋지 않아 홈스쿨링으로 교육을 받았고, 문학과 철학, 사회학 등 다양한 분야의 책을 많이 읽었다. 자녀를 열 명이나 낳았던 어머니는 늘 신경쇠약으로 괴로워했는데, 글래스고 또한 같은 질환으로 힘들어 했다. 처음에는 자신의 이름을 숨기고 출간했으나, 오래지 않아 그녀의 소설들은 베스트셀러가 되었다. 1897년 *The Descendant*(후예)라는 소설을 시작으로 1941년에 마지막 소설 *In This Our Life*(여기 우리의 생)를 출간할 때까지 꾸준히 창작 활동을 했고, 마침내 퓰리처상을 받았다. 수상 작가를 선호하는 국내 독자들에게 그녀의 작품이 여태껏 한 편도 번역 출간되지 않은 게 신기할 정도이다. 『끌림』은 글래스고를 처음으로 국내에 소개하는 작품이다.

옮긴이 박재영

미국 애리조나주립대학교에서 학부와 석 · 박사통합 과정을 공부하고 영문학 박사 학위를 받았다. 현재는 전북대학교 영어교육과 교수로 재직하고 있다. 문학과 영화에 관한 30여 편의 논문을 썼고, 초등 영어 교과서와 고등 영어 교과서 집필에 참여했으며, 마빈 피셔 도서상, 윌프레드 페렐 기금상, 전북대 평생지도교수상 등을 수상했다. 옮긴 책으로는 샬럿 대커의 『조플로야』와 제시 포셋의 『플럼번』이 있다.

달섬 세계고전 18

끌림 2

지은이 엘런 글래스고
옮긴이 박재영
펴낸이 김동원
펴낸곳 달섬

초판 1쇄 인쇄 2020. 9. 25.
초판 1쇄 발행 2020. 9. 30.

달섬 전라북도 전주시 완산구 어진길 32 (풍남동2가)
전화 (063) 219-5322
FAX (063) 219-5323
출판등록 2012년 8월 20일 제465-2012-000021호

값 10,000원

ISBN 979-11-6372-100-0 04840
ISBN 979-11-6372-001-0(세트) 04080

이 도서의 국립중앙도서관 출판예정도서목록(CIP)은 서지정보유통지원시스템 홈페이지(http://seoji.nl.go.kr)와 국가자료종합목록시스템(http://www.nl.go.kr/kolisnet)에서 이용하실 수 있습니다. (CIP제어번호 : CIP2020038388)

'달섬'은 전북대학교출판문화원의 임프린트입니다.